1面、降版します

特命記者の事件簿

松井蒼馬
Matsui Soma

角川書店

目次

装幀／原田郁麻
装画／旭ハジメ

プロローグ　誤報

〈おわび〉十九日付朝刊一面の記事と見出しで、「大日本《だいにほん》キャリア次期社長に小和田充《おわだみつる》氏」と報じたのは誤りでした。おわびして訂正します。

藤崎桃果《ふじさきももか》は、奥歯を噛み締めた。眉間《みけん》に皺《しわ》を寄せて、机上の記者端末の原稿を睨《にら》みつけていた。

「訂正原稿じゃダメだ。おわび原稿をお前が書いて俺に送れ！」

担当デスクは烈火の如く怒り、編集フロア全体に響き渡る怒声で桃果を面罵《めんば》した。それが桃果の大誤報がもたらした衝撃の凄《すさ》まじさを物語っていた。

桃果は、つい数時間前まで英雄だった。一面トップ記事の特ダネを抜いた一年目記者として、この毎朝《まいあさ》経済新聞社内でスターダムにのしあがった。なのに――。

スターへの階段は脆《もろ》くも崩れ去った。

屈辱。怒り。悲哀。様々な感情が胸中で、ごちゃごちゃに混ざり合っていた。

「ざけんなよ、マジで……」

そう吐いた桃果の脳裏には東前公弘《ひがしまえきみひろ》のカエル顔が浮かんでいた。担当していた人材業界の雄、大日本キャリアの社長である。

たるんだ頬の肉。ギョロリとした目。薄くなった頭皮。でっぷりと脂肪を蓄えた腹は、哺乳類というよりも両生類の方が近いように思えた。カエルそのものだ。

「明日の朝刊を楽しみにしているよ」

桃果が当てた社長人事ネタに「カエル」は笑みでそう返した。間違っていたら、キッパリ「違う」と言う男がコクリと頷いた。

――自分のネタは正しい。

桃果はそう解釈した。

「書きますね！」

だから仁義も切った。だが――。

今朝六時。特ダネを報じた高揚感で一睡もできなかった桃果をけたたましい電子音が叩き起こした。大日本キャリアの広報部長からの着信だった。

「藤崎さん、今朝の記事なんですけどね……あれ誤報ですよ」

その言葉を聞いた瞬間、息が止まった。体は硬直し、思考は空転した。心臓が何度か大きく跳ねて、ようやく桃果は息を吹き返す。

「そんなはずありません！　東前社長がお認めになりました！」

自分でも驚くほどに声は震えていた。

「いや、私もそう思ってですね……実は東前にも先ほど確認したのですが。その……本人は『そんなことは一切言っていない』と否定しておりまして」

「そんな……」

それ以上、言葉が続かなかった。

――信頼関係を築けていると思っていた。それに絶対にあれはイエスだった。

「はっ……」

その瞬間、吐息が漏れる。全身が戦慄《おのの》いていた。その段になって初めて気付いた。

——自分は嵌《は》められたのだ。きっと、あのことが原因で……。

翌日の毎朝経済新聞朝刊。前日の一面トップ記事の大誤報のお詫び記事は、三面左下の片隅にひっそりと掲載された。まるで、誤報という恥部を隠すかのように。


「藤崎、お前を取材担当から外すことになったから」

後日、桃果を自席に呼び出した堂本烈任《どうもとたけと》企業部長はそう告げた。机上の青ファイルに視線を向けたまま、桃果よりも事務仕事を優先していた。感情のこもっていない声で淡々と続ける。

「あと、そうそう。お前、四月から整理部に行ってもらうから」

傍で直立させたままの桃果を一度も見ずにそう告げた。

パタン——。堂本が青ファイルを両手で勢い良く閉じた。その音は、自らの記者人生が閉じた音に、桃果には聞こえた。

第一版　一面デビュー戦

「一面トップ、差し替え！」

深夜の急襲。桃果は、特ダネを被弾した。

机上のデジタル時計は午前零時四十分。東京駅から徒歩五分の好立地にある高層ビル、毎朝経済新聞東京本社。その二十階の編集フロアの熱気は今、最高潮に達しようとしていた。

「ネタのモノは？」

「原稿は何行？」

「何時に来る？」

「表やグラフ、写真は？」

フロア中が特ダネに沸き、色めき立っていた。

それとは対照的な顔が喧騒の渦中にあった。整理部の今日の一面担当の桃果である。大きく嘆息して桃果は、ポツリ呟く。

「ついてないな、私……」

経済部や政治部、社会部、企業部などの取材担当部署は、社内で「出稿部」と総称される。二年前、編集局企業部記者だった桃果は大誤報によって、出稿部を「クビ」になった。その放出先が現在所属する編集局整理部だ。

整理部は、新聞の見出しやレイアウトを担当する新聞制作の要《かなめ》の部署である。

整理は才能がないとできない――。その言葉通り、整理部記者には、創造力や芸術性といった才能が求められる。取材先との駆け引きや忍耐力が必要な出稿部記者とは一線を画する。

にもかかわらず、社内での地位は低い。前科持ちの訳アリ記者の島流し先――傍流部署としての認識が強いためだ。

整理部記者という肩書きながら、内勤で原稿を書く機会はない。

「整理部記者？　ペンを奪われたあいつらは、もはや記者じゃない」

そんな侮蔑の言葉を出稿部記者は陰で囁《ささや》く。たとえ口にしなくとも、ふとした瞬間の態度で、それが整理部員に伝わる。桃果自身、この二年間で何度も味わった。

記事が書けなくなった現実。

――誤報という「前科」持ちが、出稿部に戻ることができるのはいつのことやら……。

自暴自棄の末、桃果は決心する。

――一刻も早くこんな会社辞めてやる。

現在二十五歳。昨年末、転職サイトに登録した。第二新卒のカードもまだ使える。新たな人生を夢見て、転職活動のアクセルを踏み込んだ矢先、思わぬ逆風にさらされた。

今年二月、桃果に対する大抜擢《ばってき》人事が発令されたのだ。四月一日付で一面など主要面を担当する「第一グループ」に部内転属することになった。

「大栄転じゃないか」

「期待されている証拠だ」

同僚からの数々の祝福に、笑顔で取り繕った桃果だったが、内面は違った。

――本当に余計なことをしてくれた。これじゃ転職活動もまともにできないじゃないか。

怒りが芽生えていた。第一グループは、整理部の中でも特に忙しいのだ。

そして今日、四月四日。一面の面担デビュー戦を迎えたのである。

「桃果、早よ来んかい！　おどりゃ、一面の面担じゃろうが？　どうやって紙面を組む気じゃ？」

ドスの利いた広島弁が桃果の回想を吹き飛ばす。慌てて一面の面担席を立つ。声の主の場所まで小走りで向かう。

編集フロア中心の丸テーブル、通称「幹部席」を囲むような人壁の中に、その男はいた。

郷田《ごうだ》文成《ふみなり》――。整理部の第一グループのデスクである。

浅黒い顔。そして、深く刻まれた左頬の傷がトレードマーク。その筋の人間を彷彿《ほうふつ》とさせる人相で、ニヤリと笑みを浮かべて言った。

「桃果ァ！　ネタは常木《つねき》翠玲《みれい》のＭ＆Ａ《エムエー》モノじゃった！　一面、みぃな組み直しじゃ！」

＊

降版《こうはん》――。整理部が完成させた新聞紙面を印刷所に送る工程をそう呼ぶ。

毎朝経済新聞朝刊の場合、降版は計四回ある。最初の降版である十一版が十九時。十二版が二十一時半。十三版が二十三時。最終版である十四版が午前一時三十分である。

柱のデジタル時計は今、午前零時四十五分三十二秒。あと四十五分。時間的には十分である。

――でも、どうして、こういう時に限って、この出稿部デスクなんだろうか？

桃果は内心で毒づいた。

「モノは、総合商社の雄、富川通商《とみかわつうしょう》のＭ＆Ａ（合併・買収）ネタです。富川通商は今回、コンビニ業界三位の富川マートにTOB（株式公開買い付け）を実施します」

編集局企業部デスクの柿沼龍則《かきぬまたつのり》は、刑事さながら、手元のメモを必死に読み上げている。常木記者の特ダネの概要だ。その振る舞いは、まるで自分が特ダネを取って来たかのようだった。がっしりとした体軀《たいく》。浅黒い顔。短気な性格そのままの鋭い角度の眉。サイドを刈り上げ、テカテカに光る髪を左後方に向かって流している。その風貌はどこか、やり手の不動産営業マンを彷彿とさせる。だが、やり手に見えるのは外面だけだ。

ボマー――。この男は整理部員からそう呼ばれ、恐れられている。ボマー（爆弾テロリスト）の由来は、整理部に原稿を出すのが遅すぎるためだ。

出稿部記者↓出稿部デスク↓整理部面担。この順で原稿は流れてくる。

柿沼は毎回、その流れをせき止めてしまう。デスクとしての編集能力の低さや「確認」と称して記者に長電話をしてしまう癖など、遅れの要因を挙げれば、きりがない。

「柿沼デスク、早く出してください！」

整理部員が鬼気迫る表情で催促する姿を桃果自身、何度も見た。

いつも爆発直前（降版直前）に整理部に原稿を投げる。結果、降版時間が大幅に遅れる。過去には、焦った整理部員が見出しを打ち間違えて、訂正になった例もあった。

「えー、ご存じの通り、富川通商は今、富川マート株を五十一％持っている親会社です」

デジタル時計は時を刻み続ける。午前零時四十五分五十五秒。一秒でも惜しい状況だ。

――なのにこの独演口調は何だ？

どこか場にそぐわない。幹部席を囲む桃果をはじめとする整理部員、校閲部、出稿部デスクに説明している感じではないのだ。

――そうだ。今、柿沼が意識しているのは局長だけだ。

局長とは、編集局長の堂本烈任である。柿沼は堂本の子飼いだった。だから、ここぞとばかりに、忠誠心を見せつけている。先ほどから局長の表情をチラチラと窺《うかが》っている。

――今日は絶対、早く原稿出してよね！

念じるように、桃果は眼前の柿沼を睨《ね》め付けていた。

編集フロアの中心には編集幹部専用席、通称「幹部席」がある。

薄赤色の丸テーブル。最大十人が着座できるこの特別席には、日替わりで編集幹部六人が座る。

桃果は、この席を見るたびに、何となく中華料理店の回転テーブルを連想してしまう。

整理部や校閲部、デジタル編集部、イラスト部、写真部といった五部門の部長級。その彼らを抑えて上座に座るのが、当日の新聞紙面の最高責任者である編集長だ。

編集長の椅子には、編集局長や編集局副長、編集局次長といった編集幹部が座れる。今日、その椅子に座っているのが、編集局長の堂本である。

五十六歳。ダークスーツが映えるスラリとした体型。社内でさえ、ネクタイの着用を欠かさない。綺麗に整えられた黒髪に、知的さを印象付ける銀縁メガネ。レンズの奥にある切長の目は、相手を萎縮させる圧を宿している。記者というよりも、どこか銀行員や官僚といったエリート臭を漂わせる男である。

『お前、四月から整理部に行ってもらうから』

二年前、編集局次長兼企業部長だった時、桃果にそう告げたのも、この男だ。事務仕事を優先し、桃果の方を一度も見なかった。流れ作業の如く、淡々と斬り捨てた。

もっとも、この男の本質は、そこらへんのエロオヤジと何ら変わらない。

エセエロ紳士――。女性記者達から、そう揶揄《やゆ》されている。

一年生記者だった桃果も何度かセクハラされた。「勉強会」と称した飲み会にホステス役として招かれ、酩酊《めいてい》した堂本の介抱をしていた際に、あからさまなボディタッチをされた。

——いっそ週刊誌にでも醜態をリークして、失脚させておけばよかったな。

それだけが後悔である。

堂本は今、腕組みをしながら瞑目《めいもく》し、柿沼の説明を聞いている。この整理部で二年も働いていると、この瞑目が、自らの威厳を保つためだけの演出だと分かる。桃果には今、目の前の権威高いはずの編集局長が、紹興酒で酔い潰れたただのエロオヤジにしか見えなかった。

「富川マートはですね、コンビニ業界で万年三位と苦戦しております。富川通商の完全子会社となることで、経営資源を集中し、競争力を高める狙いがあります。以上です」

柱のデジタル時計は午前零時四十六分二十一秒。およそ一分間。柿沼は熱弁をふるっていた。まるで拍手でも聞こえたかのような晴々しい表情だった。

——だけど、これで終わり？

桃果の鼻の付け根の皺が寄る。内容が乏しい映画を見せられた気分だった。

・ＴＯＢの金額は？
・写真やイラスト、表の有無は？
・何時に出稿される？
・原稿は何行？

整理部に不可欠な重要情報がごっそり抜け落ちていた。その時だった。

「柿沼！　そんで、ＴＯＢの額いうんは、なんぼうじゃ？」

ドスの利いた広島弁が柿沼を強襲する。郷田である。整理部を愛する熱血漢。普段は暑苦しくて、桃果は苦手だが、こういう時は何とも頼もしい。

「ＴＯＢの……額ですか？」

柿沼はパチクリと目を瞬《しばた》かせる。

その瞬間、郷田の左頰の傷が光る。凶器と化した声が飛ぶ。

「ほうじゃ！　それなりの金額じゃなけりゃぁ、一面トップにならんじゃろうが！　金額次第じゃあ、採用せん。ええか、ネタの扱いを決めるんは出稿部やない。ワシら整理部じゃ！」

任侠《にんきよう》映画のワンシーンでも見ているような凄みがあった。そして、その言葉は明らかに堂本に向けられていた。

全員の視線が堂本に注がれている。腕を組んだまま、堂本は目をゆっくり開けると、柿沼の方を見上げて問う。

「柿沼、五千億で良いんだよな？」

堂本の口調には「プレゼン」が不備だらけだった部下への怒りが滲《にじ》んでいた。

「はい……」

恐縮しきった表情で柿沼が弱々しく返す。

郷田は何度か頷く。どうやら一面トップとして扱うには「合格」のようだ。

「柿沼、出稿は何分じゃ？　何行じゃ？」

郷田は左頰をさすりながら問う。

「えっと……多分、一時十五分までには出せますかね。行数はおそらく五十行かと……」

壁のデジタル時計を見ながら、柿沼は自信なげに返す。

「『多分』やら『おそらく』やらでは、ワシら整理部は困るんじゃ！　そもそも一時十分までに出稿してもらわな間に合わんじゃろうが。おう、おどれ、さっきんから整理、舐めとんのか⁉」

恐喝口調に、柿沼がたじろぐ。

「柿沼、一時十分までに出稿で、行数は五十行。できるよな⁉」

場を制したのは堂本だった。拒否は許さぬと言った口調で、郷田とは違う圧を宿していた。

「はい！」

柿沼が快活に返す。

「よっしゃ。桃果ァ、そうと分かれば、一面、一から組み直しじゃい！」

郷田は大柄な体軀に似合わぬ機敏な動きでくるりと旋回。整理部第一グループの島に戻っていく。遠ざかる背中を桃果は慌てて追いかける。

道すがら、柱のデジタル時計をチラリと見る。午前零時五十分十一秒。降版まであと四十分。

「大丈夫。余裕で間に合う」

その言葉は自信から来るものではない。自らを鼓舞するためのものだった。

＊

机上の組版端末画面には、ほぼ完成した朝刊一面の紙面があった。

——何とか間に合った。あとはマル特原稿を待つだけだ。

一面担当席で桃果は安堵のため息を吐《つ》く。

机上のデジタル時計は、午前一時七分三十一秒だ。降版時間まで、あと二十二分。一時十分には原稿が来る。「急患」の受け入れ態勢は整った。

かつてはほぼ手作業だった紙面作りにも、デジタル化の波が到来。今では見出しやレイアウト、行数調整がこの自社開発の組版編集ソフトで簡単にできる。

紙面デザインの下書きを描く「割り付け用紙」や新聞用に特化した定規「倍尺《ばいじゃく》」、紙面チェックの際に使用する「赤鉛筆」――。一昔前には必須だった「三種の神器」を使うのは、今や少数。桃果も率先しては使わない。三種の神器は、編集フロアの至る所でオブジェと化していた。

今から十五分前。第一グループの島に戻った直後、郷田は桃果を含めた一面～五面の面担を集めてそう指示した。

「みな、ええか。今回は『ところてん方式』じゃ。一面の四番手は三面の準トップに『都落ち』させるけんのぉ」

毎経新聞の紙面は一つの面当たり十五段ある。一面の場合、下部の三段は広告で埋まるから、実質的には十二段しかない。さらにそこに天気予報図や一面コラムが入るため、収容できる記事は最大四つだ。つまり、特ダネ原稿を入れる代わりに、どれかを落とさなければならないのだ。

また、収容できなくなった記事を、格下の面に移動させることを「都落ち」と呼ぶ。

「ところてん方式」とは、その名の通り、一番扱いが低いネタを押し出す手法だ。

今日のように一面トップが変わる場合、一面の面担は次のようなステップを踏む必要が生じる。

一面トップ→準トップ（二番手）に格下げ。

準トップ→三番手に格下げ。

三番手→四番手に格下げ。

四番手→三面の準トップに都落ち。

この際、ただ闇雲に変えれば良い訳ではない。創造力と芸術性。整理部員に不可欠な二つの才能が求められる局面だ。

まず、記事の格に合わせて、見出しの大きさや文字数を変える。

見栄えも大事だ。紙面全体が文字の羅列だけにならぬように、真ん中に中囲みという箱を作ったり、紙面左に囲みという長方形の箱を作ったりと、紙面デザインにも創意工夫が必要だ。さらにはイラストや写真、表、グラフを駆使して、全体的に色彩の調和が取れるような美的センスも求められる。

「一面の仮刷り出しましたぁ」

桃果は端末画面上で一通りの見出しを確認し終わると、仮刷り出力ボタンを押す。編集フロア全体に響き渡るほどの声量で叫んだ。

「ええ声やないか。気合いが入っとるのぉ、桃果ァ」

背後から感心するような郷田の声が聞こえたが、気付かないふりをして仮刷りを回収に向かう。

――気合いなんかじゃない。

特ダネを被弾した怒りと不安をかき消すために叫んだのだ。

編集フロアの片隅では、新聞紙面用の特大の仮刷り印刷機が、苦しそうに稼働していた。印刷機の熱によって、このエリアの温度だけ数度高い。インク特有の匂いも桃果の鼻を突く。

「藤崎さん、手伝います」

どこからともなく、整理部の若手の助っ人たちが現れる。

「ありがとう。じゃあ、お願い」

桃果は笑みを返しつつ、自分用の一枚だけを先に取って踵《きびす》を返す。

幹部席、各部デスク席、第一グループの他の面担……。一面の仮刷り二十枚余りが、若手によって編集フロアの隅々まで配られていく。複合機を使って、支社や社長室などの編集フロア以外の主要な送付先にも送られていく。

「桃果ァ！」

一面担当席。仮刷り紙面をチェックしていた桃果の背をドスの利いた声が貫く。

バクン――。心臓が跳ねる。

郷田が背後のデスク席から叫んでいた。立ちあがろうと、尻を浮かせる。恐る恐る振り返った桃果を迎えたのは、郷田の満面の笑みだった。

「ええぞ桃果ァ。デビュー戦にしては上出来じゃ」

その言葉に体が弛緩《しかん》し、尻が椅子にバウンドする。

――びっくりしたなぁ、もう……怒られるのかと思ったじゃん。


――約束の時間が過ぎた。

桃果は、机上のデジタル時計が、午前一時十分を過ぎたタイミングで、マウス越しに更新ボタンをクリックする。

組版編集ソフトの原稿ファイルフォルダ。更新中を示すマークが中心でクルクルと渦を巻く。この数秒の時間すらもどかしい。ようやくファイル一覧は更新された。しかし、そこに新規原稿を表す〈Ｎｅｗ〉という赤文字の点滅はない。まだ原稿は来ていないのだ。

大きく嘆息する。桃果は席を立つ。背に刺すような郷田の視線を感じていた。視線もろとも押し返すように告げる。

「マル特を催促してきます！」

「おうよ！」

桃果を後押しするように郷田は片手をヒョイと挙げる。

編集フロアを力一杯走る。目指すは数十メートル先の企業部デスクの島である。

射程圏内。目指すべき柿沼のがっしりとした後ろ姿を既に視界に捉えていた。後ろからでも原稿と必死に格闘しているのが分かる。至近距離まで近づくと減速し、背後から画面を覗く。

原稿を編集中だった。仮見出しに〈富川通商〉の文字が見えた。

――間違いない。マル特原稿だ。

「柿沼デスク、一時十分を過ぎました。原稿を早く投げてください！」

桃果は息を切らしながら告げる。一瞬、柿沼の指の動きが止まったが、返事はない。画面を見たまま、振り向きもしない。

――やっぱり、この人は整理部を舐めている。いや、私を見下している？

「柿沼デスクぅ！」

声を張り上げる。それに驚き、柿沼がビクンと跳ね上がる。

「はいはいはい、わかったよ。今、出したァ！」

苛立たしげに柿沼は返す。先ほど郷田に詰められ萎縮していたのが嘘のようだ。

――舐められているな。

横柄な態度への意趣返し。今度は桃果が言葉を返さずに踵を返す。自席までまた全力で走る。

「はぁはぁ」と息を切らしながら、一面担当席まで戻ると、椅子に尻をダイブさせる。

机上のデジタル時計は、午前一時十二分四十秒。全身で息をしながら、編集ソフトの更新ボタンを押す。

が、そこに原稿はない。更新ボタンを再度押す。やはりない。

――……謀られた。

柿沼は時間稼ぎのために、「原稿を出した」と嘘をついたのだ。

――甘かった。原稿を出す瞬間をちゃんと見届けるべきだった。

一面デビュー早々、ボマーの洗礼を浴びる。再度、桃果が腰を浮かした瞬間だった。

「柿沼ァ、わりゃ、たいがいにせえよ。今、何時と思っとんじゃ！　早よ原稿出さんかぁコラァ！」

郷田のドスの利いた広島弁が、数十メートル先の柿沼の背を閃光のように貫く。フロア全体が水を打ったように静まる。

ピコッ――。その瞬間、画面に〈Ｎｅｗ〉の赤文字が点滅する。マル特原稿が滑り込んできた。

「原稿、来ましたぁ」

桃果は嬉々として叫ぶ。

――こういう時の郷田デスクは本当に心強い。

「おうよ！」

郷田は笑みで返す。

午前一時十二分五十五秒。桃果は脳に酸素を行き渡らせるように息を吸う。それから原稿を摑《つか》んで、画面上の紙面に流し込む。

「えっ……!?」

息が止まる。

――行数が足らない。全然足らない。

慌てて、組版編集ソフト上に表示された行数を確認する。表示は三十五行だった。

――さっきのあの「プレゼン」は何だったの？　あの時は、五十行って言ったじゃん。

十五行の穴である。

――これを埋めるために、紙面のレイアウトを再度組み直す？

原稿にも目を走らせる。数行読んだ瞬間、スーっと血の気が引いていく。

――嫌なものを見ちゃった。

視線が画面から離れ彷徨《さまよ》う。机上のデジタル時計に向かう。

一時十三分四十秒。降版まではあと十六分。刻々と迫るデッドライン。桃果には今、デジタル時計が時限爆弾にしか見えなかった。

仮見出し――。記者が自分の書いた原稿に付ける見出しのことである。あくまでも「仮」で、無論、見出しの決定権は整理部にある。常木記者が入力した見出しは以下だ。

主見出し↓富川マートにTOB
袖《そで》見出し（小）↓富川通商
袖見出し（大）↓英証券と共同で八千億円

主見出しとはメインの見出しのこと。袖見出しとは主見出し左横のサブの見出しのことである。

――英証券と共同？　金額も八千億円？

先ほどの柿沼の説明では、英証券は出てこなかった。TOB額も五千億円だったはずだ。

「チッ」という桃果の舌打ちは、編集フロアの喧騒にかき消される。

リード（前文）部分を読み始める。眉間の皺の谷がどんどん深くなる。


【コンビニ業界三位の富川マートが上場株式を非公開化することが四日、分かった。現在五十一%の株式を保有する総合商社最大手の富川通商と英スチュアート証券が、共同で特別目的会社（SPC）を設立し、TOB（株式公開買い付け）を実施する。買収総額は八千億円。コンビニ

業界の競争が激化する中、富川マートは非公開化で経営資源を集中し、稼ぐ力を強化する。】

「行数だけじゃなくて、内容まで全然違うじゃん」

嘆息混じりの言葉すら、瞬く間に蒸発する。

袖見出し（大）↓八千億円でＴＯＢ
袖見出し（小）↓富川通商と英証券
主見出し↓富川マート、非公開化

このリードならば、本来はこんな見出しが妥当だ。

時間はない。用意していた縦五段の黒ベタ白抜き見出しに文字を打ち込む。

黒ベタ白抜き見出しとは、真っ黒の背景で白いゴシック体の文字のもの。背景の色がついた見出しを「カット見出し」と呼び、この色が濃いほどに、ネタが大きいことを意味する。

カタカタカタ――。荒ぶる心を映すように、キーボードを叩く音も大きくなる。

「桃果、一面の方はどうなっとる？」

広島弁が桃果の鼓膜を突く。背後のデスク席で郷田が立つ気配があった。性格そのままのガサツな靴音が、段々と近づいてくる。背後に立たれるだけで、ピリリとした緊張感が伝播《でんぱ》する。右の肩越しから、郷田が画面を覗く。

「あの……柿沼デスクが説明していた話と全然違います！」

自分でも驚くほどの棘《とげ》のある言い方になる。

「何じゃと!?」

数秒間の沈黙。睨め付けるような視線で、郷田が組版端末画面上のリードを追う。

デジタル時計は午前一時十六分を回った。降版まであと十四分。

「行数も三十五行しかありません。それに――」

「桃果ァ！」

桃果の言葉を郷田の濁声《だみごえ》がギロチンのように遮断する。

「そがぁなこと気にしよる前に、わりゃあ、一面担当として大事なことを忘れちょらんか？」

ドスを利かせた広島弁に、桃果の背筋がピンと伸びる。

――大事なこと？

緊張と興奮で血流が早まる中、頭をフル回転させる。

「紙面は形から入るなて、いついき言うとるじゃろうがぁ」

唸《うな》るように耳元で囁かれた郷田の言葉を聞いた瞬間、頭を一筋の閃光が貫く。

――そっか。投資額が五千億円から八千億円に大幅増額されている。

「横見出しに変えます！」

超弩級《どきゆう》の特ダネと判断したものは、横見出しに変わる。

桃果の言葉に、郷田の口元が緩む。それから大きく頷いて言った。

「正解じゃ、ようやった桃果ァ。整理は価値判断が基本じゃけんな。一段三十行の黒ベタ白抜きで、組み直しじゃい！」

＊

「チェックして大丈夫そうな面は降版じゃ。ええか？」

編集フロア全体に響き渡るほどの声量で、郷田は降版のゴーサインを出す。

「二面、降版します」

「三面、降版します」

「四面、降版します」

「五面、降版します」

航空機が滑走路から飛び立っていくかの如く、第一グループの島の面担たちが続々と降版していく。残すは桃果の一面のみだ。

――何とか間に合った。

桃果は一面の組み替えを無事に終えた。横見出しにしたことで、行数不足も解消した。

「桃果ァ、見出しを確認して大丈夫そうじゃったら降ろせ！　ええな⁉」

第一グループのデスクは一人で一～五面を見る。面担だけでなくデスクも多忙だ。

「はい！」

桃果の赤ペンを握る力も強くなる。見出しの一文字一文字に赤の斜線をつけて、打ち間違いがないかを確認していく。

しかし、今日のように最終版ギリギリの特ダネを巡って、整理部には苦い記憶がある。訂正は絶対に出すわけにはいかない。それは至極当たり前のことだ。

昨年九月。とある特ダネの掲載で、複数の編集幹部のクビが飛んだ。

その日、十四版に飛び込んできた特ダネのリードは以下である。

【飲料最大手の帝国ビバレッジは十日、静岡県産のティーバックを欧米向けに輸出する方針を固めた。近年、欧米では健康志向の高まりから日本茶の消費量が増加傾向にある。帝国ビバレッジは、六千億円を投じて国内に工場を新たに建設し、ティーバックの量産体制を早期に築く。】

主見出し↓欧米にティーバック輸出
袖見出し↓帝国ビバ、六千億円投資で新工場

当時の整理部一面担当は、黒ベタ白抜きの横見出しで大々的に見出しを打った。無事に降版。他社は報じていない。正真正銘の特ダネだ。戦勝ムードに社内は沸いた。だが――。

「あ〜、これティーバッグじゃなくて、ティーバックになっているよ〜」

それは言葉ではなく悲鳴だった。青白い顔をした校閲部長が、幹部席で突如、叫んだのだ。

「ティーバッグ（ＴｅａＢａｇ）」ではなく、まさかの「ティーバック（Ｔｂａｃｋ）」――。

特ダネを書いた記者は焦る余り、お茶を抽出する小さな袋の「ティーバッグ」を誤って下着の「ティーバック」と書いてしまった。

整理部の一面面担も、それに気付かず、本文の「ティーバック」をコピーして、見出しにペーストト。見出しと本文が間違えた状態で紙面化された。

嘘のような本当の話。ワイドショーも賑わせた世に言う「ティーバック事件」である。

出稿部、整理部、校閲部、幹部席、印刷工場……。訂正よりも、むしろ何重ものチェックを掻い潜り、紙面化された事が問題視された。

結果、特ダネを書いた記者は地方に飛ばされた。当日、幹部席に座っていた編集幹部にも減給や降格という重い処分が下された。


桃果は机上のデジタル時計を見る。一時二十分十四秒。降版時間は一時半だ。しかし、前倒し降版が原則で、降版は早ければ早いほど良い。

——見出しに間違いはない。大丈夫だ。降ろそう。

桃果がマウスのカーソルを降版ボタンに合わせたその時だった。

「ちょっと整理さん、赤字入れているから反映してよ！」

鼓膜を高圧的な声が震わせる。柿沼が背後に立っていた。

「あの、もう降ろす時間なんですけど。致命的なミスでなければ赤字反映も無理です。あと、プレゼンで柿沼デスクが言ってた内容と全然違っていて困りました」

「全然」の部分を桃果は一際強調する。

——皮肉の一つでも言わなきゃ、やってられない。

「いや、あれは俺のせいじゃないって。富川マートを主語にするように局長が書き直しを命じてきたんだ。それに行数も常木が……」

柿沼が弁解口調で返す。

局長——。つまりは堂本編集局長の指示で原稿を根本的に書き直したのだ。

——それも含めて整理部に言ってよ。

企業部時代から、この人はいつも自己中心的だった。

怒りで胸が波立つ。下唇を噛み締める。

「とにかく早く赤字を反映して！　このままじゃ、訂正になっちゃう」

「訂正」という脅しを武器に、柿沼が再度促す。

赤字とは、出稿部のデスクが、整理部に原稿を送った後に出した修正指示である。整理部員が反映しないと紙面の記事は修正されない。

「おい柿沼！　おどれ、こんな時間に何しちょるんじゃ？　もう降版時間じゃ！」

郷田が怒声と共に、一面担当席に押し寄せてきた。援軍登場。桃果は心の中でニンマリする。

「常木の原稿に誤字や脱字が複数あって、このままじゃ訂正になっちゃうんですぅ」

柿沼は悲痛に叫ぶ。

常木記者は整理部出身のエリート記者である。

そう思った矢先、桃果の頭上で郷田の怒声が破裂する。

——あの常木さんが、そんなミスするだろうか？

「柿沼ァ、記者のミスを直すんが、おどれらデスクの仕事じゃろがぁ？」

郷田は、人のせいにする奴が大嫌いだ。

桃果への高圧的な態度はどこへやら？　郷田の面罵で柿沼は完全に怯《ひる》む。

「まぁええ、桃果ァ。赤字だけでも反映しちゃれ。じゃが、その後はすぐ降版じゃ！」

舌打ち混じりに郷田は命じる。

「はいっ！」

桃果は快活に応じる。キーボードのコマンドキーと「M」キーを同時に押す。原稿の赤字を反映させる際のショートカットキーである。ところが——。

「あーっ！」

赤字を反映した瞬間、桃果は叫ぶ。いや、桃果だけでなく背後の郷田も叫んでいた。

なんと、紙面に計九行分の空きが生じていた。明らかに削りすぎだ。

「柿沼ァ、おどれ、なして行数を減らしよるんじゃ！」

郷田の額の血管がドクリと波打つ。その目は血走っている。

「えっとぉ……じゃあ、ふ、増やしてきます」

自席に戻ろうとする柿沼の背を郷田のドスの利いた怒声が貫く。

「柿沼ァ、もうやれん。何もすなや！」

盛大に舌打ちしてから、桃果に告げる。

「桃果ァ、組み直しじゃい！」

その時だった。

「郷田、待った！」

やや高い声が桃果の鼓膜を刺す。ポマードの香りと共に背後に新たに人が立つ気配があった。振り返るより先に新たな言葉が桃果の鼓膜を揺さぶる。

「準トップを四番手に至急下げてくれ！　今すぐやれ！」

振り返るまでもない。堂本の声である。

――それよりも今、何て？

既に一時二十五分を過ぎている。降版時間まで残り五分を切っている。

〈北栄《ほくえい》大、入試問題流出か　警視庁が二十歳の女逮捕〉

準トップは十三版で飛び込んできた社会部の抜きネタ。常木記者の特ダネが来なければ、一面トップでも十分いけたスクープだ。

「降格じゃと！　なして、そがなことせんといかんのですぅ!?」

やはり食ってかかったのは郷田だ。その目は野犬のように血走っていた。荒ぶる郷田にも動じず、堂本は局長としての威厳を誇示するかのように腕を組んだまま明かす。

「中央《ちゅうおう》とタイムスが、さっきマル特を打ってきた」

中央とは発行部数二位の日本《にほん》中央新聞、タイムスとは同三位の日《ひ》の出《で》タイムスのことである。

「マ、マル特……じゃと？」

郷田の顔を驚愕の二文字が侵食していく。堂本は付け加える。

「マル特だけじゃない。ウチよりも詳しく報じている」

「ウチよりも……詳しく？」

郷田は、その言葉の重みを嚙み締めるように、途切れ途切れに繰り返した。

特ダネは他社が報じないからこそ輝く。他社が報じた瞬間、金メッキが剝《は》げるように、急速に色褪せるのだ。

郷田の判断は早かった。

「桃果ァ。準トップを四番手に格下げじゃい。三番手は準トップ、四番手は三番手に格上げじゃ！」

＊

——もう。どうして、こんなことに……。

席の後ろに人だかり——。整理部面担にとって最も避けたい状況の一つ。それが今まさに桃果の座る一面担当席で起きている。

桃果以外の面は既に降版した。だからなのか？　背後に総勢十人余り。スクラムの如き塊となって、先輩、各部の部長やデスク、編集局長などの幹部級が仁王立ちしている。

デジタル時計は一時二十八分十四秒。絶体絶命の大ピンチである。

オーデコロンや育毛剤、汗、口臭、体臭……。フロアの熱気とともに、背後の人間達から発せられる臭いも、桃果をいたぶる。無論、その攻撃は嗅覚に止《とど》まらない。

「おい藤崎、まずは行数がどうなるか流せよ」

「整理さーん、赤字入れてみたよ。ちょっと反映してみて」

「藤崎、この見出し、一文字削れるんじゃねーの？」

「桃果ァ、マル特の三行空きは、このままでええ。その方が抜きネタが映えるっちゅうもんじゃ」

――うるさい。うるさい。うるさい！

背後の野次馬の声が桃果の鼓膜を次々に突いて、思考までも阻害する。

――好きにやらせてよ！　邪魔しないでよ！

目に涙を浮かべながら、唇を嚙み締める。紙面を必死に組み替えていく。

――だから、第一グループなんて嫌だったんだ。私は平凡に整理部で過ごして、転職活動に没頭したかったんだ。

「おい藤崎ぃ！　もう降版時間を過ぎてんだろ！　今、何時だと思ってる！　早く降ろせっ！」

ついには、せっかちな性格そのままに、後藤亮輔《ごとうりようすけ》整理部長の雷が落ちる。

――何で私が怒鳴られなきゃいけないの？

「一面、降版します！」

桃果は怒りの炎を吐き出すように宣言する。降版ボタンにカーソルを合わせて、力一杯左クリックする。桃果の怒りに怯《おび》えるように、一面紙面は画面の向こうの世界にスッと消えた。

午前一時三十二分十一秒。初めての一面の降版は二分オーバーという散々な結果に終わった。

第二版　悪夢のあの日

ドタバタ降版。

——本当に散々な一日だった。

午前三時。タクシーで自宅マンションに帰宅した。玄関ドアを開けた瞬間、桃果は脱力。ショートブーツの締め付けから解放された足先から、一気に疲れが床に染み出た。

彼氏もいない。だから、部屋着だって、ジェラートピケみたいな可愛いらしいものは着ない。長野県立聖凜《せいりん》高校陸上部——。そうデカデカと書かれた青色のジャージが桃果の部屋着だ。

「くぅ、美味《おい》しい」

散らかり放題のリビング。キンキンに冷えたビールを缶から直《じか》に胃に流し込んだ瞬間、ジャージ姿の桃果は叫ぶ。

グビグビ——。喉が鳴る。アルコールは、嫌なことを忘れさせてくれる魔法の飲み物だ。このひと時のために、生きていると言っても過言ではない。

二杯目からは、芋焼酎のお湯割りに切り替える。チータラとアタリメとの相性は抜群だ。奥歯でグッとアタリメを噛みちぎってから、再度叫ぶ。

「くぅ、たまんないな〜」

凄まじいやさぐれ感だ。

――長野の両親が今の私を見たら泣くだろうな。

桃果は自嘲する。

胃が酒と食べ物で満たされると、今度は体がニコチンを欲してくる。

ローテーブル上の「Ｐｅａｃｅ」と書かれた藍色の丸い缶に手を伸ばす。会社では一切吸わないが、実は桃果は隠れ喫煙者だ。タバコを一本取り出し口にくわえると、慣れた手つきで、龍の絵柄が彫り込まれたＺｉｐｐｏのライターで火をつけた。

煙を肺の中に染み渡らせるように一旦溜め込む。ニコチンが浸透したのを確かめてから、天井に紫煙を吐き出した。リビングの壁紙のヤニ汚れによる黄ばみ。それが桃果のヘビースモーカーぶりを如実に表していた。

二年前。整理部行きが決まったあの日。自暴自棄になって、桃果は人生で初めてタバコを吸った。そして、やめられなくなった。

出稿部記者時代のネタを摑んだ時のあの快感。失った快感の穴をタバコは埋めてくれた。

紫煙が天井にぶつかり、キッチンの換気扇の方にゆっくりと移動していく。そんな煙の流れをぼんやり見上げながらポツリ吐く。

「早く転職先を見つけなきゃ」

卓上のスマホを手に取って、いつものようにアプリを起動する。

――本当に皮肉だと思う。

「第二新卒なら、ダイニチ～」そのＣＭでお馴染みのダイニチネクスト。転職業界で圧倒的シェアを誇る。運営会社は東証プライム市場に上場する大日本キャリアである。

そう――。二年前に桃果が誤報を出したあの企業だ。人生そのものを変えたと言っても良い企業。その転職アプリを利用せざるを得ない皮肉。毎日、このアプリを起動するたび、胸にチクリと小さな針が刺さる。

まして今日は、あの日を想起させるような状況だった。

桃果の網膜と鼓膜に寒風が吹きすさぶ住宅街の情景が蘇る。二年前の二月下旬。思考は、今夜もあの悪夢の日を彷徨い始めた。

＊

「桃果ちゃん、この時間に外で話すのは、ご近所さんにも迷惑だから話すなら家の中ね」

二十二時過ぎにハイヤーで帰宅した大日本キャリアの東前社長は、酒臭い息を撒き散らしながら言った。門扉を開けて、さっさと邸内に消える。そうされると流石《さすが》に断れない。

桃果ちゃん――。この男はいつもそう呼ぶ。一記者ではなく、ただの女として見られていると呼ばれる度に思う。

ねっとりと鼓膜に張り付くような声を聞いた瞬間、不快感と嫌悪感が胸を圧迫したが、背に腹は代えられない。ネタを打つには、ワンマン社長である眼前の男の言質が不可欠だった。

桃果は門扉の先の東前のヤサ（自宅）に初めて足を踏み入れた。闇夜に日本家屋が溶け込んでいた。前を歩く東前は、数年前に妻と離婚した。子供もいない。だから、今はこの豪邸に一人で住んでいる。日中は身の回りの世話を家政婦がしているらしいが、流石にこの時間はいない。玄関を一人開けるその背中は、どこか寂しさを感じさせた。

通された畳の客間は、東前の吐く酒臭い息でたちまち満たされた。木彫りのオーバル型のテーブル越しに、胡座《あぐら》をかく東前とは対照的に、桃果は座布団の上で正座していた。

桃果は酒はおろか、水さえも飲まなかった。ホステス役よろしく、東前に日本酒の酌をすることに終始する。表面上は笑顔で取り繕い、相槌を打ちながら、ひたすらネタを当てる機会を窺う。思考の片隅には常に最終版（十四版）の降版時間の午前一時半があった。

内向きにつけた腕時計がピピッと鳴り、日付が変わったのを告げる。もう二時間もここにいることになる。目の前の東前の口も大分滑らかになっていた。

――そろそろ良い頃合いだ。

桃果はピンと背を伸ばして切り出す。

「東前社長、実はお聞きしたいことがあります。六月の総会に向けて、そろそろ人事も動き出す時期ですよね」

挨拶代わりの軽いジャブ。東前の口に運びかけていた猪口《ちょこ》が、ピタリと止まる。視線と視線が交錯する。桃果は間合いを詰める。

「東前社長は勇退されるのではないですか？　そして、後任はプロ経営者の小和田充さんですよね」

社長退任を「勇退」という言葉で持ち上げ、後任人事は断定口調で鎌をかける。

――果たしてどう出る？　微細な表情の変化も見逃さん。

笑みを浮かべつつも、目の前の男の表情を凝視した。だが――。

「さぁ、それは僕には分からないなぁ」

東前は逃げた。あからさまな惚《とぼ》け顔だ。それから、スッと目を細めて、桃果の胸から顔を堪能するように視線を這わせる。

「そうだなぁ。桃果ちゃんが一緒に飲んでくれたら、口も滑らかになっちゃうかもなぁ」

一口もつけていない桃果の猪口を顎でしゃくった。

――流石にあなたと二人では飲めない。

喉元まで迫《せ》り上がった言葉を何とか止める。内心で大きくため息を吐いた。

この一年間、担当記者として、大日本キャリアの本社にも積極的に足を運んだ。東前のインタビュー記事も何度か紙面掲載した。それなりに貢献してきたつもりだ。

夜回りは怖くてできない。だからこそ、朝回りして、桃果なりに東前との関係を築いてきたつもりだ。

――前任記者より食い込んでいる。良好な関係が築けている。そう思っていたのに……。

零時十分。桃果は落胆しながら腰を上げる。

「あの、そろそろ私、おいとましますね」

事件はその直後に起きた。


「桃果ちゃん、もう帰っちゃうの?」

客間を出た先の廊下。背後の暗がりから、東前の声が追いかけてきた。

ゾクリ――。想像以上の声の近さに全身が粟立《あわだ》つ。

「はい、お邪魔しましたぁ」

何とか明るい声で返す。

その時だった。背後からガッと右腕を摑まれた。

「キャッ!」

思わず声が出る。瞬間、耳元に熱を感じる。それが東前の息であると認識した瞬間、悪寒が全身を駆け抜けた。

「桃果ちゃぁん、もう今日は遅いから、ウチに泊まっていきなよ〜」

酒臭い息で放たれた粘着質な言葉。

——やばい。逃げなきゃ！

止まりかけた息を何とかして吹き返して、桃果は叫ぶ。

「やめてください！」

摑まれていた右腕も力一杯振り払っていた。

ドシン——。その反動で東前は後方にのけぞり、尻餅をついていた。視線の先で、東前が鳩が豆鉄砲を喰らったような顔で桃果を見上げていた。

「す、すみません……」

寄り添って起こす気にもなれず、東前に軽く頭を下げてから、逃げるように玄関に向かう。上がり框《かまち》から飛び降りて、パンプスを素早く履く。

追手からの逃亡——。まさしくそうだった。スライド式の重厚な玄関ドアに手をかけたその時だった。

「桃果ちゃん、待ってくれ！」

東前の野太い声が背中に突き刺さる。ドアを開きかけた手が止まる。更なる言葉が追撃する。

「事実なんだ！」

——事実？

思わず首だけ振り返る。桃果が向けた視線の先には、東前の禿げ上がった頭頂部があった。首《こうべ》を垂れていた。その姿に、桃果は呆然と立ち尽くす。顔を上げた東前は真剣な面持ちだった。

「実は、さっき桃果ちゃんが問うたネタは事実なんだ」

——さっき、私が問うたネタ？

逃げることばかりを考えていて、瞬時に内容が浮かばなかった。

しかし、思考回路が数秒してつながる。

「えっ!?」

――私が当てた社長人事？

正直、もう特ダネなんてどうでも良かった。

――一刻も早くここから逃げなきゃ。そう思っていたはずなのに……。

その瞬間、記者としての欲が出た。

ドアを摑んでいた手がスッと離れる。既に体の軸は東前の方に向いていた。そして問うた。

「東前社長は、六月の定時総会で代表権のない会長に退く。そして、後任はプロ経営者の小和田充さん。これで間違いないですか？」

数瞬の間を挟んだ後――。東前は満面の笑みで、大きく頷く。それから口を開く。

「明日の朝刊を楽しみにしているよ」

間違っていたら、キッパリと「違う」と否定する男が頷いた。

――認めた。裏がとれた。

自分に都合の良いように考えてしまった。

「書きますね！」

桃果は仁義を切って、軽快な足取りで東前邸を後にした。

午前零時二十分。都内の閑静な高級住宅街に寒風が吹きすさんでいた。

キョロキョロ――。漆黒の闇と同化し、辺りを窺う。

――大丈夫だ。他社の記者はいない。

それを確認すると全速力で、住宅街の坂道を駆け上がる。

社長人事の特ダネを摑んだ――。その事実が胸中に快感を運ぶ。息が上がっているのすら忘れさせてくれる。

坂の頂上の公園まで一気に駆け上がる。心臓がドクンドクンと鳴って、今にも飛び出しそうだ。それは息が上がっているからだけではないはずだ。

暗がりの中で社用ハイヤーを見つけると、後部座席を開けて、尻を滑り込ませる。

「運転手さん、至急、本社まで向かってください！」

息切れしながらも言葉には覇気があった。

「大日本キャリアの社長人事、取れました」

担当デスクに報告する。桃果の声は弾んでいた。

担当デスクからは「すぐに原稿を送って欲しい」と言われた。

後部座席。暗い車内で、膝に乗せた十三インチ画面の記者端末を開く。闇に慣れきった目をいたぶるディスプレイの光に思わず目を細めたが、ネタを摑んだ興奮が不快感を凌駕《りょうが》した。

午前零時二十五分。朝刊の最終版の降版時間は一時半だ。

――まだ一時間以上ある。十分間に合う。

特ダネを摑んだ高揚感で、キーボードを打つ指先も弾む。筆が乗る。桃果は十五分程で、一気に原稿を書き終えた。

――何とか間に合って。

願いを込めて力強く原稿送出ボタンを押す。その瞬間、本社二十階の編集フロアが色めき立つ情景が浮かんだ。

〈大日本キャリア社長に小和田氏　外部から登用、創業家以外で初〉

【人材業界首位の大日本キャリアは十九日、小和田充氏（五十一）を新社長にする人事を固めた。

同社は創業以来、社長が四代続いて創業家出身者だった。外部からトップを招くことで、競争が激化する人材業界内での優位性を高める。

小和田氏は、一九九〇年に京都大学経済学部卒業後、総合商社の富川通商に入社した。その後退社し、米国の大学でＭＢＡ（経営学修士）を取得。アイランド化粧品や月夜野《つきよの》化学などの社長を歴任した。多くの会社を経営再建に導いたプロ経営者として知られ、現在はニッポン自動車やサムライ電機などの社外取締役も務めている。

六月下旬の株主総会を経て正式に就任する。創業家出身の東前公弘社長（六十二）は、代表権のない会長に退く。】

特ダネは、短ければ短いほど輝く。その定説通り、十四版で飛び込んできた桃果の三十行ほどの特ダネは輝いた。なんと一面トップ記事に採用。黒ベタ白抜きゴシックの横見出しが紙面で躍っていた。

だが翌日、東前の否定で、特ダネは大誤報に様変わりした。破格の扱いだった分、誤報への処分も重かった。およそ一ヶ月後の四月、桃果は整理部に異動となった。

もっとも、この悲話には続きがあった。異動して一ヶ月後、衝撃のニュースが飛び込んできた。

――忘れもしない。

二〇二〇年五月八日。新米整理部員の桃果は、そのニュースを目にした瞬間、固まった。

〈大日本キャリア東前社長を逮捕　児童買春容疑で〉

【警視庁少年育成課は八日、児童買春・ポルノ禁止法違反の疑いで、人材業界首位の大日本キャリア社長の東前公弘容疑者（六十二＝東京都港区）を逮捕した。逮捕容疑は、二月五日夜、都内のホテルで、女子高校生（当時十七歳）が十八歳未満と知りながら、現金を与えた上でみだらな行為をした疑い。

東前容疑者の自宅からは、十三〜十八歳の二十人の少女を含む、四十人以上の女性とのわいせつな行為を撮影した六十四本のビデオファイルも押収された。

また同課では、複数の少女に対して、睡眠導入剤入りの飲み物を飲ませて抵抗できない状態にし、わいせつな行為をした疑いもあるとみて、余罪を追及している。

東前容疑者は「恵まれない少女たちに資金援助をしたかっただけ。みだらな行為はしていない」と容疑を否認しているという。】

記事を見た時、怒りよりも先に悪寒が来た。全身が総毛立っていた。

——自分も被害にあっていたかもしれない。

本気でそう思った。

小ぶりな胸。華奢《きやしや》な体つき。今年七月に二十六歳となる今でさえ、高校生に見間違えられるほど童顔だ。酒やタバコを購入しようとすると、必ず年齢確認をされる。

ましてや大日本キャリアを担当していたのは三年前だ。当時はなおさら幼く見えたであろう。

一九年春。新担当として、東前と初めて対峙《たいじ》した時のことは今でも覚えている。

カエルが人間化したような風貌の男が社長室のソファにどっかりと座り、待ち構えていた。

そのギョロリとした目と視線が交錯した瞬間、背筋に冷たいものが走った。

表面上は和やかに進んだ挨拶で「この男は危険だ」と、桃果の中で警報音が鳴り続けていた。
・会うのは朝回りのみ。

・東前社長とは絶対に二人にならない。
そうした予防線を張っていた。

しかし、その警戒はある出来事を機に緩んだ。正直、「慣れ」と「油断」もあったと思う。

翌年の二月中旬。懇意にしていた人材企業の複数の幹部を通じて、大日本キャリアの社長人事の噂を耳にしたのだ。

東前社長が六月の総会で退き、プロ経営者の小和田充氏を招く――。

断片的な情報は線で結ばれていき、一つの特ダネの可能性を浮かび上がらせた。この観測が事実ならば特ダネである。同期初の一面トップだって夢ではない。

「大日本の人事絡みで他社が当たりに来た」

だから、取材先から、そんな電話がもたらされた時、冷静さを失った。

東前が意図的にリークし、裏で糸を引いている可能性を考慮しなかった。

――この特ダネ、絶対にものにしなきゃ。

他社に抜かれることより、特ダネをみすみす逃すことを何より恐れた。功を焦ったのだ。

――東前社長のヤサに夜回りをかけてネタを当てるしかない。

こうして、自ら張った予防線を越えてしまった。

東前がネタを肯定したのも、意趣返しだった。冷静な今なら分かる。桃果に腕を振り払われ、尻餅までつかされた屈辱への報復だ。

――どうしてあの日、私はあの場所に行ってしまったんだろう。

何度も悔やんだ後にいつも蘇るのは、あの記事だ。

【複数の少女に対して、睡眠導入剤入りの飲み物を飲ませて抵抗できない状態にし、わいせつな

行為をした疑いもあるとみて、余罪を追及している】

あの夜。客間でしきりに勧められた猪口にも、実は睡眠導入剤が入っていたのでは？　もし断りきれず口にしていたら――。

その先に待っていたかもしれない最悪の未来を思い浮かべる度に思うのだ。

――私が童顔だから狙われたのでは？　あの夜から自分のことが嫌いになったんだ。

＊

浮遊していた過去の記憶からリビングに戻った時、桃果の目から涙が溢《あふ》れていた。

紫煙が目に染みたからじゃない。あの夜をふと思い出す度にいつも泣いてしまうのだ。

タバコを吸うと肌が老化するらしい。いっそのこと肌も荒れて老化して欲しいとさえ思う。

――こんな童顔じゃなければ、きっとあの悲劇も起こらなかった。

溢れる涙をティッシュで拭って、私用スマホを手に取る。やはり、こんな時はＳＮＳに居場所を求めてしまう。

――そうだ。私にはこれがある。この世界の中でだけは、私は本当の自分になれるんだ。

理想の自分の投影。匿名記者アカウント。

匿名記者つばめ @tsubame_kisha

さっき、おウチ着いたよ。きょうは大変だったけど良い記事書けた。デスクにも褒められたし、本当に充実した一日だったなぁ。

04:02　2022/04/05 Twitter for iPhone

出稿部記者でもなければ、デスクに褒められてもいない。この投稿は真っ赤な嘘だ。

だが、桃果には罪悪感はない。

――だって〈匿名記者つばめ〉は本当の私だ。もし二年前、誤報を出さなかったら、きっとこんな順風満帆な記者人生を送れていた。

多くの記者がそうであるように、桃果も裏アカウント、いわゆる「匿名記者アカウント」を持っている。

二〇二〇年四月の整理部への異動とともに〈匿名記者つばめ〉は生まれた。元々、違うアカウント名だったものを転用した。〈つばめ〉の由来は、桃果の故郷、長野県安曇野《あづみの》市に起源がある。子供の頃から何度も登った雄大な北アルプスの燕岳《つばくろだけ》に思いを馳せた。
・記者あるある
・会社組織への不満
・女性記者がこの業界で生きる大変さ
時に真剣に、時にコミカルに、時には怒りを滲ませて――。感情豊かな出稿部記者〈つばめ〉のツイートは、度々バズった。

フォロー数↓三四一一。

フォロワー数↓一万一一二二。

「数は正義」と化したこのツイッターの世界で、フォロワー数は脅威の一万超え。いまや「匿名記者アカ」界隈のアイドル的な存在だ。

〈つばめちゃん、今日もお疲れ〉

〈早よ寝て。こんな時間まで労働とか心配だよ〉

本当の名も、年齢も、性別も不明の匿名記者達。深夜なのにコメントが続々来る。〈いいね〉や〈リツイート〉の波に乗って、どんどん拡散されていく。満たされていく承認欲求。この瞬間、胸の奥にあった負の感情は薄くなり、温かいものに変質していく。

会社の人間は桃果に冷たい。

『おい藤崎ぃ！　もう降版時間を過ぎてんだろ！　今、何時だと思ってる！　早く降ろせっ！』

今日だって降版遅れを後藤部長に怒鳴られた。誰も守ってくれない。そんな組織に桃果は正直、辟易《へきえき》している。

一方、匿名記者達はいつも優しい。現実世界にはない温かさをくれる。

今宵も少し感傷に浸る。新規投稿の表示をタップ。右の親指を器用に動かし、新たな文を秒で紡ぐ。読み返す。誤字、脱字はない。〈ツイートする〉という表示を力一杯押した。

匿名記者つばめ @tsubame_kisha
記者やってれば辛いことだってある。だけど、それを乗り越えた先に、きっと楽しい未来が待っている。だから、みんな頑張ろう。
04:07　2022/04/05 Twitter for iPhone

頑張ろう——。その呟きは、匿名記者達にではなく、自分自身に向けたものだった。

第三版　裏切り者を捜せ

「藤崎、大事な話がある。誰にも言うな。必ず一人で来い」

さながら身代金誘拐の電話。その「犯人」は、整理部長の後藤である。

東京駅丸《まる》の内《うち》口から徒歩二分。指定されたのは高層ビルの三十六階の高級フレンチレストランだ。

店に入った瞬間、目の前に広がる大都会・東京の夜景。ここは東京駅の丸の内口のライトアップを一望できる最高のデートスポットとしても知られる。全席個室だ。

しかし、今の桃果には、この雰囲気に浸る余裕はなかった。

——何でこんな場所に呼ばれたんだろう？

朝夕刊、ほぼ毎日発行される新聞。その紙面作りに奔走する整理部は、ローテーション制の職場だ。平日休みも多い。特に年次が下の桃果は、その傾向が強い。今日四月十三日水曜日は、まさに休みだった。

そんな貴重な休日を奪うほどの緊急の呼び出しである。警戒するなという方がおかしい。桃果の胸にはさざなみが立っていた。

——まさか転職活動の件がバレた？

そんな心配を押し隠し、桃果が店に着いたのは約束の十九時の五分前である。ギャルソンに案内された通路の一番奥の個室。その室内では既に二人の男が待っていた。

「お、お疲れ様です！」

一人の男を目にした瞬間、桃果の声は上擦る。思わぬ大物。上座の席でどっしりと待ち構えていたのは、権座《ごんざ》篤志《あつし》である。

――これは、ただの会食ではない。

桃果はゴクリと唾を飲む。心の中のさざなみは、荒波に変わっていた。

ゴンザレス――。権座は陰でそう呼ばれ、恐れられる旧・毎朝新聞出身の編集幹部である。さながら新撰組《しんせんぐみ》。毎経新聞社には、編集局長に加えて、副長という役職が存在する。編集局長の堂本に次ぐ編集局ナンバー2のポストだ。そのナンバー2が眼前のゴンザレスである。

浅黒い肌に、彫りの深い顔立ち。百八十センチという高身長と恰幅《かっぷく》の良さ。大学時代は相撲部主将だったという名残は今も健在だ。

部下を数人は東京湾に沈めていそうな鋭い眼光の持ち主。社会部上がりの典型的なパワハラフェイスが、不釣り合いな笑みで桃果を迎えた。

「藤崎、乾杯はビールで良いよな？」

ゴンザレスの隣。後藤が、せっかちな性格そのままに着座前から聞く。

「えっと、私はお酒は飲めないので、烏龍茶でお願いします」

――本当は飲みたい。休日の夜に酒なんて最高だ。

そんな誘惑に駆られたが、下戸という自分の会社内でのキャラ設定を思い出して断念する。桃果は会社では飲めないふりをしている。

乾杯くらい合わせろよな――。そんな非難がましい視線を後藤は向けていた。

「乾杯！」

ゴンザレスと後藤が生中のジョッキを掲げる。桃果は、それに烏龍茶で応じる。広々とした個室にコツンとグラスがぶつかる無機質な音だけが響く。

ゴンザレスはジョッキを一気に飲み干す。それからすぐ二杯目を頼む。

――おかわりするなら、最初から大ジョッキ頼めば良いのに……。

内心で呆れる桃果を尻目に、ゴンザレスは二杯目のビールも半分ほど胃におさめると、その大柄な体には似合わぬ所作で、そっとジョッキを卓上に置いた。

それから桃果に照準を合わせるように鋭い眼光を絞る。その威圧感に桃果は身構える。

「藤崎君、今日ここに来てもらったのには理由がある。前置きは無駄だ。単刀直入に言おう」

ゴンザレスは、ゆったりとした口調で、いきなり用件を切り出す。

「君に整理部内の裏切り者を捜してもらいたい」

その低い声は有無を言わさぬ圧を宿していた。

「う、裏切り者⁉」

桃果は何とか言葉を絞り出したが意味が分からない。目をパチクリさせる。

そんな桃果を睨みつけるようにゴンザレスは続ける。

「第一グループ内に他社にネタを流している裏切り者がいる。裏切り者を捜せ！」

「第一グループ内に……裏切り者がいる⁉」

桃果は動揺しつつ、何とか聞き返す。が、言っている意味が分からない。脳に浸透してこない。

「そうだ。裏切り者は第一グループ内にいる」

ゴンザレスは淡々と返す。

第一グループは、整理部内のエリートが集められた精鋭集団である。

――そのグループ内に裏切り者がいる……？

「今回、その調査を君に依頼したいと――」

「ちょ、ちょっと待ってください！」

堪《たま》らず、桃果はゴンザレスの言葉を遮る。立ち上がらんばかりの勢いだった。

「藤崎！　副長に失礼だろ！」

後藤が、番犬よろしく吠える。

ゴンザレスがギョロリと目配せして制す。それから桃果を再び見つめ、話の先を促す。

「あの……そもそもがどんな裏切りなんでしょうか？　そして、なぜ第一グループに裏切り者がいるって分かるんです？　それに何で……何で、その裏切り者捜しを私に依頼するんですか？」

記者失格だ。動揺する余り、全く要領を得ないチグハグな質問になった。

「そうだな。では、まずは裏切りの内容から話そうか」

ゴンザレスは桃果の動揺を楽しむかのように、口の端を上げる。元々、細い目が三日月形にさらに細められて、歪《いびつ》さを強調する。

「藤崎君、君は四月五日付朝刊の一面を覚えているかい？」

――四月五日？

思案する間を挟んで答える。

「もちろん、覚えています。あの日、私は一面の面担デビュー戦でしたから」

「そうだ。あの時、何か不可解なことが起きなかったか？」

――不可解なこと？

ほろ苦い記憶が蘇る。十三版までは順調そのもの。しかし、十四版で荒れた。特ダネを被弾し、柿沼に翻弄され、編集局長の堂本に降版ギリギリで大幅な組み替えを命じられた。

『早く降ろせっ！』

しまいには眼前の後藤から、桃果は吠えられた。

あの日の光景がまざまざと蘇り、下唇を軽く嚙む。だが――。

「確かに大変な日でしたけど、不可解な点は、特にありませんでした」

特ダネが最終版の降版ギリギリで、隕石のように飛来してくることは、よくある。

ありふれた日常の中で、少し運の悪い日に当たった――。桃果はそんな認識だった。

「藤崎。お前、あの日、堂本局長の指示で、準トップの入試問題流出を四番手に格下げしたろう？」

桃果の言葉に反応したのは、ゴンザレスではない。傍の後藤だ。

〈北栄大、入試問題流出か　警視庁が二十歳の女逮捕〉

準トップだった独自ネタを、確かに下げることにはなった。

「下げましたよ。中央とタイムスがマル特を打ってきたので」

他社が降版ギリギリで追いつく。それもよくある話だ。

何かおかしいところありますか？　そんな口調で返す。

その瞬間、ゴンザレスが、ぐいと巨体を前に傾ける。渋面のまま衝撃的な言葉を吐く。

「入試ネタのマル特を第一グループの誰かが、中央とタイムスにリークした」

「えっ……!?」

桃果の息が止まる。

「入試ネタは十三版に入ってきた。その段階で、中央とタイムスにネタをリークすれば、裏取りして記事にするまで十分な時間がある」

「…………」

衝撃の余り桃果は絶句する。

ゴンザレスは腕を組むと、嘆息して明かす。

「しかも、リークは一度や二度ではない。このところ、独自ネタが立て続けに降版ギリギリで降格する事案が相次いでいる」

ゴンザレスの落ち窪んだ眼窩《がんか》の奥の瞳で、怒りの炎が燃え盛っていた。声を少し震わせながらさらなる言葉を吐く。

「降格させられたネタの全てが社会部ネタだ。一連のネタの降格は、東経派閥による毎朝派閥への宣戦布告だ！」


ゴンザレスの怒りに満ちた瞳を見つめながら、桃果は心中で大きく嘆息する。そして、呟いた。

——また派閥争いかよ。

遡《さかのぼ》ること五年前。桃果が入社する二年前の二〇一七年。毎朝新聞社と東都経済新聞社が合併して、毎朝経済新聞社が誕生した。発行部数八百万部。当時、国内首位だった日本中央新聞社、二位の日の出タイムスを一気に抜き去り、新聞業界の主役に躍り出た。

「俺たちは日本一の新聞社だ」

「東経と毎朝、出身に関係なく社を発展させようぜ」

合併当初、社内ではそんな言葉が飛び交い、巨大新聞社の誕生に沸いていたという。

ところが、そんな高揚感に満ちたムードは、あっという間に冷めた。経営幹部の不和である。

「毎朝にあらずんば、記者にあらず」

斜陽産業になる前の新聞絶頂期。そんな古き良き時代に毎朝新聞に入社した幹部の多くは、弱小経済紙だった東経を蹴ってまで毎朝に入社していた。なのに、東経と一緒になった。それを彼らのプライドが許さなかった。意識はしていなくても、事あるごとに東経を見下す発言や振る舞いをしてしまい、それが東経出身の幹部を刺激した。

一方、東経出身の経営幹部は、「債務超過に陥り倒産寸前だった毎朝を合併という形で救済してやった」という思いが強い。破綻をきたすような経営をしておきながら、廃れた毎朝ブランドをいまだ前面に出して見下してくる毎朝出身幹部を心根では快く思っていなかった。

そして、ある時事件は起こった。六人対六人。均衡が保たれていたはずの取締役会が、五人対七人になった。旧・東経出身者で過半数が占められたのだ。

「これは、東経による社内クーデターだ」

毎朝幹部達は激怒した。社内の主導権をめぐる派閥争いは、幹部のみならず編集の現場にも拡大。部長やデスク、キャップなど部下達も派閥抗争を始めた。

旧・毎朝は社会部と政治部が強かった。一方の旧・東経は、経済部や企業部が強かった。だから、それぞれが各部署の掌握に動いた。

浄化――。その言葉の方が近いのかもしれない。結果、社会部と政治部は毎朝出身者、経済部と企業部は東経出身者で占められた。

「何で、社会部ネタが降格されるんだ!」

「何で、企業部ネタが降格されるんだ!」

一度、ネタの扱いが降格されれば、過敏に反応する。それが客観的な価値判断でも、「不当に降格された」と被害妄想に陥るのだ。

旧・毎朝出身か?

旧・東経出身か?

桃果のように合併後入社の社員でさえ、両派閥は自陣に取り込もうとしている。そんな意図が透けて見えるたびに思う。

——勝手にやってよ。

合併から五年。新聞業界の斜陽産業化が急速に進む中、毎朝経済新聞社は未《いま》だ真の合併を果たせないでいる。むしろ、日に日に社内の不満は膨張し、「合併」ではなく「解体」に近づいているとさえ桃果は思う。

だから、ゴンザレスという派閥争いの権化とも言える編集幹部から抗争をそのまま映したような発言が飛び出すと、急に冷めてしまう。

——どうせ私は転職するんだ。

そんな自分の決意も再認識して、投げやりな言葉を吐く。

「つまり権座副長は、私を利用したいという事ですね？　第一グループ内の東経派閥の裏切り者を捜せば良いんですよね？」

「藤崎！　お前、失礼だろう！」

後藤が再び吠える。

だがゴンザレスは、またしても後藤を目で制す。鋭い眼光とは対照的に口角は上がっていた。

「藤崎君、私はそんなことは言っていないよ。東経出身や毎朝出身は全く関係ない」

重低音。諭すようにゆっくりとした口調で続ける。

「私はね、編集局副長として、少しでも新聞紙面を良くしたいんだ。新聞社は『社会の木鐸《ぼくたく》』だ。新聞とは、社会に警鐘をならし、国民の進むべき道を照らす。そして、ダメなことはダメだとしっかり主張すべきだ。だからね、その『社会の木鐸』たる新聞社内部に不届き者がいるのならば、しっかり見つけ出して、相応の処分を下さなければならない」

新聞紙面を良くしたい？　新聞社が社会の木鐸？　国民の進むべき道を照らす？

——聖者にでもなったつもりなのかな？

桃果は嫌悪感が滲み出ないように取り繕うので精一杯だった。

『一連のネタの降格は、東経派閥による毎朝派閥への宣戦布告だ！』

——ゴンザレスは「東経出身や毎朝出身は全く関係ない」と言いながら、明らかに東経出身者が、リークの犯人であると見ている。正義ヅラして、私を良いように使おうとしているだけだ。

もっとも、それが、新たな疑問の扉を叩く。先ほど桃果が抱いた疑問——。
・なぜ第一グループ内に裏切り者がいると分かるのか？
・なぜ、その探偵役が桃果なのか？
会話を一気に切り返して確信に迫る。

「事件の概要は分かりました。ですが権座副長、なぜ第一グループ内に裏切り者がいると知っているのですか？」

その疑惑の出所について、ゴンザレスは意外にもあっさりと明かす。

「実は、とある人物から『第一グループの誰かがネタをリークしている』との内部告発があった」

「内部告発ですか!?」

予想外の回答だった。

「『確かな筋からの情報』とだけ、君には伝えておこう」

ゴンザレスの浅黒い顔の陰影がさらに色濃くなる。

「その情報筋は、第一グループ内の方ですか？」

前のめりの桃果の問いに、ゴンザレスはニヤリと笑う。

「プライバシーを守るために詳細は言えない。プライバシーを配慮するのも副長の仕事だからね」

プライバシー——。この男に最も似つかわしくない言葉が出てきて、桃果は心の中で嘲笑する。

──プライバシーを守る？　よくも抜け抜けと言えるな。

ゴンザレスは、日々、権力闘争に明け暮れている。時にはプライバシーへの配慮など皆無のスキャンダルネタを武器に、対抗派閥への追い落とし工作を謀っているという噂だ。

それなのに、こんな時に限って、プライバシーの蓑《みの》に隠れて、正義ヅラする。自らに都合の悪いことには頑《かたく》なに口を閉ざす。

「だったら、私なんかに依頼せず、その『確かな筋』に、調査依頼したらいかがですか？」

不信感がそのまま言葉の棘となって、桃果の口から出ていく。

その瞬間、後藤の額の青筋が一層際立つ。

しかし、当のゴンザレスは落ち着いた口調で吐く。

「全くその通りだな」

笑みさえ浮かべている。

──やっぱり、私を馬鹿にしているな。

「藤崎君。君の言う通り、確かな筋がこれを調査した方が、真相解明は早いかもしれない。しかしね、その人物は自分の立場を失うリスクを冒してまで、この情報を私にもたらしてくれた。その人物をこれ以上、危険に晒したくはない。だから、君に頼みたいんだ」

──「危険に晒したくない」と言いながら、どうして私には頼むの？

自分がただの捨て駒として扱われている気がして、怒りが膨張していく。

ところが、ゴンザレスの次の言葉が、そんな思案を一気に吹き飛ばす。

「藤崎君。私はね、君の取材力を高く評価している。だからこそ、君に調査してもらいたいんだ」

「私の取材力⁉」

思わぬ話の展開に、桃果の声が上擦る。

「ああ、そうさ。あの大日本キャリアのマル特だって、結局は君が正しかったじゃないか。なのに君は、出稿部記者としての地位を失った。あれは悲劇だった。今でも私は思うよ」

ゴンザレスは神妙な顔を作る。

対する桃果は、言葉が出なかった。触れられたくない自らの汚点。まるで赤の他人から恥部をジロジロと見られるような悔しさと恥ずかしさがあった。

確かに桃果が整理部に「左遷」された後、誤報は思わぬ展開を見せた。

誤報から約二ヶ月半後、大日本キャリアの東前社長が児童買春容疑で逮捕され、解任された。そして、後任の社長となったのは、なんと桃果のネタ通り、プロ経営者の小和田充だった。

特ダネは実は正しかった？

誤報をきっかけに小和田氏が注目され、社長になっただけ？

議論の余地はあると思う。

しかし、その議論すら、当時は誰もしようとしなかった。新聞社では、訂正記事やお詫び記事を出した瞬間、誤報は誤報として確定するからだ。なのに——。

『あれは悲劇だった。今でも私は思うよ』

ゴンザレスは神妙な顔で言う。

——ならば、どうして、あの時、動いてくれなかったのか？

言葉の中に潜む矛盾に、桃果は唇を嚙む。落胆の濃度が強まっていき、何でもないテーブルの一角を見つめる。

「私はね、今回の件が終わった暁には、君を出稿部記者として戻したいと思っている」

——えっ？

桃果はハッと顔を上げる。

「この約束は必ず守る。君ほどの敏腕記者を整理部に置いておくのは、新聞社としても損失だからね」

「出稿部記者に……私を戻す？」

「そうだ。成功報酬だが、必ず君を戻そう」

信じられないという表情で見つめる桃果に、ゴンザレスは付け足す。

「私は約束を守る男だ」

桃果の瞳が小刻みに揺れる。

——すぐには戻れないと思っていたあの場所。出稿部記者という輝ける場所。あの場所に戻ることができる？　再び取材ができる？

渇望していた未来を見せられただけで、心は揺らぎに揺らいだ。自分でも情けないほどに。あんなにも転職に前のめりだったはずなのに。

ゴンザレスは、卓上のビールジョッキを呷《あお》る。そして、一気に飲み干すと三杯目のビールを注文した。到着した生中ジョッキに視線を這わすと、何かを思い出したように口角を上げる。

「それに、君は整理部で起きたあの難事件、『ビール事件』だって、見事に解決したじゃないか。私はね、あの時、改めて君の記者としての能力の高さに魅せられたんだよ」

＊

十四版の降版直後。午前一時半過ぎの真夜中。二十階の編集フロアには、「ビールの売り子」が現れる。

三百五十ミリリットルの数種類の缶ビールで、買い物カゴはいっぱい。野球観戦さながらに、キンキンに冷えたビールを一本四百円で、「売り子」が売り歩くのだ。

無論、そのビールの売り子をしているのは、可愛らしい若い女の子ではない。業務で疲れ切った顔をしている若き整理部員達である。

「業務を終えたらすぐにビールを売れ」

業務終了後。若手達は缶ビールが保管してある二十二階の整理部専用の部屋「整理部屋」まで走り、ビール売りをしなければならない。これが遅いとアルコールを渇望している上司達から、この日一番の怒声が飛ぶことさえある。古き悪しき文化がここにあった。

入社二年目の春に整理部に異動した桃果も、かつてはこの「売り子」を経験した。幹部席、デスク席、各部の島を回って、カゴのビールを売り捌《さば》いていくのだ。

仕事終わりの一杯は格別。筆舌に尽くしがたい。飛ぶように売れて、買い物カゴいっぱいのビールは瞬く間に消えた。

仕入れ値は二百五十円。販売価格は四百円。つまり、一本あたりの利益は百五十円となる。それを元手にして、新たなビールを仕入れる。売れば売るほど儲かる完璧なビジネスモデルだ。

だが半年前、その完璧な「ビールビジネス」が崩壊した。桃果が管理していた帳簿で、大きな赤字になったのである。これが、ゴンザレスが言及した「ビール事件」である。

「お前、売り上げをネコババしているんじゃないだろうな？　どういう管理してんだよ？」

後藤整理部長は「赤字になっている」と報告してきた桃果を糾弾した。

ビールは桃果が卸売業者にその都度電話して手配し、それを当日の売り子達が整理部屋の冷蔵庫内で保管していた。三ヶ月ごとに桃果が帳簿をつけて、後藤に報告していた。

仕事とは全く関係のない業務を命じられて、仕方なく請け負ってきた。なのに、管理が出来ていないと糾弾され、あらぬ疑いまでかけられた。

——ふざけないでよ。絶対、犯人を捕まえてやる。

桃果は後藤の席を後にし、そう誓った。


それから数日後。桃果は犯人をあっさり現行犯で捕まえた。

とある日の深夜三時。閑散とした二十二階のフロア。そこにはうごめく影があった。周りを警戒しつつ、その人物が入ったのは、ビールが保管してある整理部屋である。わずか一分の犯行時間。慣れた手つきは、常習的な犯行を疑わせた。

「ちょっと待ってください！」

レジ袋いっぱいのビール缶。整理部屋から出てきたその人物を、桃果は呼び止めた。スマホのライトでその人物の顔を照らす。

「えっ……」

息が止まる。目を大きく見開いたまま瞬きすらできない。犯人は桃果もよく知る人物だった。

「堂本……局長？」

堂本烈任——。編集局のトップである編集局長が、夜な夜な缶ビールを盗んでいた。驚きを通り越して、呆れしかなかった。

「俺はやっていない。自分のビールを冷蔵庫で冷やしていたから、それを取りに来ただけだ」

堂本は初め、白を切った。しかし——。

「整理部屋には複数の隠しカメラを仕掛けてあります。今から確認しましょう」

桃果がそう脅すと、途端に勢いを失った。ついには盗んだことを暗に認めた。

普段は紳士ヅラして、編集局長として辣腕《らつわん》を振るう男の本性がこれである。憐憫《れんびん》と侮蔑を含んだ視線で見つめる桃果に、堂本は平然と言う。

「でもね君、たかがビール数本で、目くじら立てて、騒ぐこともないだろ?」

――レジ袋に二十本近く入れておきながら数本?

桃果は呆れ顔で返す。

「それ、数本どころのレベルじゃないですよね? 管理している私にも疑いがかかっているので、この件は後藤部長に、きっちり報告させていただきますね」

有無を言わさぬ口調で告げる。狼狽する堂本を置き去りにし、桃果は二十二階フロアを去る。

「君、待ってくれ!」

堂本の情けない声が背から追ってきたが、無視した。先ほどから堂本が、桃果を「君」呼ばわりしていることにも我慢ならなかった。もはや、自らが斬り捨てた「藤崎桃果」と言う名前すら忘れているのかもしれない。

もっとも、「ビール事件」はこれで終わりでなかった。その後の追加調査で、さらに呆れた事実が発覚した。編集幹部、デスク、キャップ……。同様に「窃盗」していた輩《やから》が複数いたのだ。これだけ盗まれれば、赤字になるはずだ。

さらに桃果を啞然とさせたのは、なんとその中に、後藤までもが含まれていたことだ。

「この会社、盗賊だらけじゃんか……」

桃果は大きく嘆息した。

＊

「ビール事件」の苦い記憶を振り返っていた桃果の意識が、会食の場へと戻る。

「それで、藤崎、今回の裏切り者捜しは受けるのか? 受けないのか? どっちなんだよ」

後藤が急《せ》かすような口調で問う。先ほどゴンザレスが「ビール事件」に触れた時、後藤は露骨に反応した。バツが悪そうに、顔を下に向けた。

この話にこれ以上は触れられたくない――。桃果への問いにはそんな心情が透けていた。

「権座副長、もう一度確認させてください」

桃果は後藤には目もくれず、ゴンザレスに問う。

「もし、この件が滞りなく解決したら、本当に私を出稿部記者に戻していただけるのですか?」

歪な笑みを浮かべたまま、ゴンザレスはゆっくりと頷く。

ゴンザレスの瞳が鈍く光る。口角がさらに上がる。

「もちろんだよ藤崎君。なんなら今、ここで一筆書いても良い。出稿部のどこに行きたい? 経済部か? 企業部か? 社会部か? 政治部か? それとも入社時に希望していた国際部かな?」

ゴンザレスは、入社時のことまで調べ上げている。足下を見られている感があった。だが――。

――出稿部に戻りたい。

その瞬間、桃果の脳内で、悪魔とがっしり握手を交わすような光景がチラついたが、意志の力で振り払う。それから大きく息を吸い込んで、一気に言葉を吐く。

「権座副長、この密命引き受けます。第一グループの裏切り者、私が捜し出します!」

第四版　ようこそ第一グループへ

「一面、降版します」

整理部一面担当席。桃果の声が、二十階の編集フロアに響く。もっとも、今日の担当紙面は、朝刊ではない。夕刊である。

十一時（二版）、十二時（三版）、十三時半（四版）。夕刊には、計三回の締め切りがある。今日は、その全ての版がドタバタ降版になった。それもこれも――。

「全部、深堀《ふかぼり》のせいだ」

四版を無事に降版した今。恨み言の一つや二つ、言いたくなる心境だった。ゴンザレスと後藤との密会の翌日。四月十四日木曜日のことである。

〈シャインベーカリー、創業家の輝川《てるかわ》社長解任へ〉

今日の午前三時、米ウィレット通信がそう報じたのが全ての始まりだった。

毎経は全国紙でもあり、経済紙でもある。経済ネタでの負けは絶対に許されない。ましてや、旧・東経が掌握する企業部ならばなおさらだ。なのにその記者は、特ダネを盛大に抜かれた。

その大失態記者こそ、何を隠そう、桃果の同期の深堀圭介《けいすけ》である。

藤崎と深堀。五十音順で前後だから、社員番号も一つ違うだけ。入社時の研修では、席が隣同士だった。端整な顔立ちに、幼稚舎上がりの生粋の慶應《けいおう》ボーイ。

「優秀そうな記者だな」

知性が感じられる風貌と華麗な学歴は、そんな印象を抱かせた。

しかし、それが勘違いだったことに早々に気付く。同じく配属された編集局企業部。そこで深堀は空回り。全くと言っていいほど実績を残せていなかった。桃果の記憶にあるのは、彼が叱責されている姿だけだ。同期の最下位争いをしているような存在だった。だから——。

——私があの誤報をしなければ、整理部に「左遷」されていたのは深堀だった。

桃果は今でもそう思っている。そんな因縁めいた相手に、今日の夕刊はことごとく翻弄された。

「シャインの件、今、全力で担当記者の深堀に追わせています。初版（二版）には、間に合うようにしますんで」

朝八時からの夕刊紙面会議。企業部デスクの青木俊一《あおきしゆんいち》は、怒りの炎を眼鏡の奥の瞳に滾《たぎ》らせ、そう発言した。

だが、二版の降版（十一時）が迫る中で、徐々に雲行きが危しくなる。

「テメーのケツをテメーで拭けずに何が記者だアサボリ！　後追い記事も満足に書けねーなら、記者なんて辞めちまえ！」

桃果が原稿を催促しに行った企業部デスク席。青木が社用スマホを握り潰さんばかりに手を震わせて、電話口に吠えていた。余談だが、物事を深掘りできないから「アサボリ」らしい。

青木は電話後も近づき難い怒気を全身にまとっていた。声をかけようか躊躇《ためら》うほどだった。

そんな中、その間合いに堂々とカットインしたのは郷田だ。先ほどの青木の怒声に引けをとらぬほどの声量で問う。

「青木、何事じゃい!?　シャインの原稿、まさか間に合わんのか？」

強面に、深く刻まれた左頬の傷が鈍く光る。青木もインテリヤクザといった風貌だから、何だかその筋の二人が良からぬ取引でもしている風すらある。

「郷田さん、本当にご迷惑をおかけします」

青木は立ち上がり、頭を下げて郷田に詫びる。

――こりゃ原稿は間に合わないな。

桃果は瞬時に理解した。

案の定、その後、第一グループの島に帰還した郷田は告げた。

「桃果ァ、一面の準トップの予定だったシャインの原稿じゃがな、初版は見送る可能性もありそうじゃ。もしもに備えて、今から編集長と相談するけんのぉ。あらゆる想定をして、紙面をもう一枚、作っておいてくれ」

一面の紙面は、初版（二版）の降版に向けて、ほぼ作り終えていた。「有事」に備えて、もう一枚、一面紙面を用意しなければならない。

「分かりました」

表面上は淡々と郷田に返しながらも、桃果は心の中で叫んでいた。

――深堀、ざけんなよ。


「まだ再降はできる。厳重チェックじゃ」

デスクの郷田の声が、桃果の背中を突く。

再降とは、再降版の略である。つまりは、紙面上、重大なミスが見つかった場合、当該箇所を速やかに修正して、再び降版し直すものだ。印刷工場の輪転機が回り始めるまでの数分なら、紙面は修正できる。

見出しと本文に間違いはないか？　桃果は机上の仮刷りの一文字一文字を確認しては、赤ペンの斜線で消していく。

「何とか間に合わせたぜ」

不意にそんな声が鼓膜を突き、顔を上げる。第一グループ近くの国際部の島。夕刊担当デスクが社用スマホを耳に押し当て、ふんぞり返っていた。電話の向こうの駐在記者が、ペコペコと頭を下げている姿すら目に浮かぶ。

デスク年次だから、おそらくは三十代後半〜四十代半ばなのだろう。が、その頭頂部が薄くなり砂漠化が進行している。五十代と言われても信じてしまう風貌だった。

――全て自分のおかげみたいな口ぶりじゃん……。

こういう編集デスクと出会うたびに、やるせない気持ちになる。

ただでさえ、今日は忙しかった。結局、深堀の後追い記事が初版ギリギリで飛び込んできた。その後も版ごとに一面での扱いが変わって、対応に苦慮した。

そんな中、この国際部デスクが是非モノを要請してきた。是非モノとは、今日組で原稿を紙面化しないと、ネタ自体の価値がなくなるものだ。

「今日の夕刊じゃないとネタが腐る」

ネタは急速な勢いで進むアフリカの砂漠化を巡って、総合商社の九条《くじょう》物産が植林事業を始めるという内容だった。

紙面エントリーもされていないネタの登場に、桃果は顔をしかめた。

もっとも、紙面で大事なのは根回しだ。その点、このデスクは一枚上手だった。虎の威を借る狐の如し。国際部出身の夕刊編集長を口説き落として、三版から一面にねじ込んできたのだ。おかげで一面紙面はぐちゃぐちゃになった。

――今日の降版を間に合わせたのは私だ!

ギュギュッ――。赤ペンが桃果の心の叫びに呼応するように軋《きし》む。

降版時間の三十分前には必ず出稿を――。そんなルールが編集局にはある。新人研修でも徹底される。なのに誰も守らない。

――紙面設計なんて頭にないからだ。

整理部は最終走者――。桃果はつくづく思う。

出稿部記者→出稿部デスク→整理部記者。

どんな日でも最後に襷《たすき》をもらって、降版というゴールを駆け抜けるのは整理部だ。

「桃果ちゃん、その調子。ラストがんば！　トラック勝負だ！」

ふとした瞬間に思い出す。陸上部に所属していた中学・高校時代。桃果は駅伝で、いつもアンカーを任された。がむしゃらに前だけを追い続けていた日々。あの時の桃果は「最終走者」として輝いていた。

紙面チェックをしながら、思考は自らの青春時代へと浮遊し始めた。


一九九六年七月二十三日。桃果は、長野県安曇野市で、三姉妹の長女として生まれた。実家は川中島《かわなかじま》白桃を生産する桃農家「藤崎農園」。

「桃の果実が最も美味しくなる時期に生まれたから桃果」

父は桃果の名前の由来をそう教えてくれた。

北アルプスを望める田園地帯。大自然に囲まれた田舎で、桃果は活発な幼少時代を過ごした。文武両道。とりわけ運動は出来た。小柄な体軀に似合わず、力強いストライド走法。中学三年の県大会では、千五百メートルと三千メートルで優勝した。肉体的な欠点を精神力で補って摑んだ勝利。そんな自負がある。

スカウトされる形で、女子高校駅伝の名門校、長野県立聖凛高校に進んだ。千五百メートルでは、一年生ながら長野県大会でいきなり優勝。瞬く間に県内外にその名を轟《とどろ》かせた。一、二年時には全国高校駅伝にも出場。桃果は冬の都大路を最終走者として快走した。

「桃果ちゃんの写真、新聞に載っていたね」

「桃果ちゃん、テレビに映っていたね」

みんな、桃果を英雄視した。周囲の期待も、どんどん高くなっていった。

だが、三年生の七月。十八歳の誕生日を迎える直前、桃果の人生は暗転した。

右膝の半月板損傷――。それが桃果の怪我だった。数ヶ月のリハビリ生活を経て分かったのは、選手生命の終焉《しゅうえん》。桃果の陸上競技人生は、高校卒業目前にあっけなく幕を閉じた。

当然、両親をはじめ周りの人間は悲観した。同情してくれた。

しかし、当の桃果の心にあったのは、安堵だった。

――上には上がいる。

長野県では敵なしだった桃果も、全国の舞台で嫌というほどそれを思い知った。

陸上とは、精神と肉体の相乗効果。精神力だけでは敵わない世界。何となく自分の天井は見えていた。正直、やめる理由を探していたと思う。そこに怪我という良い口実が現れた。

――これで私は新たな人生を歩める。

全ての重圧から解放された時、桃果は心から笑っていた。

猛勉強の末、上智《じょうち》大学文学部新聞学科に現役合格。表向きは「次は伝える側になりたい」だったが、本当は田舎を出て、大都会・東京に行きたかっただけだ。上京するそれらしい理由が欲しかった。都会に憧れる少女そのままに、桃果は上京したのだ。

そして迎えた就活戦線。新聞学科の多くの同窓はマスコミ志望で、桃果もその流れに身を委ねるように、数社の新聞社を受けた。複数の内定先の中から毎経を選んだのは、全国紙と経済紙が融合した日本一の部数を誇る新聞社に一番、将来性を感じたからだ。

成り行きでなった感が強かった新聞記者。が、初めてネタを抜いた時に、胸に広がった快感。性欲、物欲、食欲、睡眠欲——。どれとも違う快感を知った瞬間、桃果の運命は大きく転回した。快感を得たい——。記者という仕事にどんどんのめり込んでいった。狩りをするようにネタを追いかけた。その「狩猟《しゅりょう》」の最中、誤報を打った。最後は自らが狩られた。

整理部への島流しの刑。数年間の「刑期」が終わるまでは帰れないと思っていた出稿部。

『今回の件が終わった暁には、君を出稿部記者として戻したいと思っている』

死神の如く現れたゴンザレスと、桃果は悪魔の契約を交わした。

——もうすぐ、私はあの場所に戻れるんだ。

桃果は口角を上げて、唇を舐めた。

「藤崎さん、お疲れ様です」

東北訛りの声に桃果は顔を上げる。大男が立っていた。

「あのぉ、今日も秘密のレッスンをお願いしてもよろしいでしょうか？」

整理部に配属されたばかりの新人、俵屋三四郎《たわらやさんしろう》だ。桃果が教育担当を任されていた。スーツより柔道着の方が似合いそうな角刈り男子。太い首元に新人らしくネクタイを締めているが、見ているこちらが苦しくなってしまう。額には脂汗を浮かべて、恐縮しきった表情で桃果の顔色を窺っている。

「うん、いいよ。じゃあ夕刊の引き継ぎが終わってランチ行った後、見出しの練習しよっか。あと俵屋君さ……その『秘密のレッスン』って言い方、やめてくれないかな？　何か嫌だ」

＊

「ほぉ三四郎、今日も愛しの桃果先輩と秘密のレッスンか。熱いのぉ、二人とも」

およそ一時間前。郷田の揶揄《からか》いを無視して、桃果はこの小会議室にやってきた。

「秘密のレッスン」なる新人教育は、朝夕刊の業務後にしている。桃果は今日、夕刊番だったから、十四時に夕刊引き継ぎを終えてランチを取り、十五時から開始した。

西陽が差し始めた小会議室は今、静寂に包まれている。目の前に座る大男。三四郎は、冷房が利きすぎているこの部屋で、玉の汗をかいている。桃果の与えた課題に悪戦苦闘していた。

課題は過去記事の見出しの部分を白く塗りつぶして、計三十個の見出しを付けるというもの。三四郎の眼前の小型端末には、見出しを入力する欄がある。

「見出しは出来るだけ短く、簡潔に。俵屋君のおじいちゃんやおばあちゃんでも分かるような見出しを心がけて」

そんな言葉で始まった課題の制限時間は一時間。一つあたりにかけられる時間は二分だ。

整理部は時間との戦いである。十秒で見出しを付けなければならない時だってある。だから、これでも長い。桃果ならば、十分以内に確実に終わる。


『六月には新人をデビューさせる。軟派か、硬派かの適性を見極めて報告して欲しい』

問題と格闘する三四郎をぼんやり眺めながら、桃果は二週間前の後藤の言葉を思い返していた。

まさにこの部屋で、師匠に選抜された整理部員二十五人を前に、後藤は「宿題」を出した。

そもそも桃果は、ただでさえ多忙な第一グループのメンバーだ。自分の仕事に精一杯で、新人教育どころではない。なのに――。

「整理部は本当に勉強になる場所だ。誰しもが経験した方が良い。だから今年の新人は、試験的に半分を整理部に配属しよう」

整理末経験の社長が三月の経営会議で、唐突にこう発言したらしい。

よいしょよいしょ――。子飼いの幹部たちは忠誠心を示すかのようにそれに賛同。

上意下達。悪い意味で縦の風通しが良すぎる新聞社らしく、経営幹部↓編集幹部↓整理部長にただちに伝達された。

結果、毎年三ヶ月あった研修期間は数日となり、新人たちは入社数日で配属先を言い渡された。新人記者五十人のうち二十五人が整理部配属という異例の事態となったのだ。

例年は数人配属される程度だった整理部からすれば、良い迷惑だ。こうして桃果にも新人教育のお鉢が回ってきた。

――何が試験的よ。思いつきで始めないで欲しいなぁ……。

ピピピピ――。桃果の回想もろともけたたましい音が空《くう》を切り裂く。机上のスマホのアラームが、一時間の課題終了を告げた。

「はい、そこまで！」

さながら試験官。桃果は三四郎の小型端末を自らの方に向け取り上げる。

ざっと解答を見る。最初に片眉がピクリと反応する。眉間の縦皺の渓谷がどんどん深くなっていき、やがて息が止まった。

三十問中十二問しか答えられていない。それは仕方がない。問題は――見出しだ。

――何だ……このトンデモ見出しは……。

出かかったその言葉を何とか喉元で止めるのが精一杯だった。

――俵屋三四郎は大型ルーキーかもしれない。

無論、悪い意味でのだ。先ほど複合機で印刷した三四郎の解答用紙を前に、桃果は自らを鼓舞するようゆっくり深呼吸する。それから見出しを一つ一つ添削し始めた。

〈無職の田村《たむら》さん、路上で刺して逃げる　警察が確保〉

「俵屋君、この見出しは〈東京駅で五人刺した疑い　二十六歳男を現行犯逮捕〉かな。無職の田村さんなんて、みんな知らないよね？　みんなが知らないことは、見出しにとっちゃダメ。あと、事件の場所や被害者が何人かという情報も大事だよね？　だから、東京駅が事件現場になったことや五人刺されたという情報は入れよう。それと、逮捕の場合は、あくまでもまだ犯人は容疑者だから、必ず容疑や疑いという言葉を入れよう」

三四郎は、何度も大きく頷く。

――果たしてどこまで理解できているのだろう？

次の見出しに移る。寄った眉がひくつく。

〈権藤《ごんどう》首相が自慰表明　十二年間は史上最長記録〉

「た、俵屋君、これ『自慰』表明じゃなくて『辞意』表明だよね？　これじゃ、十二年間も権藤首相が変な行為をしてたみたいじゃん。素直に〈権藤首相が辞意表明　在任戦後最長、政権交代を実現〉で良いと思うよ。主見出しは十一文字以内ね。見出しは短ければ短いほど良い」

気を取り直して、次の見出しに移る。初めて、桃果は何度か頷く。

〈桐桜《とうおう》大、ディオナ製薬と連携協定　ウイルス開発を推進〉

「うーん、これは見出しとしては良い線をいっていると思う。スッキリしててリズムも良い。だけど、致命的な間違いがあるの分かるかな？　開発するのは『ウイルス』じゃなくて、『ワクチン』だよね？　俵屋君の見出しだと、大学と製薬会社が共同で、バイオテロでも起こそうとしているみたいだよね。これは〈桐桜大、ディオナと協定　ワクチン開発推進へ連携〉かな」

ほっこり間違いに表情が緩んだのも束の間。次の見出しに、桃果は静止する。

〈月夜野化学が売春　社長「ずっと狙っていた。良い買い物できた」〉

——おいおいおい。

「うーん、俵屋君。この見出しは、どうしちゃったの？　まずね、今回は数日前の買収発表を受けて開かれた戦略説明の社長会見なの。だから買収した事実は既にみんな知っているの。月夜野化学の社長が会見でどんな戦略や目標を示すか？　などが見出しの候補になるの。そうだな……〈月夜野化「海外シェア三割に」　社長、医療大手買収説明会で抱負〉とかかな。あとさ、これ『売春』じゃなくて『買収』だよね？　さらに『ずっと狙っていた。良い買い物できた』って続いちゃうと、大分意味も変わっちゃうから気をつけてね」

「も、申し訳ございません。そ、そのぉ、焦ってしまいまして、このようなミスを」

顔を真っ赤にしながら弁解する「大型ルーキー」を前に、桃果は教育を任された自分の運命を呪っていた。

＊

——この中に裏切り者がいる。

座敷の中央のテーブルで、自慢話に興じる手越正治《てごしまさはる》の話に、テキトーに相槌を打ちながら、桃果は室内をぐるりと見渡す。

東京本社近くの海鮮居酒屋。そこに整理部第一グループの十一人のうち十人が集まった。

「桃果の第一グループ加入を祝して乾杯！」

郷田の挨拶で、歓迎会が始まってから一時間。先ほど夕刊組の四人も合流し、ようやく出席予定の十人全員が揃った。

そうなのだ――。歓迎会と言っても夜ではない。真っ昼間の酒席である。

夕刊と朝刊の制作を担う整理部は、ローテ制の職場である。こうやって、昼に歓送迎会が開かれることも珍しくない。

休刊日前日を巧《うま》く活用すれば夜開催も可能だ。が、休刊日前日こそ予定が埋まりやすい。ということで、平日の十三～十五時という真っ昼間から、桃果の歓迎会は催されている。

桃果を含めこのうち四人のメンバーはこれから朝刊番の面担だ。だから、桃果には酒席特有の開放感はないし、騒ぐ気にもなれない。

「多少、飲んだほうが気の利いた見出しがつけられる。これは気付け薬だ」

もっとも、それは人による。これから朝刊番のデスクの内山田《うちやまだ》仁志《ひとし》はそう言って、既にハイボールを三杯飲んでいた。

四十七歳。整理部第一グループの筆頭デスクである。毎朝出身。白髪にメガネ。肉付きの良い体格。社内では「偉大なるイエスマン」の異名を持つ。良く言えば物分かりの良い、悪く言えば出稿部の言いなりである。

「にしても郷田、昨日も激しかったぞ」

東毎の内戦――。桃果の鼓膜がそんな香ばしいワードを拾ったのはそんな時だ。手越の自慢話に適当に相槌を打ちつつ、意識の中核は右前方の内山田の声に傾く。

「ああ聞いちょる。なかなかの混乱だったそうじゃな。なんせ、十五時の紙面会議で決まっとった渾身の社会部の抜きネタが、堂本局長の一言でちゃぶ台返しじゃからのぉ」

内山田と相対する筆頭デスクの郷田が笑みを浮かべて返す。

第一グループには「筆頭」デスクが二人いる。いわば双頭体制。旧・毎朝と旧・東経双方の出身者一人ずつが、筆頭デスクに就くのが慣例となっている。

余談だが、社会部出身という肩書きとその風貌から、郷田は毎朝出身と間違われる。が、郷田は東経出身である。

「にしても郷田、ここんところ社会部ネタが良くもまぁ降格するなぁ」

内山田の呆れ口調の言葉に、口に運びかけていた烏龍茶を桃果は止める。

『降格させられたネタの全てが社会部ネタだ。一連のネタの降格は、東経派閥による毎朝派閥への宣戦布告だ！』

二日前のゴンザレスの言葉が鼓膜を駆け抜けていた。

——やはり昨日も東経派の仕業？

内山田が嘆息混じりに続ける。

「三島《みしま》さんが肩を震わせて怒っていたぞ。『東経の誰かが意図的にリークしたから、ウチのマル特が都落ちになった』ってな」

三島は社会部長である。

——意図的にリーク？

思わぬ話に、バクンと桃果の心臓が跳ねる。

——やはり誰かがリークしている？　そして、その裏切り者はこの中に？

ガシャン——。その時、ガラスが割れる特有の音が桃果の鼓膜を刺す。思考が吹っ飛ぶ。ぼやけていた視界が瞬時に明瞭になる。

眼前の手越が、ビールジョッキを倒して盛大に割っていた。

その音は、まるで第一グループが崩壊する音のようだった。

旧・毎朝VS旧・東経。

──本当に辟易する。

これまでの桃果なら、そんな組織への不満が心中に渦巻いていただろう。だが今は違う。

──双方がぶつかり合うほどに、裏切り者の尻尾《しっぽ》を摑める。

そんな打算的な思いが胸にある。

内山田が口にした昨日の内戦はまさにそうだ。歓迎会の残りは一時間弱。欲しいのは情報だ。

──そのためなら、ホステス役で結構。

自らにそう言い聞かせると、眼前の手越の猪口に徳利の日本酒を注いだ。

手越は昨日組の一面担当。つまり、内戦の場にいた。

「手越さん、昨日組って、そんな大変だったんですか？」

何も知らない体《てい》で、桃果は探る。

「ああ大変やった。ほんまに頭にきたわ。俺の天才的な仕事ぶりで、もう十七時には紙面は完成してたんやぞ。それを夕方に帰社した局長が、『そぐわない』て駄々こねよって、終《しま》いにはちゃぶ台返しや」

先ほどビールジョッキをかち割り、この場をしらけさせたのは既に過去の話。テーブル越しの手越は饒舌《じょうぜつ》だった。

二十九歳。第一グループ第六席。東経出身。企業部時代に紙面上のミスを隠蔽《いんぺい》。それを暴かれて、整理部送りにされた「前科」を持つ。ちなみに、その代わりに整理部から企業部に栄転したのが、あの特ダネ記者、常木翠玲である。

「飲み行こうや」

「遊ぼうや」

手越は桃果と顔が合えばそう誘ってくる絵に描いたようなチャラ男だ。日々の言動から察するに、おそらく桃果に気がある。そのうえ、お調子者の性格だから、ちょくちょくデスクやキャップから叱られている。自らを「天才」と豪語するが、仕事ぶりは可もなく不可もなく。

猪口に日本酒を注ぐほどに、手越の口は滑らかになった。どうやら手越の話をまとめると、昨日の経過はこういうことらしい。
・十五時の紙面会議で、朝刊一面トップが社会部ネタにあっさり決まった。
・ネタは富士見《ふじみ》医科大学の医学部入試で、およそ十年間、女性の受験生を不利に扱う得点操作が行われていたというもの。
・手越の天才的？　な仕事ぶり（おそらくは出稿が早かっただけ）によって、夕方には一面紙面がほぼ出来上がっていた。
・だが、その後帰社した堂本局長が難色。社会部の特ダネは、一面トップから外された。
・さらに、何故か社会部ネタを他紙も報道。そのため、版を重ねるごとに扱いは小さくなった。
・代わりに一面トップに採用されたのは、堂本局長のお膝元、企業部の常木記者のネタ。
・十四版の降版後に三島社会部長が「ネタを潰された」と怒っていた。
良い具合に内山田と郷田の会話を補完できる内容だった。まるでその場に居合わせたように、内戦の全容がこれで見えた。それにしても——。

——これでは、東経の誰かが意図的にリークしたと考えるのも一理あるな。

毎朝のネタを潰して東経のネタを大きく扱う——。そんなストーリーが見事に成立してしまう。

「あの手越さん、ちょっと気になったんですけど……」

桃果は手越の猪口に日本酒を注ぎながら問う。

「一面トップが社会部ネタだって、夕方の段階で知ってた人は、どのくらいいましたか?」

その瞬間、赤ら顔の手越があからさまに呆れる。

「おいおい藤崎、何言うとるん? お前も第一グループの一員なら知ってるやろ。そんなん仰山おったに決まっとるやん。十五時の紙面会議で社会部ネタはお披露目されたんやから」

朝刊紙面会議には、その日の編集長、各部デスク、整理の主要面担の面々。少なく見積もっても四十人は出席する。

「それにや、当初は社会面トップで、一面受けをやる予定やった。せやから、軟派整理の面担連中にも情報はいってたやろな。一面ネタが分からな、受けるに受けられへんやろし」

軟派とは社会やスポーツ、文化などの面を指す。

受けとは、一面などの前面で報じた内容を関連記事として別面に載せることを意味する。

「つまり、夕方の段階で他部も含めて、かなりの人間が知っていたんですね」

桃果はふむふむと言った感じで言葉を紡ぐ。

——本当に第一グループに裏切り者はいるんだろうか?

「ちなみにですけど、昨日の二面と三面担当って、誰でしたっけ?」

「んっ昨日? 二面が清野《きよの》で、三面は犬伏《いぬぶせ》キャップや。そして一面はこの天才の——」

「説明ありがとうございます」

桃果は手越の言葉を遮るように謝意を述べる。

——二面の清野さんは毎朝出身。三面の犬伏さんは東経出身か……。

この件に関わるようになってから、桃果は常に出身母体を気にするようになっていた。

「あの、手越さん、昨日、面担中に変だなって思ったことはありますか?」

「藤崎、その質問が逆に変やで」

手越は訝《いぶか》るように目を細めて聞く。

「さっきから、藤崎どうしたん?」

探るような視線が桃果を射ていた。

「いや……何か社会部がかなり怒っていたと聞いて、今日の朝刊番として、一応把握しておきたいなぁって思って……」

裏切り者捜しは口外できない。だから、それっぽい理由を慌てて取り繕う。

「何や、藤崎も意外と気が小さいんやな。可愛いところあるやないか」

手越は快活に笑う。

しかし、それからスッと真顔になる。グッと体を前方に傾けると、声を絞って忠告した。

「せやけどな藤崎。俺らは所詮、『整理さん』なんやで。お上の紙面判断を気にしてどないすんねん。上のゴタゴタなんか気にせんと、決まった出稿予定で粛々と紙面作りをする。それが俺ら『整理さん』の仕事や。静かに過ごしとらんと刑期が延びるで」

「そうですよね……」

本質を突かれて、桃果は苦笑する。その時だった。

「あっ、せや!」

手越が何かを思い出したように目を見開く。

「変なことて言うたら、昨日は犬伏キャップがやたら首を傾げとったな。『なぜ社会部は、マル特を十一版からブチ込んだ?』って。『最終版からブチ込めば良かったのに』って」

「そんな大事なマル特なら、引っ張って、引っ張って、最終版からブチ込めば良いだろう? 紙面会議で、堂々と発表するから漏れるんだよ。藤崎もそう思うだろ？」

犬伏忠直《ただなお》は瓶ビールを注ぐ桃果に同意を求めるように聞く。

三十七歳。整理部第一グループのダブルキャップの一角。東経出身。苗字に「犬」、名前に「忠」とある通り、まさしく忠犬。読者ではなく上司や出稿部の顔を見て、仕事するタイプだ。

「社会部はお粗末すぎるよ」

アルコールも手伝ってか忠犬の面影はない。あからさまな社会部批判である。

「ちょっとあんた！　その発言は、社会部に失礼よ！」

金切り声が、桃果と犬伏の会話を切り裂く。

声の主は猿本真奈《さるもとまな》だ。三十九歳。犬伏とともにダブルキャップを務める。毎朝出身。バツイチ子持ちの武闘派だ。

「どうだか。その後、各社が報じているし、そもそもが大したネタじゃねぇんじゃないの？」

底意地の悪い笑みで犬伏が挑発する。猿本がキッと歯を剝《む》き出し、それに嚙みつく。

「社会部に落ち度があったみたいな言い方やめてよ！　毎朝の社会部が他社に負けるはずないじゃん！　まぁ、あんたには分からないだろうけど」

鼻で笑い、油をたっぷり注ぐ。幼少期から柔道で鍛え上げられてきたためか、猿本はいつも好戦的だ。特にこの犬伏に対しては――。

「猿、テメェ！」

犬伏が唸るように吠える。

「うるせー、犬っころ！」

猿本も一段と歯を剝き出す。

両者が睨み合う様は、まるで子供の喧嘩だ。

猿本は毎朝時代から社会部一筋。なかなかの敏腕記者で、社会部記者としてエリート街道を歩んでいたらしい。

ところが数年前、酒宴後に些細《ささい》なことからタクシー運転手と口論になる。こともあろうに路上に引きずり出して、運転手を蹴り飛ばしてしまった。そして、現行犯逮捕されたのだ。

タクシーに同乗していて、止めに入った当時の社会部長まで、得意の背負い投げで鮮やかに投げ飛ばして一本。病院送りにしたというおまけ付きである。自らのキャリアもろとも、破壊してしまった。この「大失点」によって、猿本は整理部に送られた。

「犬っころ、毎朝社会部ってのは、あんたが考えるほど甘い世界じゃないんだよ。一介の整理部員が分かったような口を叩くなよ」

猿本の言葉には、毎朝社会部出身というプライドと整理部への侮蔑が滲み出ていた。

「お前も一介の整理部員だろうが。いつまで社会部で飯食うつもりだよ――」

鼻で笑うように返す。

「何ですって⁉」

バンッ――。猿本が机を叩く。場が静まる。目を剝いて、テーブルを飛び越えて、摑みかからんばかりの勢いで腰を上げた――その時だった。

「ほらほら、お二人とも」

柔らかい温和な声が「犬猿の仲」そのままの二人を包む。

「今日は藤崎さんの歓迎会ですよ。楽しく飲みましょう」

にっこり顔で、仲裁に入ったのは、グループ第三席、岩倉朋美《いわくらともみ》である。

岩倉朋美――。三十五歳。第一グループ第三席。二児の母。元々は東北の地方紙にいたという。

その後、全国紙の毎朝新聞社に転職し、政治部記者として活躍。「将来は政治部初の女性デスクになるのでは」と噂されるほどの逸材だった。

しかし一七年四月、毎経新聞社の誕生と共に、自ら志願して整理部に転入した。

「子育てと現場の記者の両立は、やっぱり難しかったから……でも整理部の仕事って楽しいし、私、今までの部署で一番、整理部が好きよ」

朗らかな笑みを湛《たた》えて、岩倉はかつてそう言っていた。

『整理部の仕事が楽しい』

本音として、そう言える岩倉のことが、桃果は心から羨ましかった。

仕事ぶりも有能。整理技術もさることながら、出稿部と談笑しながら、的確な指摘や提案ができる。さらには、犬猿の仲のダブルキャップが衝突すれば、今日のように透かさず仲裁する。第一グループをまとめる司令塔――。このグループの「影のキャップ」だ。

「なんで私、歴史に名を残した人と同じ読みになっちゃったかなぁ」

それが岩倉の口癖だ。岩倉朋美という姓名を本人は嫌がっている。元々は井端《いばた》朋美だったが、結婚を機に岩倉姓になってしまったらしい。

テーブルの中央に座る桃果の傍。移動してきた岩倉が太陽のように温かい笑みで問う。

「藤崎さんの弟子はどう？　確か、俵屋君って言ったかしら」

新人の大量配属によって、第一グループでも第三席の岩倉から第八席の桃果までが、弟子を抱えている。桃果の弟子は、言わずもがな、あの三四郎である。

「まぁ、苦戦はしていますがまだ新人ですし」

〈権藤首相が自慰表明　十二年間は史上最長記録〉

〈月夜野化学が売春　社長「ずっと狙っていた。良い買い物できた」〉

前日、三四郎が付けた見出しが頭を閃光のように駆け抜けていき、顔が引き攣《つ》る。

「あらぁ、藤崎師匠も大分苦労されてるようね」

クスクスと笑いながら返す。

「あのぉ、岩倉さんのお弟子さんはどうですか？」

何だか頭の中を全て覗かれているような気もして、桃果は質問を返す。

その時だった——。

「えぇ！　藤崎さんの弟子って男なのぉ⁉　私も男が良かったな。私の弟子、マジで生意気な女で、超感じ悪いんだけど」

会話に強烈にカットインしてきたのは、清野ひなみである。

二十八歳。第一グループ第七席。東京大学法学部を卒業した才女。毎朝新聞社に入社後は経済部に配属。将来を嘱望されていたが、時間にルーズな性格と鼻につく発言の数々が上司のひんしゅくを買い、わずか半年で出稿部を「クビ」になったらしい。それ以来、ずっと整理部だ。

丸顔に、濃すぎるメイク。

——そして、この人の最大の謎はこれだ。

桃果はひなみの髪に目をやる。

鮮やかな栗色の髪の先には、なんとピンク色のカーラーが巻き付けられている。

いつもそうだ。カーラーをセミロングの髪に五、六個巻きつけて出社してくる。

最初は外すのを忘れて出社したのかとも思った。しかし、朝夕刊問わず毎回だ。夕刊番ならアフターファイブでまだ分かるが、深夜に終わる朝刊番だって、カーラーを巻いている。

整理部七不思議の一つである。

「岩倉さ～ん。聞いてください。私の弟子、何かめっちゃ要領悪くて、最悪なんですよ」

完全に会話の主導権を奪われた。

——岩倉さんにも尋ねたいことあったのになぁ。

「はっきり言って使えないです。バッチリメイクも決めてきて、仕事場を何だと思っているんだって感じです」

フグのように頬を膨らませて、ひなみは愚痴る。その口調がいちいち癇《かん》に障る。

——シャネルの香水もつけ過ぎだよ。

言葉だけでなく、桃果の鼻腔《びこう》までもひなみはいたぶる。

「清野さんの弟子は誰だっけ？」

岩倉は嫌な素振りを一切見せず微笑む。

「加藤《かとう》って言う上智大出身の小娘ですよ」

その瞬間、桃果の眉に電流が走る。

上智大学は桃果の母校だ。ひなみは先ほど、その加藤なる女子を『めっちゃ要領が悪い』と批判していた。学歴が全てではない。だけど、何だか自分が馬鹿にされているような気分になる。

「その子、見出しは十一文字以内とか、価値判断とか、何度言っても直らないんですよぉ。私、一回言ったことを覚えられない人って嫌いなんです」

ひなみは口を尖らせる。

「清野さんは頭が良すぎるから、そう感じちゃうんだよ、きっと」

「まぁそうですけど……」

否定しないのが、ひなみらしい。

——やっぱり、この人といるとイライラするな。てか、そんな羨ましい悩みで、新人のことを『使えない』と言うの？　だったら、うちの俵屋君なんて……。

価値判断や見出しの文字数など贅沢《ぜいたく》な悩みである。

「清野さん、本当に大変ですね」

――この人が裏切り者なら、これほど痛快なことはない。さっさとゴンザレスに突き出すのに。

表面上は至極同情するような素振りで、内なる桃果がせせら笑っていた。


酒席の一番奥。男女が談笑するその場所だけが、煌々《こうこう》と照らされている。桃果にはそう見えた。

整理部の生きる伝説。二人の天才がいた。

「藤崎さん、第一グループは慣れたかい？」

男が、桃果に気付いて、穏やかな声で問う。

バクン――。視線が交錯した瞬間、心臓が跳ねる。

「はい、何とか……」

節目がちに、ポツリ返した桃果の頬は、桃さながらに色づいている。

秋野宵《あきのしょう》――。三十一歳。第一グループ第五席。東経出身。雪のような白い美肌。漆黒の直毛の髪には、天使の輪が煌《きら》めいている。凛とした鼻筋と形の良い眉。そして、切長の奥二重は、どこか見たものを引き込む魅惑を秘めている。

イケメンというよりも美男子。いや、王子を連想させる。まさにドンピシャで、桃果好み。

秋野がローテに入ると紙面のヒヤリハット事案が多くなる――。これも整理部七不思議の一つだが、七不思議でも何でもない。既婚者、未婚者、アルバイト関係なく、全ての女の視線が秋野に奪われて、注意散漫になるからだと思う。

あんなに嫌だった第一グループ入り。しかし、秋野を間近で鑑賞できる権利を得たことだけは、良かったと思う。

無論、秋野はその容姿だけで皆を虜《とりこ》にしているわけではない。

整理部始まって以来の天才――。

神童――。

秋野は部内外でそう評される男だ。

出稿部デスクすら秋野には一目置いている。

整理さん――。現にその呼称で、秋野が呼ばれる場面を見たことがない。

「えっと……秋野さんのお弟子さんはどうですか？　独り立ちできそうですか？」

――何を聞いたら良いのやら。

緊張で会話を続けるためだけの言葉を放つ。

「うん。凄く頑張っているよ。松山《まつやま》さんって子なんだけど、僕と電車の方向も同じで、行き帰りによくばったり会うんだ。何かと質問してくるし、本当に熱心な子だよ」

――そりゃあ、あなたが先生なら誰だって頑張っちゃいますよ。てか、行き帰りでばったり会うのは偶然ですか？

桃果は会ったこともない松山さんなる新人にちょっぴり嫉妬する。

「藤崎さんも、何か困ったことがあったら、いつでも言ってね」

秋野の唇が笑みを形作り、整った歯が淡く煌めいた。

バンッ――。その瞬間、心臓を撃ち抜かれ、桃果は酒席から昇天しそうになる。何とか意志の力で精神を現世に留めた。

「はいっ！」

桃果は、小学生のごとく快活に返す。

クスクスクス――。左頰に刺すような視線を感じていた。

――しまった。

秋野しか見ていなかった。

秋野の向かいの席で春木文《はるきあや》が微笑んでいた。「二人の天才」のうちのもう一人だ。

三十二歳とは思えぬ妖艶さを漂わせつつ、文は言う。

「桃果ちゃんって、ホントに顔に出やすいよね。秋野桃果になる日も近いのかしら」

「なりませんっ！」

桃果は即座にそう返すが、その脳内では淡い妄想が急速に膨張していた。

藤崎桃果から秋野桃果に――。

表情までをも弛緩させる。

ゴホン――。軽く咳払いをして、文に視線を向ける。まだ揶揄うような眼差しの彼女に問う。

「文さんのお弟子さんはどうですか？」

文の探るような視線をかわすために言葉を投げる。

「そうね……」

そう言って、文はモーヴピンクの口紅で彩られた唇を舐める。それから、白ワインのグラスについた口紅をナプキンで拭う。

――これだけでこの人は絵になるんだよなぁ。羨ましいよホント。

「なかなか良いんじゃないかしら、顔は」

文はニコッと笑って、新人の男の子の容姿を話し始めた。

春木文――。三十二歳。第一グループ第四席。東京藝術大学美術学部卒業後、毎朝新聞社に入社。初任地の地方支局で三年を過ごした後はずっと整理部だ。記者としてもかなり優秀だったらしいが、本人の強い希望で整理部に来た。文は今春、八年目の整理部生活を迎えた。

紙面のレイアウトで右に出るものはなし。新聞紙面という限られた枠の中で、見出しや写真、イラストを巧みに組み合わせて、誰をも唸らせる紙面を作る。もはや芸術品だと思う。

談笑する文に視線を這わす。

加えて、容姿も美しい。セミロングの艶やかな栗色の髪。意志の強さを感じさせるくっきり二重。高い鼻梁《びりよう》。肉厚の唇。シュッとした顎のラインが小顔を強調する。

——さらに、脱いだらこの人はもっと凄い。

二年前、文は桃果の師匠だった。

「桃果ちゃん、お風呂行かない？」

仕事終わり、よく二人でスーパー銭湯に出かけた。脱衣所で、初めて文の裸体を見た時、桃果は言葉を失った。

全ての服を脱ぎ、髪を後ろに束ねている文の姿は神々しかった。女の桃果から見ても、ハッとするような妖艶さをまとっていた。あまりの衝撃に、桃果はタオルやメイク落とし、洗顔料などを脱衣所でぶちまけてしまったほどだ。

——この人には全て負けている。

桃果は文と相対する度、劣等感に苛《さいな》まれるのだ。

美魔女——。

巧みな紙面レイアウトと美しい容姿から、文は社内ではそう呼ばれている。

春木と秋野が談笑している。

——何だか二人って、お似合いなんだよな。

文と秋野を交互に見ながら思う。

——もしかして、実は付き合っている？

そんなことすら考えてしまう。

――二人みたいに認められる存在になれたら、今ここで、私は心から笑えていたのかな？

何だか密命を受けて裏切り者捜しをしている自分が恥ずかしくなる。

ゴクリと飲んだ烏龍茶は、先ほどよりも苦く感じた。

第五版　あのチャイムを鳴らすのは

四月下旬。あの歓迎会から一週間が経った。

——やっぱ時代遅れだよ、これ。

二十階の編集フロア。朝刊一面面担席に座る桃果は嘆息する。

机上には整理部の「三種の神器」がある。新聞紙面と全く同じ大きさの一枚の水色の紙は、下書きに使う「割り付け用紙」だ。長尺の線引き「倍尺」と「赤鉛筆」で、建築士さながらに用紙に紙面の設計図を描いていくのだ。

「ワシがデスクで入る日は、割り付け用紙に紙面デザインを描いて、見せるんじゃ」

当日の担当デスクによってルールは違う。だが、あの郷田すら霞《かす》ませるほどに、「ラストサムライ」こと、デスクの柳生源流斎《やぎゅうげんりゅうさい》のルールは独特だ。

整理部にも近代化の波。今や割り付け用紙を使わなくても、机上の組版端末画面で、簡単に紙面デザインは描ける。むしろ、組版編集ソフトを使った方が効率が良いとさえ、桃果は思う。

それなのに、源流斎は紙のデザインしか認めない。

まだ十六時である。初版（十一版）の降版までは三時間もある。こんな早くから紙に設計図を書いたって、超弩級のニュースが起これば、紙面設計なんて吹っ飛ぶ。

「セイッ。手越、違うわい。何度言ったら分かるんじゃゃ！」

源流斎の怒声が、桃果の思考を侵食する。

「この左囲みは下にもう一段伸ばすんじゃ」

「中央の写真は、こんなちまちま使わんと三段にせい」

「これは二段ではなく、横見出しで右下に押っ付けろ」

三面担当の手越が熱血指導を受けていた。さながら、剣術道場で打ち合う師範と弟子のようだ。

口調は古めかしいが、実は源流斎は五十六歳だ。第一グループでは、郷田や内山田のように筆頭ではなく、平のデスクをしている。いわば大目付と言ったところで、濃いキャラが集まる整理部にあっても、一際異彩を放つデスクだ。

常に藍色の作務衣《さむえ》を着用し、素足にサンダル。内勤のため服装が自由な整理部職場にあっても、その姿は奇抜である。整理部の三種の神器と一体。「割り付け用紙」と「赤鉛筆」を懐に忍ばせ、さらに作務衣の左の腰部分には、日本刀……ではなく「倍尺」を差している。

鷹のような鋭い眼光。浅黒い肌に無精髭を生やしている。白いものが交じり乱れた長髪をポニーテールでまとめた出立ちは、どこか幕末の志士を思わせる。

――何だか剣豪みたいな人だな。

桃果が出立ちと名前から抱いた感想は、ある意味正しかった。

先祖を遡れば、徳川将軍家の兵法指南役だった柳生宗矩《むねのり》に行き着く由緒正しき家柄。柳生新陰《しんかげ》流の剣術道場の次男として生を受け、その道場は兄が継いだらしい。

剣術一家に生まれた彼にどんな物語があったのかを桃果は知らない。しかし、新聞がほぼ手作業で作られていた時代に毎朝新聞に入社し、それから四十年近くの月日をここで過ごしてきた。

「おい手越、これハラキリじゃぞ！」

鼓膜を源流斎の甲高い声が突く。

ハラキリ――。紙面の段と段を見出しも罫線もなく、一直線に横断してしまう紙面制作上のタブーだ。

その風貌と「ハラキリ」発言に桃果は思う。

――やっぱりこの人、ラストサムライだ。

十七時を過ぎた。編集局記者達から続々と原稿が届き始めたのだろう。出稿部の島が、俄《にわか》に活気付いてきた。

それとは対照的に、先ほどまで活気があった整理部第一グループの島は落ち着いている。一～五面全ての紙面デザインが、源流斎師範のお許しを得たからだ。

「うむ。藤崎、これで良い」

桃果が一面の割り付け用紙を提出すること四回。源流斎はようやく首を縦に振った。

「藤崎、大分、苦労したなぁ」

最後に合格した桃果を手越が茶化す。

「八回も再提出した手越さんには負けますけどね」

「八回も」の部分をことさら強調した。

「うるさいなあ。あのサムライ爺さんが俺の芸術を理解できてへんだけよ」

数十メートル先の政治部の島。そこで他のデスクと話し込んでいる源流斎に視線を向けつつ、手越は軽く舌打ちする。

「二人って、何だかいつも仲良しよね」

二面席の岩倉が、今日も太陽のような笑みで包む。

「仲良くないですっ！」

すぐに否定した桃果と手越の声が仲良くシンクロする。

「声はバッチリ重なってるけどね」

岩倉がクスクス笑う。それだけでグループ全体が和む。

岩倉は源流斎に割り付け用紙を見せた際、いくつかの改善点を指摘されたものの早々に合格。調整力だけでなく、整理技術も優れていることを改めて証明した。

第一グループの朝刊席は五つある。どこか小学校の給食風景を思わせる。桃果が今、座っている一面席はいわゆるお誕生日席だ。だから、二~五面の面担の横顔が見放題である。

左前方の席には二面の岩倉。右前方には三面の手越。そして、その手越の向こう。五面席には秋野の横顔があった。

内心の高ぶりが表情に出ないように注意を払いながら、秋野をチラ見する。

秋野は今日も「神童」だった。紙面デザインを一発合格。秋野の割り付け用紙を見た瞬間、源流斎はコクリと何度か頷き、告げた。

「ワシから言うことは特にない」

最大の賛辞だった。

「藤崎も大分、第一グループに慣れてきたようだな。良かった良かった」

回想していた桃果の鼓膜にしゃがれ声が触れる。犬伏が傍に立っていた。「忠犬」ことダブルキャップの一角。今日の四面担当だ。喫煙室から戻ってきたのだろう。吐く息にタバコの残り香が混じっている。

——私も一服したいよぉ。

隠れスモーカーの桃果の細胞たちが、ニコチンを渇望して疼《うず》き始める。

「まぁ、柳生デスクに当たれば、誰もが最初は通る道さ。気にすんな。めげずに頑張れ」

出来るキャップ感を前面に出し、肩で風を切って、犬伏は四面席へと戻っていく。でも桃果は知っている。

——この人は今日、私を上回る六回の再提出を迫られていた。


『裏切り者を捜せ！』

——まただ。

頭蓋でキーンとあの言葉が反響し、桃果は顔をしかめる。さっきからそうだ。きっと、あの男を久しぶりに見たからだと思う。

「今日の一面トップは、政治部の新党結成モノで行く」

二時間前。十五時の紙面会議で、編集長のゴンザレスは、有無を言わさぬ口調で告げた。

「選んだ」というよりも、消去法で「決まった」という表現の方が正しい。

スキャンダルで閣僚の辞任が相次いでいる。任命責任を野党に追及されて、新子義資《あたらしよしすけ》首相の求心力は低下。支持率は危険水域とされる二十％台前半まで急落した。

そして今日。政権与党の憲自党の有力派閥の一部が、新党結成を発表した。発表モノだから、ニュースバリューはそれほど高くない。背景なしの五段の縦見出しが妥当だ。

——ああ、早く十四版を終わらせて、おウチで私も一服したいなぁ。

再びそんなことを考え始めた時だった。

キンコンカン——。

学校のチャイムを彷彿とさせる音色。共同通信が超弩級のニュースを流す前のチャイムだ。活気付いていた編集フロアがピタッと静まる。天井には共同通信のピーコのスピーカーがある。

フロアの全員が、顔も意識も天井に向けていた。

キンコンカンコン――。

ピーコが鳴り止む。それと同時に、共同通信の男性スピーカーが一気に言葉を吐き出す。

「共同通信ニュース速報！　新子首相が辞任の意向！」

ピーコが毎経新聞社の編集フロアに超弩級の爆弾を投下した。紙面設計もろとも吹っ飛ばした。

こういう時、どよめきは起こらない。代わりに水を打ったような静けさが編集フロアを包む。今日もそうだった。フロアの全員が固まっている。一部はあんぐり口を開けていた。本当に驚くと人は声が出ないらしい。

ピロピロピロリン、ピロピロピロリン――。

その静寂を切り裂くように、今度はテレビから速報ニュースを告げる機械音が流れてくる。第一グループの島の近く。天井から吊るされたテレビ。ＮＨＫがテロップで〈新子首相が辞任の意向〉と速報していた。

「藤崎っ！」

その静止した世界からいち早く動き出したのは、デスクの源流斎だ。いや、そもそも彼は静止などしていなかったのかもしれない。

「はいっ！」

桃果はビクリと背筋を伸ばし反応する。抜刀でもしそうな前傾姿勢で、源流斎が近づいてくるのが見えた。

「号外を今すぐに作るんじゃっ！」

源流斎は叫ぶように言った。

「ご、号外⁉」

全く予想していなかった言葉に、桃果は動揺する。

「十分で作るんじゃ。良いな⁉」

それだけ言うと、源流斎はくるりと旋回。五十六歳とは思えぬ身のこなしで、編集フロアの中心の幹部席に走る。編集長のゴンザレスに何かを告げると、フロアの彼方へと消えていった。

「号外用の紙面のテンプレって、そもそも組版のどこにあるんだよっ」

犬伏が叫ぶ。今にも「クゥーン」と泣き出しそうな顔は、子犬を連想させた。もはやキャップの威厳はない。

「た、確か、号外用のマニュアルがどっかにあったはずです！」

端末に保存されたファイルを慌てて探し始める手越の声も震えている。

——どうしよう。

対する桃果も他人事《ひとごと》ではない。突然すぎて、思考がまだ追いつかない。

机上に目をやる。四回提出して合格した水色の割り付け用紙が、セピア色に色褪せていた。

紙面設計の全てが吹っ飛んだのだ。

——いや、今はそれよりも……。一刻も早く号外を作らなきゃ。今日の一面担当は私でしょ？

頑張るんだ藤崎桃果！

自らを鼓舞するようにグッと拳を握る。その時だった。

「手越君、マニュアルは捜さなくて大丈夫だよ」

ピリリとした空気の中で、柔和な声が第一グループを包む。秋野だった。

「マニュアルは、全て僕の頭の中に入っているから必要ない」

まるで戦場に咲く一輪の花。穏やかな笑みで秋野は続ける。

「藤崎さんは、僕と一緒に号外用の紙面を作ろう。政治部への原稿要請も必要になる。それは柳生デスクがここに戻ってきたら、僕からお願いするよ」

まさしく司令塔。的確な差配をしていく。

「岩倉さん、既に柳生デスクが打診しているかもしれませんが、輪転機が使えるように、印刷局に掛け合っていただけますか？」

時間との戦い。号外の場合、印刷工場ではなく本社地下にある輪転機で刷る。

「犬伏キャップと手越君は、手の空いている若手を集めてください。紙の号外が出来たら、彼らに配ってもらいます」

あまり知られていないが、号外は多くの場合、手の空いている社内の記者が配る。

「分かった！」

忠犬よろしく、キャップとは思えぬ従順さで犬伏が頷く。手越や岩倉も、自分の職務を全うすべく散っていった。

この中で一番落ち着いている岩倉には、機転と交渉力が求められる印刷局への連絡。狼狽している犬伏と手越には若手の招集。そして、経験が浅く困惑している桃果には、自らが指導して号外を作らせる。

「では柳生デスク、政治部に原稿依頼をお願いします。ひとまず電子号外を出したいので、一コマ分の行数の発注を優先してお願いします」

「了解じゃ！」

今戻ってきた源流斎が再び踵を返し、政治部の島へと走る。秋野への絶対的な信頼が、源流斎の反応から見て取れた。

「さて藤崎さん、号外に取り掛かろうか」

秋野の整った白い歯が煌めく。

「はい……」

桃果はこの時、マウスを握る右手が震えていた。震えを止めることが出来なかった。無論、怖いからではない。

——どうしよう私。秋野さんの全てがカッコ良すぎて、全く頭が回らないんだけど。

「第1818号」と表示されていた端末画面脇の表示が「号外」に変わる。

「号外用紙面、セット完了です！」

さながら戦場での弾薬装塡《そうてん》。桃果は傍の秋野に報告する。

「うん」

秋野は温和な笑みで応じてから、画面に顔を近づける。

「藤崎さん、まずは黒ベタ白抜きの横見出しで〈新子首相が辞意〉と打って。それから、縦はM6で〈就任十ヶ月、求心力低下〉で」

Mとは明朝体のことで、6とは文字の大きさを表す。

「はいっ！」

桃果は上官命令に忠実に従う兵隊の如く快活に返す。敬礼までしそうな勢いだった。

「うん、良い感じだね。次に、この新子首相の写真を縦三段で使おうか」

顔写真は先ほど秋野が写真部に手配したもの。まるで、この未来が分かっていたかのように、全ての行動に無駄がない。

「号外の初稿を送りましたぁ！」

ちょうどその時、数十メートル先の政治部の島でデスクが叫ぶ。

「はいっ！」

桃果は反射的に片手を挙げて応じた。

【新子義資首相（六十五）は二十二日、辞任する意向を固めた。政権幹部が明らかにした。スキャンダルに伴う相次ぐ閣僚の辞任や唐突な増税発言によって、政権内外からの批判が高まっていた。足元では支持率も急落しており、一部の主要派閥から新党結成の動きも出ていた。迫る衆院選を見据えて、求心力低下の責任を取る。新子政権は就任から十ヶ月での幕引きとなる。】

速報性を重視。わずか一コマの原稿だった。

桃果は、リードは作らずに、そのまま原稿を号外紙面に流す。紙面の下二段は空白。行数は全然足りない。だが、その空白具合が号外という緊急紙面をさらに際立たせている。

「うん。藤崎さん、良い感じだね。見出しや原稿に致命的な間違いがなかったら降版しよっか。では柳生デスク、ちょっと確認していただけますか？」

「うむ」

桃果は背筋を伸ばす。各方面への調整で編集フロアを走り回っていたはずの源流斎が、何故か後ろに立っていたからだ。

源流斎はグッと端末画面に顔を寄せる。トレードマークのポニーテールが、桃果の眼前で左右に揺れていた。倍尺を物差し代わりにして、画面の見出しと本文をなぞること三十秒。

「うむ。オッケーじゃな。藤崎、降ろせ」

ゴーサインが出た。

「はい。電子号外、降版します！」

桃果は画面上の降版ボタンにマウスでカーソルを合わせて、左クリックする。その瞬間、まるで吸い込まれるかの如く、画面の向こうの世界へと号外紙面はスッと消えた。

ピコッ――。すぐに社内の至る所から、電子音がこだまする。毎経新聞アプリの号外速報の通知だ。たった今、桃果が降版ボタンを押したからだ。

わずか十分で電子号外が完成。後に分かったことだが、主要五社で電子号外の発行がダントツで早かったらしい。

無論、これは秋野の功績だ。桃果は安堵のため息を吐いて、左脇の秋野を見上げる。

凛とした佇まいと温和な表情。柔らかな後光が差していた。

憧憬《しょうけい》。畏怖《いふ》。好意。様々な感情が桃果の胸で渦巻き、マウスを握っていた手が、再び小刻みに震え始めた。

「藤崎さん、お疲れ様。政治部の差し替え原稿がそろそろ来ると思うから、紙面用の号外作成に入ろうか」

電子号外の降版から十分。初報を滞りなく配信できたことで、桃果の中にあった緊張や焦燥といった感情は霧散した。

Ｎｅｗ――。組版編集ソフトの原稿ファイルフォルダに、新規原稿を示す赤文字が点滅していた。

「号外の差し替え原稿を送りましたぁ！」

共同と時事の印刷原稿の束をメガホンにして、政治部デスクが叫ぶ。

「はいっ！」

小学生さながらの元気な返事。桃果はまたも片手を挙げて、それに応じた。

初稿から行数は五倍に増えた。この短時間で、毎経政治部が総力を上げて取材した――というよりも、共同や時事との加盟社契約を最大限利用して、原稿を延ばした感が滲み出ていた。

先ほど行数不足で作れなかったリードを作って、原稿を流す。あと一コマで行数は埋まりそうだ。しかし、それは次版で良い。号外はとにかく速報性が大事だ。

「藤崎、ちょっと見せい」

傍に源流斎が立っていた。桃果はビクリと背筋を伸ばす。

——この人、さっき階段を駆け降りていったよね？

源流斎は、キスでもしそうなほどに号外紙面の映し出された画面に顔を近づけている。倍尺で見出しと文字をなぞって、間違いがないかをチェックしている。

——デジャブ？

ポニーテールが左右に揺れるのを桃果が背後から見つめること三十秒。

「うむ。オッケーじゃな。藤崎、降ろせ」

やはり、全く同じ言葉を源流斎は吐いて、また編集フロアの彼方に消えていった。

「紙面号外、降版します！」

電子号外に続き、この日、二回目の降版ボタンを押す。

スッ——。号外紙面は、端末画面の向こうの世界へ吸い込まれるように消えた。

「輪転機、出力開始です！」

幹部席近く。印刷局とホットラインが繋げる机上電話を耳に押し当てた岩倉が、人差し指と親指で丸を作って、桃果たちに合図する。どうやら輪転機が無事に回り始めたらしい。

「よぉし。じゃあ、君たちは今から地下二階に行って、刷り上がった号外を受け取れ。受け取った者から街に繰り出して配りまくれ。号外は時間が勝負だぞ。急げよぉ」

第一グループの島。犬伏がここぞとばかりにキャップ風を吹かして、集まった若手記者たちに檄《げき》を飛ばしていた。

「あっ！」

そこに見知った顔を桃果は見つけて声を出す。三四郎である。

〈権藤首相が自慰表明　十二年間は史上最長記録〉

〈新子首相が辞意〉の号外のせいか？　不意にあのトンデモ見出しが桃果の脳内で蘇る。

——俵屋君を号外配りに参加させて、大丈夫かなぁ。

小走りで編集フロアを後にする三四郎の背を見つめながら、不安のさざ波が立ち始める。


結果的に言うと悪い予感は的中した。三十分後。電子号外の三回目の差し替え降版を終えて、落ち着きを取り戻し始めた社内。

「桃果ァ、相変わらず引きが強いのぉ」

陽気な声に端末画面から顔を上げる。デスクの郷田が傍に立っていた。

「郷田デスク！」

——どうして非番のあなたがここにいるのですか？

おそらく桃果はそんな顔をしていたのだろう。郷田は笑みを浮かべて明かす。

「ちょっと今日は、急な仕事が入ってのぉ。緊急で出社したんじゃ」

皮脂だか、汗だか分からない艶で、郷田の顔は黒光りしていた。深く刻まれた左頰の傷がより際立っている。

——非番なのに出勤なんて、第一グループデスクも大変なんだな。

桃果は多分に同情を含んだ視線を向ける。不意に郷田がハッと何か思い出した表情をして、上着のポケットを探る。

「そうじゃ桃果ァ。これなんじゃけども」

そう言って取り出したのは八つ折りの紙である。紙を開き終わると、新聞独特のインクの香りが鼻腔を突く。紙面号外だった。

「あっ、それ⁉」

――どうして持っているのですか？

そんな表情で尋ねた桃果に、郷田が左頰の傷を掻きながら答える。

「それがのぉ、号外を毎経本社前で、三四郎が配っとったんじゃ。出社する毎経社員に『号外で～す』いうて叫びながら、必死に配っとってな、『三四郎！　わりゃこがいなところで配ってどうすんじゃ！』とワシが一喝したんじゃが、多分あいつ、渡されたほとんどの号外を本社前で配っちょったぞ」

――俵屋君よ、号外を自社の社員に渡してどうする……。

桃果はこの日一番の大きなため息を吐いた。

*

丸の内の東京本社から徒歩十分。山手線の高架線沿いを有楽町《ゆうらくちょう》方面に進み、裏通りに入った古びたビルの地下一階。そこにスナック「ポインセチア」はある。

午前三時という時間のせいか？　はたまた立地のせいか？　薄暗い店内には、桃果たち以外はいない。コの字型のソファが囲むローテーブルで、ろうそくの炎が揺らめいている。桃果の対面に座るその男の顔の陰影をゆらゆらと映し出し、不気味さを演出していた。

「あのぉ、お話って、何でしょうか？」

朝刊一面面担という大役後の密会。桃果は眼前のゴンザレスに切り出す。

「まぁ、まずは乾杯といこうじゃないか」

——三十分も待たせておいて何が乾杯よ。

その言葉をかろうじて喉元でとどめる。

ストレスにさらされた一日。桃果の体は、アルコールとニコチンを渇望し、ざわめいていた。

——早く帰ってアルコールとニコチンを摂取したいのに……。

ゴンザレスに悟られぬように嘆息し、手渡されたドリンクメニューを眺める。

なぜここにいるか？　時計の針は今から一時間前に戻る。

午前二時。一面面担席で、引き継ぎメールを作成し、帰宅しようと桃果が腰を浮かしかけたその時だった。

ピコンッ——。まるで桃果の行動を監視していたかのようなタイミング。社用スマホにこのスナックの場所を記しただけのメッセージが来た。

その送り主は——。編集フロア中央の幹部席から射るような視線を頬に感じる。視線が交錯した瞬間、編集長のゴンザレスがニヤリと笑った。

「ゴンちゃん、あらぁ今日は随分若い子を連れてきているのねぇ。新しいコレかしら？」

そう言って、このスナックの店主と思われる初老の女が小指を上げる。

ゴンザレスはここの常連らしい。

しばらく、たわいも無い世間話をした後で、

「最初は生中でいいかしら？」

ゴンザレスに問いかけた視線が、桃果へと向く。

「あなたも生中にする？」

てっきり、そう聞かれるかと思ったが違った。

「えっと、あなたってまだ未成年よね？」

桃果の眉間に皺が寄る。

「二十五歳です！　三ヶ月後には二十六歳になります！」

子供さながらに頬を膨らませてムッとする。

「藤崎君、今日はアルコールを飲めないふりをしなくて良いからね」

ゴンザレスが歪な笑みを浮かべる。

――この人、私が下戸のフリしているって気付いていた？

桃果はハッとする。

――今日は後藤部長もいない。ゴンザレスとのサシ飲みだ。ならば……。

「私もビールくださいっ！　生中じゃなくて、大ジョッキで！」

ゴンザレスの口の端がさらに吊り上がる。

「タバコだって、吸ってかまわないからね」

ローテーブルの灰皿を桃果の方にそっと差し出す。

バクン――。心臓が跳ねる。アルコールのみならず、タバコのことまで見透かされていた。

――どこまで私の秘密を知っているの？

鳥肌が立つ。卓上の揺らめくろうそくが歪な笑みを浮かべるゴンザレスを照らす。一挙手一投足も逃すまいとするその細い目から逃げるように、桃果は視線を逸らす。

「乾杯！」

小柄の桃果は大ジョッキ。

元相撲部主将という肩書き通りの大男のゴンザレスは中ジョッキ。

――これ、絶対逆でしょ。

チグハグ感に桃果は苦笑する。

ゴクゴクゴク――。喉が鳴る。一口と思っていたが、止まらない。

――美味《うま》い。美味すぎる。

やはり、ストレスにさらされた日はアルコールだ。大ジョッキの半分を一気に飲んで、ローテーブルに置いた瞬間、ゴンザレスが店の奥に向かって叫ぶ。

「ママぁ、おかわりね！」

――だったら最初から大ジョッキを頼んでよ。

桃果には、こういう人間の心理が分からない。呆れを含んだ視線でゴンザレスを眺める。

「ふーっ」と、大きく息を吐いてから、ゴンザレスはグイと前方に巨体を傾ける。不意に視線が重なって、薄暗い店内に微細な電流が迸る。

「藤崎君」

ズシリとのしかかるような重低音で名前を呼ばれ、桃果は構える。

「今日の一面でも、社会部ネタがリークされた」

「し、社会部ネタの……リーク⁉」

かろうじて返したものの、言葉が続かない。

――社会部ネタって……。

記憶を辿るように、視線を天井に這わせるが、動揺のあまりすぐに思い出せない。

「スターフーズの中澤《なかざわ》のネタだ」

思い出すよりも前に、ゴンザレスが答えを提示する。

「あー！」

桃果は何度か頷く。

――そうだ。

桃果は思い出した。十三版で一面の四番手として社会部の抜きネタが飛び込んできた。だが十四版には社会面に都落ちした。

【都内の自宅マンションで妻を殺害したとして、警視庁は二十二日、外食大手のスターフーズサービスの社長などを務めた中澤秀樹《ひでき》容疑者（六十三）を殺人の疑いで逮捕した。捜査関係者への取材で分かった。】

そんなリードで始まる記事だった。

〈元スターフーズ社長逮捕　妻殺害の疑い〉

大した思い入れも、驚きもなく、流れ作業で見出しをつけた。

中澤はかつては「プロ経営者」として名を馳せていた。知名度は高いから、通常の凪《なぎ》の日だったら、一面に残れたかもしれない。

しかし、夕方に新子首相の辞意の一報が飛び込んできた。桃果は一面の面担として、濁流の渦に飲みこまれ、翻弄され続けた。

号外対応を終えたのが十八時。当然、政治部の新党結成のネタは、新子首相の電撃辞任で、新党構想自体が白紙になったためボツになった。

桃果は割り付け用紙に、新たな一面のデザインを描いた。計三回の提出。デスクの源流斎が首を縦に振って、ようやく一面の紙面作りに着手できたのが十八時半。

十一版（十九時）、十二版（二十一時半）、十三版（二十三時）、十四版（午前一時半）――。

まさに薄氷の上に立っているかのような思いで、桃果は四回の降版をこなした。

トップ、準トップ、三番手は、新子首相の電撃退任の記事で固められた。政治部からは何度も赤字が入った。記事中の事実誤認が降版後に校閲記者の指摘で発覚し、十一～十三版と三回連続で再降をして、印刷局の役員が編集フロアに怒鳴り込んでくる一幕もあった。

そして十一～十四版の中で、最も熾烈《しれつ》だったのが四番手争いである。半ば椅子取りゲームだった。

科学部（十一版）、経済部（十二版）、社会部（十三版）、企業部（十四版）と版を替えるごとに、四番手は目まぐるしく変わった。

「でも、四番手の社会部ネタが変わった理由って……」

桃果の言葉の先をゴンザレスが引き継ぐ。

「そうだ、ニュースバリューだ。企業部の三島《みしま》化成のＴＯＢネタが、社会部ネタより強かったからだ。表向きはな……」

ゴンザレスは「表向きはな」という部分を一際強調した。

〈三島化、三峡《さんきょう》電線を買収　三千億円でＴＯＢ〉

十四版で入ってきた企業部のマル特に、そんな見出しを桃果はつけた。

社会部ネタより価値のあるネタが十四版に入ってきた。だから交代した。

桃果も納得のリリーフ登板だった。だが――。

「真相は全く違うんだ」

ろうそくの炎がゴンザレスの落ち窪んだ眼窩の奥の瞳に反射している。桃果にはそれが、怒りの炎に見えた。

「中央とタイムスが十四版の半ばで突如追いついてきた。中央の電子速報が零時三十一分、タイムスは零時三十五分」

ゴンザレスの声と唇が微かに震えていた。

「ウチは最終版後の午前二時に速報を流すつもりだった。しかし、他社が報じた以上、もう社会部ネタはマル特ではない。だから、私の判断でウチも速報記事を零時四十二分に流したんだ。これじゃ、まるでウチが後追いしたみたいだ」

ゴンザレスは二杯目の生中を一気に飲み干す。それから、ウィスキーのロックを注文した。

十三版から十四版の狭間《はざま》。他社の報道時間を加味すると、二十三時から零時半までの一時間半。

——その間に誰かが他社にリークした？

もっとも、そう断ずる前に、まずは確かめなければならないことがあった。

「中央とタイムス、双方がウチと同様に、中澤の逮捕ネタを事前に摑んでいたという可能性は？」

それならばリークではない。

「うむ。実は私もそれは考えた。だが違う」

断定口調だった。

——なぜ、そう断言できる？

「実はタイムスの記者がウチの社会部記者のネタ元のサツカンにこうぶつけてきたらしい。『毎経一面に、スターフーズの中澤のコロシのマル特が載りますよね？　既にフダ取ってワッパも掛けたって書いてあるそうです。酷《ひど》いじゃないですか、毎経だけを抜け駆けさせるなんて』と」

「サツカン」とは警察官、「コロシ」は殺人事件、「フダ取り」は逮捕状を取ること、「ワッパをかける」は手錠をかけることの隠語である。

「それって……」

信じがたい事実に桃果は息を呑む。

「そうだ。明らかにウチの十三版の一面紙面の内容を知っていた口ぶりだ。つまり、誰かが社会部のマル特を他社に何らかの方法で伝えた。私はそう確信している」

ゴンザレスの荒い鼻息が、ろうそくの炎を消さんばかりに揺らす。

「一面紙面は機密性が高い。部外者が覗くのは容易ではない。第一グループの島がフロアの片隅にあるのもそのためだ。となると、リークしているのは、やはり……」

煮えたぎる怒りを冷やすようにゴンザレスはウィスキーのロックを一気に呷る。

「容疑者は何人いるかね?」

ゴンザレスが問う。

——容疑者?

唐突な質問に理解まで数秒を要す。それから、桃果は記憶を辿るように視線を天井に向ける。

「今日の面担は、私と手越さん、岩倉さん、秋野さん、犬伏キャップ。さらに柳生デスクです。あとは私達の弟子達ですかね」

「弟子って、何で新人まで一面の内容を知っている?」

——この人……。本気でそれを言ってる?

舌打ちしそうになる。

「彼らに仮刷り配りを手伝ってもらっているからです。ご存じかと思いますが、この春から整理部は学生アルバイトがいなくなりました。正直、猫の手も借りたいほどの深刻な人手不足です。今年は二十五人も整理部に新人を配属していただいたので、多くの弟子がいます。ですから、彼らをありがたく有効利用させていただいているんです」

捲《まく》し立てるように反論する。皮肉でも言ってやらなきゃ、やってられない。

アルバイト削減の表向きな理由は、昨年、他社で起きたアルバイトによる仮刷り紙面のSNS投稿事件だ。しかし、本当はコストカットのためだ。現場を知らない経営幹部の独断で、無駄なコストとみなされた整理部のアルバイトが四月から消えたのだ。

結果、整理部の面担自ら、仮刷りを配らなければならなくなり、紙面作りの時間が減った。

「何人の弟子が一面の内容を知っていた？」

ゴンザレスは、桃果の皮肉に「変化」を繰り出し、ヒラリとかわす。

「犬伏さん以外の四人は、弟子を持っています」

「うむ。つまり、手越君、岩倉君、秋野君、犬伏君、柳生デスク、弟子四人。君以外の計九人が容疑者ということでいいね？」

念押しするようにゴンザレスは問う。

「はい」

そう言いながら、桃果の脳内では弟子の三四郎の姿が浮かんでいた。

——彼に他社にリークなんて芸当ができるだろうか？

『号外を毎経本社前で、三四郎が配っとったんじゃ』

郷田の濁声が蘇り思わず苦笑する。

——んっ？　郷田デスク？

ハッとする。

「どうした？」

表情の変化に気付いたゴンザレスが問う。

「非番の郷田デスクが……一面の面担席に何度か来ていました」

『ちょっと今日は、急な仕事が入ってのぉ。緊急で出社したんじゃ』

郷田はそう言っていた。あの時はその発言を気にも留めなかった。日付が変わるまでいた郷田に頭が下がる思いだった。だが――。

――郷田デスクは一体、夜遅くまで本社で何をしていた？

「藤崎君！」

ゴンザレスの声が桃果の思考を打ち消す。

「郷田君も含めた計十人の当日の行動を入念に洗え！」

＊

本社十階の会議室。全面ガラス越しの陽光が観葉植物の葉を透かす。この麗かな春の陽気のおかげで、幾分、桃果の心情も穏やかになりつつある。

週明けの月曜日午後。ゴンザレスとの深夜三時の密会から二日が経った。本来ならば桃果は今日は非番だ。つまり休みであった。

ところが、桃果は今、会議室でシステム部の同期、宮内奈美子《みやうちなみこ》と仲良く椅子を並べている。

「例の件、午後に君のご指名の宮内さんを手配できた」

時計の針は五時間前まで巻き戻る。今朝八時。それはあまりにも唐突な電話だった。

前夜も浴びるように自宅で酒を飲んで、ソファで寝落ちしていた。そんな桃果の鼓膜をゴンザレスの声が突如、侵し始めた。

「…………」

――これは夢か？　現《うつつ》か？

記者の時の癖で、瞬間的に電話に反応し、耳に社用スマホを押し当てていたらしい。

それを理解するまでが数秒。寝ぼけ眼《まなこ》で、脳は眠ったまま。反応できないでいる桃果に、ゴンザレスは容赦なく続ける。

「今日の午後一時に本社十階の一六号室を予約しておいた。あとは、よろしく頼んだ」

用件だけ言うと、ゴンザレスは会話の門扉を閉ざそうとする。

「あ、あの私、今日非番なんですけど！」

飛び起きて、慌てて言葉を紡ぐ。が、遅かった。

ツーツーツー――。単調なリズムの不通音が鼓膜を何度も突くだけだった。休日出勤が決まったのだ。

「もーっ！」

桃果は足をばたつかせ、ソファに顔を埋《うず》めた。

「それで桃果、また局長さんがビールでも盗み始めたわけ？」

会議室の長机。大型のノートパソコンを見つめながら、奈美子が口の端を上げる。

「まぁ、そんなところかな」

桃果はお茶を濁すように返す。奈美子はあの「ビール事件」で、二十二階の「整理部屋」に監視カメラを仕掛けるのを手伝ってくれた。

――だけど、いくら奈美子でも「裏切り者を捜している」なんて言えないよなぁ。

カタカタカタ――。その間も奈美子は軽快にキーボードを叩く。小気味よいリズムで、文字や記号が紡がれていく様は、もはや芸術だ。

『編集フロアの複数の監視カメラの記録をコピーして欲しいの』

それが、桃果が奈美子に頼んだ仕事だ。

この「密命」を知っているのは、桃果と奈美子、ゴンザレス、彼の息が掛かった技術局長を含めた四人だけだ。

「社内システムへの事実上のハッキングじゃないか……」

深夜三時の密会で、当初、ゴンザレスはこの提案に難色を示した。だが――。

「こうでもしないと、ずっと中央やタイムスに、ネタが垂れ流しになります！」

桃果が放ったこの一言で、ゴンザレスが折れた。

カタカタカタ――。奈美子はボブカットの髪を繊細に揺らしながら、タイピングを加速していく。その眼差しは猛禽《もうきん》類のように鋭い。視線の先の画面では、プログラミング言語が上から下に高速で流れている。時々、何事かを思案し、頬杖をつく姿さえ有能さを際立たせる。

今秋には、米シリコンバレーのＩＴ企業にシステムエンジニアとして、一年間の出向が決まっているという。

後光――。奈美子は自ら輝きを放っていた。

そんな同期の姿を横から見ながら思う。

――裏切り者捜しの見返りで出稿部記者に戻った時、私は奈美子みたいな綺麗な光で輝けるのだろうか？


二十階の編集フロアの天井には、何故か複数の全方位カメラが設置されている。桃果が入社した二〇一九年時点で既にあったから、いつ設置されたかは不明だ。噂好きの社員たちは、口々に憶測を飛ばす。

「暇を持て余した最上階の社長が、日々覗き見をするためのカメラ」

「人事部が働かない社員を炙《あぶ》り出して考課に反映するためのカメラ」

「社員の緊張感を高めるためのフェイクカメラで、録画なんかしていない」

とりあえずフェイクカメラ説はガセだったらしい。

「桃果、繋がったよん」

さすがシステム部のエース・奈美子である。十分ほどで監視カメラシステムとノートパソコンを繋いだ。複数のカメラ映像が今、パソコン画面に映し出されていた。

「おお、流石だよ奈美子ぉ。ありがとう」

抱きつかんばかりの勢いで桃果は深謝する。

「ちょっと待ってね。今、データもコピーしちゃうから。三月から現在までの監視カメラの記録で良かったよね？」

奈美子は確認する。

「うん」

桃果はコクリと頷く。

ゴンザレスによると、朝刊で最初のリークが発覚したのが三月下旬らしい。それより前にも発生した可能性を考慮し、三月一日からのデータをお願いした。

「データが膨大だから、圧縮ファイルにして、後で桃果には送るね」

カタカタカタ――。再び奈美子は、キーボードを叩く。小気味良い音が会議室を満たしていく。

「あっ」

その時だった。不意に奈美子の手が止まった。

「奈美子、どうしたの？」

「桃果、この仕事って、私にしか頼んでないよね？」

画面を見たまま奈美子は聞く。

「うん、そうだけど……」

「だよね……何かね、システムに誰かが頻繁にアクセスした形跡があるの」

「ど、どういうこと⁉」

そう言って画面を覗き込むが、門外漢の桃果には、何が何だか分からない。

「どういうことって、それは私が聞きたいわ」

困惑顔で奈美子は返す。

カタカタ――。カタカタカタ――。石橋を叩いて渡るかの如く、キーボードを叩いては止めるを繰り返す。何やら慎重に探っているようだ。

「うーん、そうね、直近では三日前の夜にアクセスがされているみたい」

手を止めると同時に奈美子は明かす。

「三日前⁉」

桃果は素っ頓狂な声を上げる。

「何？　三日前ってのが、そんなに重要なの？」

探るような眼差しで奈美子が問う。

三日前といえば先週金曜日だ。

そう――。社会部ネタがまたもやリークされ、ゴンザレスに深夜に呼び出されたあの日だ。

――外部の誰かが、監視カメラをズームして、一面面担席の画面を覗き見ていた？

瞬時にそんなストーリーが脳内に描かれる。

「やっぱり、外部の誰かがハッキングしているのかな？」

桃果は恐る恐る尋ねる。

「いや、それは違うと思う」

奈美子はキッパリ否定する。

「このシステムね、内部からアクセスするのは比較的簡単なんだけど、外部から侵入するのは、ほぼ不可能なんだよね。おそらくだけど、社内の誰かがアクセスしたんじゃないかな？」

——社内の誰か？

桃果の表情が一層曇る。

「あの都市伝説って、実は本当だったんじゃない？」

奈美子の声が沈黙を埋める。

「都市伝説⁉」

桃果は首を傾げる。

奈美子が悪戯《いたずら》っぽい笑みを浮かべる。その人差し指は天井に向いていた。

「暇を持て余した最上階の社長が、いつも覗き見しているっていうあの都市伝説よ」

＊

「やっと、終わっだぁぁ」

桃果は自宅リビングのローテーブルに突っ伏した。尻を預けていたソファにどっと疲れが滲み出る。

奈美子の支援で、編集フロアの監視カメラ映像を得てから一週間。世はゴールデンウィーク真っ只中というのに、桃果の世界には黄金どころか、輝きの一欠片《ひとかけら》すらない。

卓上では、奈美子から借りた小型の専用端末が息苦しそうに側面の排気口から熱を吐き出している。社外でも容易に監視カメラの録画記録が確認できる代物だ。

さながらコンビニのバックヤードの監視モニタ。その画面には、編集フロアの計十六ヶ所の全方位カメラの映像が、四段四列で分割されて映っていた。

三月一日から直近までの記録を時に倍速再生し、時にスロー再生して、業務の合間を縫って確認してきた。そして今日、ようやく全ての映像を確認し終えたが——。

やはりと言うべきか、決定的な証拠は映っていなかった。

午後五時。ちょっと早いが晩酌を始める。

プシュ——。いつもは軽快に聞こえるプルタブを引く音でさえ、今日は体から空気が抜ける感がある。

「プハ〜」

三百五十ミリリットルの半分ほどを一気に呷る。アルコールが疲れた体に染み渡る。

——全てが無駄だった訳ではない。

そう言い聞かせて、卓上のマウスをクリックする。呼び出したのはエクセル形式のファイルだ。

◎五回
・郷田文成（筆頭デスク）
・手越正治（第六席）
◎四回
・犬伏忠直（首席キャップ）
◎三回
・柳生源流斎（デスク）

・藤崎桃果（第八席）
◎二回
・内山田仁志（筆頭デスク）
・春木文（第四席）
・秋野宵（第五席）
◎一回
・岩倉朋美（第三席）
・猿本真奈（首席キャップ）
◎零回
・清野ひなみ（第七席）

第一グループのメンバーが、犯行当日に編集フロアにいた回数を表でまとめた。

これまで朝刊でリークが確認されたのは計五回。三月下旬に一回、四月に四回である。

「これだと、犯人は郷田さんか手越さんになっちゃうんだよなぁ」

桃果は表を前に苦笑する。

郷田に至っては、出番がない非番の日に二回も編集フロアに来ていた。

三月下旬に最初のリークがあった——。その事実を介して、今更ながら気付いたこともある。

一つ目が弟子達がリーク犯でないということだ。三月下旬は入社前。さらに言うなら、二回目のリークがあった四月五日は、都内の施設で泊まりがけの研修中だった。編集フロアに上がる時間すらなかったのだ。

そして、二つ目は、桃果自身に関すること。

なぜゴンザレスは桃果に裏切り者捜しを依頼したのか——である。

『取材力を高く評価した』

ゴンザレスはそう言っていたが、額面通りに受け取るほど桃果もバカではない。

気が付けば何のことはない。三月まで桃果は専門紙を担当する第八グループにいたからだ。

仕事場は二十階ではなく二十三階。編集フロアにすらいなかった。

——つまり、消去法的な選択で、私がたまたま選ばれただけ？

ゴンザレスは、権謀術数に長《た》け、新聞社の権力闘争を巧みに生き抜いてきた男である。元々、信頼などしていなかった。が、いざそんな目論見が透けると、心にさざなみが立ってくる。腹の底から込み上げてきた怒りを押し戻すように、桃果は缶ビールの残りを一気に呷った。

第六版　アナザーストーリー

新聞社は不夜城だ。朝刊の最終版の降版が午前一時半という大変ブラックな労働環境からも分かる通り、編集フロアの電気はほぼ一年中消えることがない。

だからなのか？　正直、社内に住んだ方が効率が良いのではと思うほど、設備は充実している。東京本社の場合、三階に食堂とコンビニ、カフェ、医務室、マッサージルーム、四階には宿直室や仮眠室、シャワールームが備え付けられている。三階と四階の中央には内階段があり、エレベーターなしで自由に行き来出来る。コンビニは、ワイシャツや下着類、アメニティグッズも充実しているから、正直、本社を出なくても一生暮らしていける。

ゴールデンウィークも明けた五月初旬の夕方。三階のカフェスペースの一角で、桃果は三四郎と向き合っていた。

「俵屋君、今日はカフェで見出しの練習しよっか？　私、何だか熱々のコーヒーが飲みたくなっちゃって」

夕刊業務後の桃果が提案する。

「いいですね。そうしましょう」

三四郎は屈託のない笑みで応じる。

――この子、後輩としては可愛いのだけど、記者としてはどうなんだろう？

小型端末の課題に、真剣に取り組む三四郎を見つめながらふと思う。欲していたはずのコーヒーを桃果は一口しか飲んでいない。既に冷めて、空気中の塵が表面に不時着している。当然ながら、その矛盾に三四郎は気付かない。

課題に苦慮しているのが眉の活発な動きから手に取るように分かる。課題はいつも通り。過去記事の計三十個の見出しを白く塗りつぶして、ひたすら付けさせるというもの。

「そこまでっ！」

西陽が三階フロアの中央部まで差し込み始めた午後五時半。桃果は制止した。

「おぉ三四郎。まぁた、愛しの桃果先輩と特別レッスンしちょるんかぁ。二人とも熱いのぉ。お似合いじゃ」

それとほぼ同時、郷田の声が閑散としたカフェスペースで反響する。

「あれ、郷田デスク？　どうしてここに？」

桃果は目を大きく見開いて尋ねる。

一方、内心では叫んでいた。

――やっぱり来た！

「今日って非番ですよね？」

「いやな、急な仕事が入って、緊急で出社したんじゃ」

――またあの時と同じ台詞《せりふ》だ。

その脇には大型のノートパソコンを抱えている。

「急な仕事ですか？」

パソコンに一瞬視線を這わせて、できるだけ自然に返す。

「野暮用じゃい」

郷田はしかめ面を作る。それから、桃果の前の小型端末の画面に首を伸ばす。

「ほぉ」

さながら少年が面白いゲームでも見つけたような表情に変わる。画面には、今終えたばかりの三四郎の解答が映っていた。

「ちょい見せてみぃ」

郷田は端末を自分の方に引き寄せる。眉間の縦皺がどんどん深くなる。

「うーむ」

了承もしていないのに、傍の椅子を引っ張って、桃果の横に座る。前方にも、隣にも、百八十センチ級のデカい男。桃果は物理的にも、心理的にも、圧迫されていた。

「この見出しは〈ハゲタカがシャインに食指？　創業者急死後のお家騒動〉じゃ」

見出しについては流石という他ない。桃果は同調するように何度も頷く。

それで気を良くしたのか？　ついには、桃果から端末を完全に奪取し、自らの前に置く。どうやら三四郎を徹底指導する腹づもりらしい。

「ええか、三四郎。見出しゆうのはな、付ければ付けただけ上手くなる。見出しレッスンは嘘をつかん。今日はワシがみっちりシゴいちゃるけえの」

「はいっ！」

三四郎は屈託のない笑みで返す。

——何だか汗臭い青春の熱血物語が始まろうとしている？　ホントに調子狂うなぁ。

先程まで心地よいとさえ感じていた西陽を桃果は不快そうに睨み返した。

「ええか、三四郎。整理いうのはな、リズムとパッションが重要じゃ」

桃果の傍。郷田が三四郎に熱弁を振るっていた。かれこれ一時間半。もう午後七時になる。

傍観しながら、桃果はこの数日間の出来事を振り返っていた。

改めてカメラの映像を確認してみて、気付いたことがある。

郷田の動きを追えば追うほどに、不可解さばかりが目についた——のだ。

監視カメラの中で動く郷田はまるで遊牧民。一つの場所に、決してとどまらない。

その中でも、郷田が最も多くいたのは、編集フロアの社会部の島だ。空いた椅子の一つに背を預けて、決まって社会部長やデスクと談笑していた。無音の映像越しでも郷田は「ガハハ」と笑っているのが分かる。東経出身者でありながらも、社会部の人間とは蜜月の関係だった。

もっとも、リークされたネタの全五回が、社会部ネタだ。

『一連のネタの降格は、東経派閥による毎朝派閥への宣戦布告だ！』

ゴンザレスはそうも言っていた。

——郷田デスクは東経が送り込んだ刺客？　社会部に入り浸ってネタを盗んでいる？

そんな筋書きが瞬く間に頭の中で形成される。

しばらくすると社会部の島から出る。編集フロアを漂流しつつ、顔馴染みの記者やデスクと談笑する。豪放磊落《らいらく》のままにフロアを闊歩《かっぽ》して、最後は決まって整理部第一グループの島に寄る。一～五面の面担の後ろに立ち、場合によっては話しかける。

——もしかして、紙面を後ろから覗いている？

無音でも粘っこいほどの存在感。なのに気付くと、監視カメラ映像から消えている。まるで潜水艦のようだ。

——郷田デスクの浮上先はどこだ？

奈美子に頼み込んで、別の階の監視カメラ映像をさらに提供してもらった。

ほぼ全てのフロアのカメラに目を凝らして、ようやく郷田の姿を見つけたのが数日前。潜水から浮上してきた先は四階だった。この三階のカフェスペースでコーヒーを一杯飲んでから、四階の宿直室エリアに吸い込まれるように消えていく。そんな行動パターンを摑んだ。

男性用の宿直室エリアには、ベッド付きの小部屋が五十室はあって、申請すれば誰でも使える。小部屋は密室だ。

――二十階の編集フロアで見た紙面を電話などで他社にリークしている？

そんな光景が桃果の脳裏に浮かぶ。

無論、プライバシーの観点から、宿直室エリアには監視カメラがない。確かめる術《すべ》がない。疑惑の谷がどんどん深まる中で、衝撃的な情報がもたらされたのは昨夜のことだ。

リリリリリン――。夕刊番を終えて早々に帰宅。家のソファでビール片手にごろついていた桃果の社用スマホがけたたましく鳴った。

画面の表示は〈宮内奈美子〉。

電話の向こうの奈美子はいつになく困惑しているようだった。

「あのね桃果、監視モニタのシステムに、誰かが頻繁にアクセスしてた件なんだけどね、なんか気持ち悪いから、ずっと調べていたの。そしたらね――」

一呼吸置いてから、意を決したように言葉を吐く。

「犯人は整理部の郷田文成さんだったの」

「今日はここまでじゃ。三四郎、あとは桃果師匠によぉく可愛がってもらいんさい」

桃果の回想に郷田のしゃがれ声が突如乱入してくる。ハッと顔を上げる。あと数問を残した状況で、熱血指導は唐突に終わった。

「郷田デスク、ありがとうございました」

三四郎が椅子から立ち上がって、深々とお辞儀している。

「ほいじゃな、桃果ァ」

郷田は桃果の前に小型端末を戻すと席を立つ。一瞬の出来事だった。

どんどん小さくなっていく郷田の背中を呆然と見つめる。

――まずい。完全に油断してた。

時刻は午後七時過ぎ。ちょうど初版の降版が終わったタイミングだ。十二版、十三版、最終版に向けて、ここから朝刊紙面上の領土争いが激化していく。

郷田は今、ノートパソコンを脇に抱えて、内階段を一段ずつ上がっている。

――あのパソコンで社内の監視カメラを覗く？　社会部ネタを盗み見て、それを他社に流す？

瞬く間に脳内で最悪なシナリオが形成されていく。

――追わなきゃ。

「俵屋君っ！」

ビクン――。直立している三四郎がさらに背筋を伸ばす。

桃果はハンドバッグを手繰り寄せると荒々しく中を探る。小型のワイヤレスイヤホンを見つけ出すと、その片方を三四郎に差し出す。

「すぐに、これをつけて！」

正直、愛用しているイヤホンを他人に貸すなんて嫌だ。が、やはり、この方法しかないのだ。

「えっと……」

三四郎は困惑している。

当然だ。いきなり桃果が血相を変えて、イヤホンを突き出してきているのだ。

「良いから早くっ！」

「わ、わかりました」

眉をハの字にした三四郎は、狼狽しながら右耳につける。次に三四郎の私用スマホとイヤホンをＢｌｕｅｔｏｏｔｈで結び、桃果の社用スマホから電話をかけた。

「私の声、今、イヤホンから聞こえる？」

桃果は口元を手のひらで隠して、動作を確認する。

「き、聞こえます」

準備完了だ。

「よしっ。じゃあ、ついてきて！」

桃果は三四郎を先導し、郷田が消えた三階の内階段を一気に駆け上がる。

四階の長い共用廊下を抜ける。男性用宿直室エリアの入り口前まで来ると、立ち止まって振り返る。未だ動揺が滲む三四郎の瞳を見上げて笑顔で告げた。

「では、これから俵屋君の取材訓練を開始します。これは密命です」

取材訓練の言葉に三四郎は目を輝かせていた。

――まさかゴンザレスのみならず、私も密命を下すことになるなんて……。

桃果は自嘲する。

「今年は整理部に二十五人も新人が配属されたでしょ？　実は出稿部記者が不足しているらしいの。だから、上から『出稿部記者としての教育もして欲しい』と頼まれていて」

無論、今考えついたテキトーな嘘である。

「そこで今から、俵屋君には潜入取材をしてもらいます。今回の対象者は郷田デスクです。私がワイヤレスイヤホンを通して指示するから、その通り従ってください」

「おお、潜入取材ですか⁉」

三四郎はさながらカブトムシを見つけた虫取り少年のように目を輝かせた。

記者職で入社したのに整理部配属になってしまう新人は毎年いる。そんな彼らに共通しているのは、一刻も早く出稿部記者になりたい——という願望だ。それを悪用した。

「僕、頑張ります！」

やる気を漲《みなぎ》らせて、三四郎は男性用宿直室エリアに入っていく。桃果はその背を見送りながら内心で呟く。

——俵屋君、利用してごめんね。


「藤崎さん、あのぉ、どこに向かえばよろしいでしょうか？」

数分後。恐縮した声で三四郎が尋ねてくる。電話越しでも、キョロキョロしているのが分かる。

「そうだね……」

その時、桃果は女性用宿直室エリアにいた。男性用宿直室エリアとは壁を隔てた反対側に位置する。

「作業室」で、机上の小型端末上のフロアマップを凝視している。

宿直室エリアは本来、休む場所である。しかし、何故か、仕事用の「作業室」が存在する。

計六席。室内は漫画喫茶のようにブースで区切られており、パーティションの上から故意に覗かない限り、利用者が誰かは分からない。

午後七時半。早い時間ということもあって、桃果以外は誰もいない。

「郷田デスクは、四〇八号室に泊まっているみたいだから……」

電話の向こうの三四郎ではなく、自分の頭を整理するためだけに言葉を発する。

プライバシーにうるさいこの時代だが、宿直室の予約システムには不備がある。社員IDを入力してログインすれば、その日、誰がどの部屋を予約しているかが一覧で確認できるのだ。

——四〇八号室に入る訳にはいかない。共用廊下にも隠れる場所もない。

ふと画面上方のＷｉ－Ｆｉマークの表示に目を奪われたのは、その時だ。

「あっ！」

——そうかこの高速Ｗｉ－Ｆｉが不可欠だ。

郷田はおそらく、今夜も編集フロアの監視カメラを覗く。その監視カメラシステムにアクセスするには、この高速インターネット回線が不可欠だ。そして、男性用宿直室エリアでも、この高速回線を唯一使える場所は……作業室だけだ。

「俵屋君、今すぐ作業室に向かって！」

「さ、作業室ですか？」

三四郎の頭上にはきっと、はてなマークが浮かんでいる。

「作業室に潜んで、郷田デスクが来るのを待つの。そして、彼が来たら、そぉーっと一眼レフで動画を撮影して！」

「えっ。動画撮影ですか⁉」

三四郎が素っ頓狂な声を上げる。

「うん、証拠がなければ記事は書けないでしょ？」

——どんな取材を想定しているんだよ、これ……。

「音が鳴るから、シャッターは絶対切っちゃダメだよ」

桃果は念押しする。

「はい！　何だか、探偵みたいですね」

電話の向こうの三四郎の声は弾んでいる。

——そうだ。もはやこれは記者の仕事ではない。探偵の仕事だ。

「俵屋君。郷田デスクはネタを握るキーマンです。だから、全ての動きを撮影してください」

「全てを……カメラで撮影する」

三四郎は意味深に繰り返す。それから意気込む。

「僕、頑張ります！」

この一連の会話が、後に思いがけない悲劇を生むことをこの時の桃果はまだ知らない。

＊

「桃果ァ、三四郎にワシの裸を撮影しろて命じたらしいのぉ。おどれぇ、弟子にどないな教育しとるんじゃ⁉」

「そ、それは誤解です！」

午後八時半。本社十階の応接室で、桃果は郷田に何度も頭を下げていた。その傍では、この事件の実行犯、三四郎も頭を下げている。

時計の針は今から三十分前、午後八時まで戻る。

突如、三四郎との交信が途絶えた。どうやら三四郎のスマホのバッテリーが切れたらしい。

「チッ！」

思わぬ誤算に桃果は舌打ちする。

『全てを……カメラで撮影する』

交信が途絶える直前。三四郎は意味深に繰り返していた。それが今更ながら耳の中で反響し、妙な胸騒ぎを覚えていた。

リリリリリン――。数分後。電子音が桃果の思考もろとも空気を切り裂く。作業室の机上でスマホが鳴っていた。画面に表示されていたのは〈郷田文成〉。

――三四郎の動きがバレた……。

そう直感し、天井を見上げる。決意を固めるようにゴクリと唾を飲んでから、恐る恐る耳にスマホを押し当てた瞬間、郷田の怒声が耳をつんざく。

「桃果ァ！　おどれ、一体何考えちょる。今すぐ十階のC応接室に来い！」

反論する間もなく電話は切れた。後にはツーツーツーという不通音だけが残った。

肩を落として、エレベーターに乗り、この応接室にやって来た。

だが、部屋に入るや否や郷田から説明された内容は、桃果の予期したものとは全く違った。

「三四郎がワシの裸を撮影してきた。話を聞いたら、桃果ァ、おどれの指示らしいのぉ!?」

それを聞いてゾッとする。

「裸を撮影!?　私はそんな指示してません！」

――一体、何をあなたやったの？

直立する三四郎に目で問う。大きな体が一回りも二回りも小さく見えた。

どうやら、真相はこういうことらしい。交信が途絶えた直後。三四郎が潜んでいた作業室前の廊下を口笛を吹きながら郷田が通り過ぎていった。消えた先は廊下の突き当たりのシャワー室。

三四郎はこの時、本気で思っていたらしい。

これは取材訓練。郷田デスクは自分を試しているのだ――と。

『全てを……カメラで撮影する』

桃果の期待に応えなければならない。その思いから、一眼レフ片手にシャワー室に忍び込んだ。

シャワー室内には五つの個室がある。そのうちの一つから聞こえるお湯のしぶく音と口笛。三四郎は、郷田の居場所を早々に突き止めた。

そぉっと脱衣所を兼ねた個室に入る。動画撮影のために一眼レフを構える。ところが――。

ここで痛恨のミス。三四郎は静止画設定のままにしていた。

カシャカシャカシャ――。シャッターボタンに指が掛かり誤って連写。そのシャッター音と曇りガラス越しの人影に流石に郷田も気付き、シャワー室のドアが荒々しく開く。

「うぉおおお」

郷田が驚いて咆哮《ほうこう》する。

カシャカシャカシャ――。三四郎はパニックになり、さらに連写。

「三四郎、おどれ何しとんじゃぃ！」

一眼レフを取り上げられ、もの凄い剣幕の郷田に面罵される。動揺する中で三四郎は咄嗟《とっさ》に弁解したのだ。

「ち、違うんです。全ては藤崎さんに指示されて」

これが大分話をややこしくした。

数分間、桃果は丁寧に三四郎に尾行をさせた件を説明する。

「なるほど。桃果ァ、おどれがワシの裸を見たかったわけじゃねーのは認めちゃる」

――当たり前だ。私にそんな趣味はない。

どうやら裸盗撮疑惑の誤解だけは解けた。

しかし、不意に郷田は上体を前方に傾ける。

「じゃがな、一つだけ解せんのじゃ」

睨め付けるような冷たい視線が桃果を射ていた。郷田は凄みを利かせてゆっくり問う。

「桃果ァ。どして、ワシを尾行しちょった？　のぉ、おどれ、一体何を調べちょる？」

郷田の左頬の傷が鈍く光り、室内に緊張が伝播する。

三四郎の鼻息が荒くなる。ただならぬ雰囲気に、桃果と郷田を交互に見渡していた。

三四郎の前で裏切り者捜しの件に触れる訳にはいかない。

「俵屋君、お疲れ様。色々ありがとね。今日はこれで引き上げちゃって」

桃果はそう言って退出を促す。

「でも……」

三四郎は逡巡《しゅんじゅん》する。

「三四郎、ご苦労じゃったのぉ」

有無を言わさぬ圧を含んだ口調で、郷田も退出を促す。

「では……これで、僕は……失礼します」

両者の圧に押し出される形で、三四郎は恐る恐ると言った感じで退出する。

静謐《せいひつ》な空気が室内を支配する。交錯したままの桃果と郷田の視線が火花を散らす。極限まで張り詰めた世界。その中で先に動いたのは桃果だ。

「説明する前にもう一人呼ばせてください」

郷田の了承も得ないまま社用スマホを取り出す。通話履歴からその人物を捜し当てると、耳にスマホを押し当てた。

「藤崎君、それで重要な話とは何かな？」

十階のC応接室。ゴンザレスが切り出す。その巨体に似合わぬ機敏な動きで、桃果の電話からわずか五分後には、ここにやって来た。

今は桃果の真正面。応接椅子に郷田と並んで座っていた。恰幅の良さと編集局のナンバー2としての威圧感。ほぼ同じ身長である郷田でさえ、並ぶと小さく見えてしまう。

「他でもありません。例の件の調査報告です」

「例の件？　ほぉ。もう分かったのかね？」

ゴンザレスは目を見開き、口角を上げる。

「いえ。正確には今、この場で一緒に明らかにしていければと思っております」

「ほぉ」

では聞かせてもらおうじゃないか——。そんな表情で、ゴンザレスは腕を組み、目を瞑《つむ》る。

自分にとって不都合な何かが始まる？——。郷田の顔には警戒が滲んでいた。

「早速ですが郷田デスク、何点か尋ねさせてください」

「ワシに尋ねたいこと……じゃと？」

郷田の眉がピクリと動き、渋面になる。

「はい。実は訳あって、私、編集フロア内の監視カメラ映像をずっと見ていたんです」

桃果は自らが監視カメラシステムに入っていたことを暗に示す。

渋面のまま郷田の目がスッと細まった。

「三月から今日までの二ヶ月間の映像記録を辿りました。そして思ったんです。あなたには、あまりにも不可解な行動が多いと」

「ワシの行動が……不可解やて？」

至極、不愉快そうに郷田は返す。

「はい。まずこの二ヶ月間、あなたはほぼ毎日、本社に来ました。デスク出番に入っていない非番の日もです」

「非番の日も？」

それがどうした？――。挑むような視線を郷田が向ける。

「行動はいつも同じです。編集フロアの社会部の島で談笑し、第一グループの面担席にふらりと現れて姿を消します。それから四階の宿直室エリアに入っていくんですよ。今日のようにね」

そこで、桃果はここからが重要と言わんばかりに上体を前方に傾ける。

「あなたの行動は、まるで社会部がどんなネタを打つかを探るようでした。第一グループの島に来ていたのも、私には前面がどんな紙面構成になるかを知るためのように見えました」

前面とは新聞紙面の一～五面を指す。

「十一版の時間帯には必ず宿直室にこもっていました。郷田デスク、あなた、いつも宿直室エリアで何をしていたんですか？」

「ふっ、そりゃあ仮眠を取ったり、シャワー浴びたりじゃ。他にすることなんてないじゃろが？」

鼻で笑うように返す。

「いえ――」

桃果は大きく頭を振る。

「ならば、どうして、そのノートパソコンを毎回、持ち込んでいるんです？」

ローテーブル上のノートパソコンに視線を這わせる。郷田がいつも脇に抱えているものだ。

「それを使って、社内の監視カメラを覗いていたからではないのですか？」

ピクリと鼻の付け根に皺を寄せただけで、郷田から返答はない。

「実はある人間を介して監視カメラシステムを調べてもらいました。すると、あなたが頻繁にアクセスしていたのが分かりました」

奈美子の名前は伏せる。

「桃果ァ。おどれ、さっきから、つまりは何を言いたいんじゃ？　奥歯に物が挟まったような言い方せんで、ワシが何したかハッキリ言ってみぃ」

郷田が痺《しび》れを切らしたように切り出す。イライラか、焦りか、左頬の傷を何度もさすっていた。

「では、単刀直入に聞きます。あなたは宿直室エリアの作業室で監視モニタシステムに入り、第一グループの島を見ていた。いや正確には、一面面担の紙面を盗み見ていた。そして……」

そこで一旦言葉を切って、ゆっくりと続きを吐き出す。

「一面紙面の社会部ネタを中央やタイムスの懇意の人間に流していたんじゃないですか⁉」

元社会部記者の郷田なら十分可能な犯行だ。

郷田は一瞬、驚きの表情を浮かべる。ところが、瞬く間にニヤリと表情を歪《ゆが》める。

「それで怪しい動きをしちょる犯人のワシに行き着いたっちゅう訳か……」

犯人のワシ——。

——つまり自供か？　完落ちか？

眼前の郷田は俯《うつむ》く。下方に向いて表情は読めない。その手は微かに震えていた。やがて震えは全身へと伝播していき、肩が小刻みに揺れる。だが——。

「ぷっ」

郷田は唐突に吹き出した。崩れるように腹を抱えて、前のめりになる。

「ガハハハハハ」

笑いを堪えきれないと言う感じで、ローテーブルに突っ伏すような勢いだ。

——一体どうした？　壊れた？

「ガハハハハハハ」

桃果は怖くなる。

傍のゴンザレスに助けを求めるように視線を向ける。ハッとする。

何故なら、先ほどまで瞑目《めいもく》していたゴンザレスまでもが、微かに笑みを浮かべていたからだ。

そして、ようやく郷田は笑いを止めると言い放つ。

「桃果ァ！　それ誤報じゃ！」

誤報――。大日本キャリアの事件が脳裏を掠《かす》め、桃果はうっと顔をしかめる。

「桃果ァ、まだ気付いとらんのか？」

目尻を下げた郷田が、そう問うてくる。

桃果は首を傾げる。

「所詮、ワシらはこの狸オヤジの手のひらの上で転がされてたっちゅうことじゃ」

「こ、転がされて……いた？」

桃果は当惑しながら聞き返す。

「ほうじゃ。勘が鈍いのぉ、桃果ァ。ええか、こういうことじゃ。桃果は整理部担当、そしてワシは社会部担当。副長命令で、手分けして裏切り者捜しをさせられてたんじゃ」

桃果の思考は空転していた。

「全く、鬼の副長にしてやられたのぉ」

郷田は「ガハハ」と笑う。

「別にわざわざ伝える必要もなかろう」

傍のゴンザレスもニヤリ笑う。

「まぁ、そりゃそうじゃが、まさか桃果が別の刺客とはのぉ。とんだバッティングじゃのぉ」

「ちょ、ちょっと待ってください！」

桃果を置き去りにして進む会話を遮る。全く状況が飲み込めない。

「ちゃんと、私にも分かるように、最初から説明していただけませんか」

ゴンザレスに問う。

「最初から……か」

桃果の問いを引き取ったのは郷田だった。

「ワシがリークに気付き始めたのは、三月中旬あたりからじゃ。気付いたというても、最初は中央やタイムスの動きが妙じゃという程度じゃったが」

「妙⁉」

「ほうじゃ。急にデジタルを重視し出したからのぉ」

デジタルとは毎経社内ではデジタル版を指す。他社では電子版とも言う。

「マル特ゆうたら、やっぱしどの社も紙面に載せてこそじゃぁという傾向がまだ強い。ウチだってそうよ」

これだけ、デジタル化が進んだ中でも、新聞の主戦場はやはり紙ということだ。

「じゃが、三月中旬ごろからかの、十三版や十四版でも、タイムスや中央が電子速報で報じてくるようになったんじゃ」

最終版の降版時間前に報じるということは、他社の紙面にも載る可能性が高くなる。

「そして、ワシはある法則に気付いたんじゃ。ウチが社会部の抜きネタを一面に入れとる時に限って、起きると。気付いたきっかけは、明らかにウチだけしか追っていなかった社会部ネタが負けたからじゃ。覚えちょるか？　警視庁の誤認逮捕モノじゃっ」

——覚えている。確かかなり世間を騒がせた事件だ。

都内に住む四十代男性が、〈商業施設に爆弾を仕掛けた〉とネット上に書き込んだ。その後、威力業務妨害容疑で逮捕された。

しかし、実は男性のパソコンは、他者によって遠隔操作されていた。つまり誤認逮捕だった。警視庁が誤認逮捕の発表を翌日に控える中、毎経社会部がその特ダネを摑んだ。

「でも、その誤認逮捕って……」

桃果には、事件の大きさ云々《うんぬん》ではなく、違う意味で思い当たる節があった。

「そうじゃ。朝刊全五回のリークの記念すべき初回じゃ。十四版の降版前にタイムスと中央が報じて、ウチは泣く泣く一面での扱いを下げた。ワシはあの時、確実にネタが漏れとると確信してのぉ。副長に報告したところ、密命を承ったんじゃ。『社会部内に潜む裏切り者を捜せ』とな」

「なるほど」

自分が関知しない所で全くの別のストーリーが進んでいたのだ。

ゴンザレスの手のひらで走り回る自らの姿が浮かび、思わず苦笑する。

——あれ？　でも。

『とある人物から『第一グループの誰かがネタをリークしている』との内部告発があった』

確かゴンザレスは、桃果に密命を下した日、そう明かした。

だが、郷田の口ぶりからすると、彼はむしろ社会部内に裏切り者がいると踏んで、ずっと動いていた感がある。

「あのぉ、第一グループの中に裏切り者がいるとは思わなかったのですか？」

疑問がそのまま言葉となって吐き出されていた。

「第一グループ内に？」

郷田は応接室の天井に視線を這わす。まるで第一グループの面々の顔を一人一人、浮かべているようだった。

「そうやな。一番怪しいのは……桃果じゃっ！　ワシの裸を撮影しようとしてくるしのぉ」

揶揄うように目を細め、口角を上げる。

「だから、あれは――」

反論しかけた桃果をゴンザレスの言葉が吹き飛ばす。

「では藤崎君。君は、犯人がまだ分かっていないということだね？」

私をわざわざ呼び出しておいて――。そんな言葉が続きそうな非難めいた口調だった。

「ええ、まぁ……」

羞恥と悔しさ、怒りが混ざり合った感情が胸に渦巻く。

――私だけが悪いの？

「でも、権座副長が郷田デスクにも裏切り者捜しを依頼しているとあらかじめ私に伝えてくだされば、こんな無駄足を踏まずには済みました」

その瞬間、ゴンザレスは目を細める。

「ほぉ」

何か面白いものでも見るようだった。

「ネタを追っている時に取材先が全てを教えてくれるかね？」

ぐうの音も出ない。桃果は奥歯を噛み締める。そこに新たな言葉が降ってくる。

「藤崎君、ネタを追っている時こそ振り返って周りを見る。そんな慎重さが記者には不可欠だよ」

「それにしても、ワシが監視カメラシステムにアクセスしているのを割り出すとは、そやつ、かなりの凄腕エンジニアじゃのぉ。形跡は消したつもりじゃったが、まだまだ実力不足じゃい」

その言葉に、桃果は目を見開く。

「えっ⁉　郷田デスク、自分でアクセスしていたんですか？」

「そうじゃ。無論、技術局長の大泉《おおいずみ》さんに了承を取ってな。じゃが、監視カメラシステムは、社内から入るには簡単なシステムじゃい」

社内から入るには簡単――。確か奈美子も同じことを言っていた。

――それにしても意外すぎる。この人、アナログ臭がプンプンするのになぁ。

桃果のとまどいを見透かすように、ゴンザレスが補足する。

「郷田君はな、東経社会部時代にサイバー犯罪担当としてネタを抜きまくっていた」

それから、いくつかの有名な事件をゴンザレスは挙げた。

「あの頃は、私も毎朝の社会部で部長をしていてねぇ。彼には随分やられたよ」

ゴンザレスは遠い目をする。苦い記憶のはずなのに、どこか懐かしんでいる風ですらあった。

東経出身でありながら、社会部員達から慕われている理由が分かった気がした。社会部記者として、郷田は社内外で一目置かれる英雄だったのだ。

「郷田デスクって、マル暴担当とかじゃなかったんですね」

マル暴担当とは、警察組織の中で、暴力団が絡む事件の捜査をする課のこと。暴力団さながらのコワモテの刑事たちが集う課だ。

「どこからどう見たら、このワシがマル暴担当記者に見えるんじゃ?」

ガハハと快活に笑う。

――いや、どこからどう見ても見えますよ。

「あの、ところで、いつ頃から郷田デスクは監視カメラシステムにアクセスしていたんですか?」

桃果は話を本線へ戻す。

ああそれな――。という表情で、郷田は飄々《ひょうひょう》と答える。

「四月半ばじゃい」

桃果よりも二週間ほど早い。

「三回目のリークの時からじゃい！」

「三回目……」

桃果は記憶を辿るように視線を天井に這わせる。

四月十四日の朝刊のことだ。それは、全五回のリークの中でも異質の出来事だった。なぜなら、他の四回は十三版や十四版というタイミングで、特ダネが飛び込んできたが、十四日付の社会部ネタは、十五時の紙面会議から堂々と社会部がお披露目したからだ。

その後、他社に報道されて、最終的には一面にすら残れなかった。

『紙面会議で、堂々と発表するから漏れるんだよ』

翌十五日の桃果の歓迎会の酒席で、キャップの犬伏はそう愚痴っていた。桃果も同意見だった。

「実はあの三回目の社会部ネタのリークはな――」

郷田は顔をしかめる。

「社会部の自作自演じゃい！」

「自作自演!?」

「そうじゃ。三回目は、社会部自身が意図的にリークしたんじゃい」

「ど、どういうことですか!?」

郷田は事の顚末《てんまつ》を説明し始める。

富士見《ふじみ》医科大学の医学部入試で、およそ十年間、女性の受験生を不利に扱う得点操作がされていた。このところ同様のネタは多く発覚していたから、新鮮味はない。

しかし、当日はダントツの一面トップネタもなかった。その日の編集長が毎朝出身の局次長だったという追い風も吹いて、十五時の会議で一面トップに決まった。

「じゃが、夕方に帰社した堂本局長が例の如くちゃぶ台返ししたんじゃ。『こんなの一面トップにそぐわない。他のネタで張れ』ってな。局長は女性モノのネタをそもそも好かんしのぉ」

「確かに――」

桃果は深く頷く。

エセエロ紳士――。その言葉を体現したかのように、紳士ヅラしたエロオヤジだ。日常では女性の尻を追いかける癖に、紙面では女性ネタを忌み嫌う傾向がある。

「社会部も簡単には引き下がらぬ。三島社会部長が直接、堂本局長と交渉して、何とか一面トップで使うように声を上げた。ところがじゃ――」

郷田は大きくため息を吐く。

「他社が次々に速報したんですね？」

「そうじゃ。ＮＨＫを皮切りに十八時から、共同、タイムス、中央、時事と続々と報道し、抜きネタは共通ネタへと『降格』した」

堂本局長が帰社して、わずか一時間での降格劇だった。

『東経の誰かが意図的にリークしたから、ウチのマル特が都落ちになった』

デスクの内山田によれば、最終版後に、肩を震わせて三島部長は、怒っていたという。

「じゃがな」

明確な舌打ちと共に、郷田は次の言葉を繰り出す。

「実際は、全ては三島社会部長の演出じゃ。密かに部下に指示して、他社に情報が漏れるように謀ったんじゃ」

郷田の聞き取りによって、その部下は指示されたと暗に認めたらしい。記者クラブで、何気ない風を装って、他社に医学部入試ネタを漏らしたのだという。

「無論、このことはネタを取ってきた記者すらも知らない」

確か抜きネタを取ってきたのは、桃果の一個下の若手の女性記者のはずだ。

「そんなぁ」

——女性記者だから侮られて、同僚によってネタを漏らされた？

これではそうも勘繰りたくもなる。

「東経憎し運動、ここに極まれりじゃ！」

特ダネですら、社内の派閥抗争の燃料に使われる。桃果の口から意図せず大きな嘆息が出た。

「じゃが、もう大丈夫じゃ！」

そこに郷田の濁声が降ってくる。

「三島部長には、二度とこんなことをせんよう、灸《きゅう》を据えておいた」

——そうか。だから郷田デスクは社会部の島に入り浸っていた。社内のカメラでも、終始、社会部の島を監視していた？　調査だけでなく、抑止力としても活躍していたんだ。

「あっ、あのぉ……他の四回は、社会部の意図的なリークではないのですよね？」

桃果は念の為、問う。

「ワシも調べちょるがのぉ。うむ、おそらくは今回の件とは別じゃ」

「そうですか……」

——だったら、一体誰が？

桃果の犯人捜しは続くことになる。

その後、己の非力さを痛感して、桃果は応接室を後にした。

長すぎる一日を終えて、帰宅したのは二十二時だった。

明日は朝刊番だが、疲れて動けない。高校のジャージには着替えたものの、メイクを落とす気力はなかった。ソファに寝転がると、身体中の毛穴から疲労が染み出た。

こんな日は、やはり匿名記者アカウントに逃げたくなる。スマホを親指でタップしてツイッターを開く。文字を紗で紡ぐ。

匿名記者つばめ @tsubame_kisha
仕事で大失態。取材ってやっぱ難しいね。
22:11 2022/05/09 Twitter for iPhone

フォロワー数一・一万。瞬く間に〈いいね〉や〈リツイート〉の波紋がSNS上に広がっていく。その時だった。

ピコッ――。DM（ダイレクトメッセージ）が届く。特段珍しくはない。

だが、差出人は〈キヴェルニーティス〉という見知らぬアカウントだった。

桃果はその内容を目にした瞬間、息を呑む。

〈手越正治はタイムスのスパイである〉

第七版　タイムスのスパイ

〈キヴェルニーティス〉とは、ギリシャ語で「統べる者」を意味するらしい。

統べる者――。局長や編集長、部長、デスク、キャップ……。その名前に当てはまりそうな役職の者達の顔がぼんやり浮かんだが、当の桃果には皆目見当もつかない。

あのDMが来てから二日後。本社二十階の編集フロアには、活気がなかった。

夕刊帯、暇ネタ中心の紙面構成、編集長が寡黙な人物――。様々な理由はあるだろう。とにかく降版直前の熱気は乏しく、皆が黙々と仕事をしている日だった。

「桃果ァ、なかなか締まった紙面じゃのぉ」

だからこそ、その広島弁の濁声は際立つ。夕刊二面の仮刷りを手に、郷田が桃果の背後で笑みを浮かべていた。

二日前、桃果は郷田をリーク犯として疑ってしまった。もっとも、当の郷田には、後腐れはない。今日も整理部愛を漲《みなぎ》らせ、デスクとして眼前の紙面に全力投球していた。

「見出しと流し間違いがなければ、降ろしてくれ」

郷田が降版のゴーサインを出して、背後から立ち去る。

桃果は見出しを一文字一文字、赤ペンの斜線で消す。原稿の流し間違いを確認。写真のキャプションの間違いや広告の入れ忘れもない。

全てのチェックを終了すると、画面の降版ボタンにカーソルを合わせた。

「夕刊二面、降版します！」

まさに、そう発しようとした時だった。

「マサァ！」

郷田の怒声が桃果の右鼓膜に衝突する。震源地は夕刊一面担当の手越の席だった。

「この四番手はＭ３でええ。それにゴシックにする程の価値もねぇじゃろ。三番手はダラダラ流さんと、左におっつけろ。マサァ、今日はおどれらしゅうないミスが目立つのぉ。心に雑念があるんやないか？　整理は無心で組まんといかんぞ」

いまや手越に憑依《ひょうい》するように、郷田は背後に仁王立ちしている。

一方の手越は苦悶《くもん》の表情を浮かべていた。チラリと視線を這わせて、桃果は心の中で問う。

——手越さん、あなたは本当にタイムスのスパイなの？


「夕刊一面、降版します」

手越が降版できたのは結局、十三時二十九分。十三時半の降版時間ギリギリだった。

遅れはしなかった。が、暇ネタばかりの凪の紙面だったのを考慮すれば、失態という他ない。

「マサァ、体調でも悪いんかぁ？」

郷田が労《いた》わるほどに、最後まで手越は精彩を欠いていた。

「整理部始まって以来の天才とは俺のこと」

自画自賛するお調子者は今日は存在しなかった。

そんな夕刊業務中、桃果の網膜に投映されていたのは、あのエクセル形式のデータだ。

◎五回
・郷田文成（筆頭デスク）
・手越正治（第六席）

社会部ネタが漏れた全五回中、五回とも手越はこの編集フロアにいた。

〈手越正治はタイムスのスパイである〉そこに来て、あの告発DMである。

——やはり調べなければならない。

「あの手越さん。良かったらなんですけど、今日、これから飲みに行きませんか？」

引き継ぎメールの作成を終えた十四時過ぎ。桃果は積極的に動く。

普段、桃果の顔を見る度に誘ってくる男だ。さらに今日は傷心している。

「良い雰囲気のお店を見つけてしまって、一緒に行きたいなぁって」

その後の展開を期待させる甘い言葉でダメ押し。勝ち確定だ。

グイーン——。桃果の内なるエンジンがうなりを上げ、ウィニングランに向けて滑走路を前進し始める。

「ひゃぁあ」

桃果の積極的な誘いにいち早く反応したのは、夕刊三面担当の岩倉だ。

「藤崎さん、真昼間から大胆ねぇ」

片手で口元を隠し驚く。岩倉は二児の母。保育所への送迎があるから飲みには参加できない。すなわち、手越と二人で飲みに行ける。それも見越しての打算的な誘いだった。ところが——。

「悪ぃ藤崎。今日は先約があるんやわ」

手越は胸の前で手刀を切って詫びる。

「また今度な」

そう言って、一面担当席を立った。

二十二階の整理部屋につながる内階段へと手越の背中が遠ざかっていく。

呆然と、桃果はその場に立ち尽くす。手越は内階段を上り、やがて視界から消えた。

「藤崎さんのラブコール、敗れたり……か」

唯一の観客だった正面の席の岩倉が顔を歪める。

——えっ……私、フラれた？

手越の手刀によって、自らが無惨に斬られたことに今更ながら気付いた。

「あの、藤崎さん、今日も秘密のレッスンをしていただけますか？」

その声にハッとする。三四郎が近くにいるのも気付かぬほど、動揺していたようだ。

彼には何の罪もない。だが、その東北訛りとこのタイミングで話しかけてきたことが感情を逆《さか》撫《な》でした。せめて怒りが滲まないように、細心の注意を払って——。

「ごめん、俵屋君。ちょっと急な用事を思い出しちゃって」

急な用事が絶対ない時の定番の返答。桃果も手刀を切って、面担席から逃げるように辞去する。

既に手越の姿はない。

——急げ。まだ、追いつける。

桃果は編集フロアを小走りで駆けて追う。

やがて、桃果もいなくなった編集フロア。その場に取り残された三四郎は太い眉をハの字型にして、師匠の消えた先をいつまでも眺めていた。

一部始終を見ていた岩倉はポツリ呟く。

「ふふふ。何だか面白くなってきたわね」

——もう少しローヒールにすれば良かったなぁ。

桃果は今更ながら後悔する。

踵《かかと》に靴擦れの気配を感じていたし、何よりこのパンプスは尾行に向かない。

桃果は今、ＪＲ新橋駅を出て汐留《しおどめ》方面へと歩いている。手越を絶賛尾行中だ。

「出来るだけ近場の会社に入ってよねぇ」

数十メートル先の手越の背中に向かって、念じるように独りごちる。

＊

時計の針は今から三十分前に戻る。

手越は夕刊降版を終えた十四時過ぎ、東京本社を早々に退社した。手持ちの仕事がない桃果も追随した。

手越が向かったのは最寄りの東京駅。いつ振り向かれても良いように、桃果は適度な距離を保ちつつ、通行人を挟んで追う。尾行の基本である。

しかし、その距離感が悲劇をもたらす。ＪＲ山手線外回りの電車がちょうど来て、手越が階段を駆け上がったからだ。

「やばっ！」

桃果も慌てて追う。ラストスパートさながら。腕を振り階段を二段飛ばしで駆け上がる。

プシュー——。閉まる直前、何とか手越と同じ車両の別のドアに滑り込んだ。

いや、滑り込んだという表現には、語弊がある。挟まれたためドアを無理やりこじ開けた。強引に車内に入ったのだ。

「駆け込み乗車はおやめくださいっ！」

怒りの滲んだ駅員のアナウンスが車外のホームにこだまする。

明らかに桃果のことだ。一部の乗客は飛び込んできた桃果に、非難めいた視線を向けていた。

羞恥は一瞬だった。すぐに来たのは不安である。

——手越さんに気付かれたかな？

恐る恐る別のドア付近にいる手越の方に視線を向ける。

——良かった。大丈夫だ。

イヤホンを付けて、何やらスマホ画面に夢中である。

「ふーっ」と安堵のため息が漏れる。

もっとも、息が整ったのも束の間、手越は二駅先の新橋駅で下車し、北改札を抜けていく。

——地下鉄に乗り換えるってこと？

違った。手越はずらりと通路に沿って並んだコインロッカーの前で、足を止めた。慌てて桃果は柱の陰に隠れる。

——何かの受け渡しでもする気？

今日の桃果の予想はことごとく外れる。手越がロッカーの一つから取り出したのは、ビジネスバッグとスーツカバーだった。

「あっ！」

思わず漏れた声を駅の喧騒がかき消してくれる。

——知っている。私はこの光景を知っている。

桃果はこの先の展開を悟った。

案の定、手越は男性用トイレに入っていき、それから十分ほどして出てきた。頭から足先まで真っ黒。就活生を思わせるリクルートスーツをまとっていた。

──二十九歳なんだから、もう少しカジュアルでも良いんじゃない？

そうは思うものの、寝癖のあった髪はキレイに整えられ、知的な感じを演出するためか銀縁メガネをかけている。手越のチャラさを知る桃果でさえ好印象を受ける。

そう──。手越はこれから、転職活動の面接に向かうのだ。

桃果自身、四月に第一グループに来るまでは、同じ手法で面接に臨んだことがある。何食わぬ顔で業務を終え、コインロッカーに預けていた転職活動グッズを身にまとい、面接会場へ向かう。

「手越さんも転職活動をしていたんだ」

驚きはない。今は裏切り者捜しで中断してはいるが、桃果も転職活動に勤《いそ》しんでいたのだから。

手越は邪魔な荷物を再びロッカーに入れると汐留方面に向かって歩みを再開する。

新橋駅の汐留側は比較的新しいオフィスビルが多い。有名企業の本社が入る高層ビルが、まるでその存在を誇示するかの如く、青空に向かって林立している。

──自分には無限の選択肢がある。薔薇色の未来がある。

ビル群を歩く度にそんな想いに駆られる。そして──。

──整理部だけが世界じゃない。

そう実感させられるのだ。

ギュッグッグ──。パンプスの踵が鳴る。こんな音しないだろうみたいに鳴る。それほどの急ブレーキを桃果はかけていた。

くるりとヒールを軸に旋回すると、近くの柱の陰に身を隠した。前方の手越がピタリと足を止めたのだ。

――まさか尾行がバレた？

恐る恐る柱から顔を半分だし、様子を窺う。

――いや、大丈夫だ。

手越はスマホ画面を凝視していた。その動作にも既視感があった。転職面接の詳細なメールを対象企業に入る前に改めて確認しているのだ。

――つまり転職面接する企業は、ここから近い？

手越は確認し終えると再び歩き出す。とあるビルの自動ドアへと吸い込まれていった。

――えっ、ここって⁉

桃果は直立したたまま、手越が消えた先を呆然と見つめていた。

いや、正確には、自動ドアの横で鈍く光る長方形の漆黒の石に目が奪われていた。

〈日の出タイムス東京本社〉

その社名がゴシック体で刻まれていた。

「タイムスの本社に……手越さんが？」

〈手越正治はタイムスのスパイである〉

その瞬間、会ったこともないキヴェルニーティスが歪んだ笑みを浮かべた気がした。

＊

「お前さ、どこが良い店やねん。汐留の方なら、高層階のレストランとか、もっと雰囲気のええ店があったやろ？」

新橋駅近くの高架下の焼き鳥屋。手越が呆れるように、テーブル越しの桃果に言う。

午後四時という時間では、店の選択肢は限られていた。何より、靴擦れで足が限界だった。

店内は広いし客もまばら。会話が聞かれる心配もないとなれば、なおのこと。

「こういう店ほど美味しいんですよ」

鶏モモ肉の串を貪りながら桃果は返す。


日の出タイムス東京本社前。手越の面接が終わるのを待つこと一時間。自動ドアから出てきた手越が、新橋駅のコインロッカー前に戻ってきたタイミングで桃果は声を掛けた。

「あれ!? 手越さん！ こんなところで偶然」

偶然を装って桃果が声をかけた瞬間、手越はその場に直立。豆鉄砲を喰らった鳩みたいな表情のまま固まった。

「藤崎……」

数秒後にようやく声を発する。が、その瞳の感情を占めていたのは驚きではなく、怯《おび》えだった。

――こんな偶然あるはずない。怪しさ満載で良い。

とにかく手越を会話のテーブルにつかせなければ何も始まらないのだ。

一時間の待機時間で、桃果はパワープレーで手越に当たると決めていた。

「せっかくだし、これから飲みませんか？」

――今度は断らないでよね。

そんな圧を瞳にたぎらせ、間合いを詰める。

返事はない。手越の表情からは混乱が窺える。

「私、良い雰囲気のお店を知っているんです。手越さんに聞きたいことがあって」

「聞きたいこと……」

眉をピクリと動かして、手越はおうむ返しに呟く。それから、ハッと目を大きく見開く。

「そういうことか」

——何が「そういうことか」なの？

「ええで」

手越は強張《こわば》った表情のまま了承した。

——とにかく手越の気持ちが変わらないうちに、話せる場所に移動しなくちゃ。

そして今から五分前。桃果は手越と共に、この焼き鳥店にやってきた。

——ああ、ビール飲みたいな。

焼き鳥の匂いを嗅覚が拾った瞬間、そんな衝動に駆られたが、桃果は会社では下戸キャラを演じている。渋々、烏龍茶を頼んで、今は羨む視線で生中ジョッキを口に運ぶ手越を見つめていた。

「なぁ藤崎。お前、今日、ずっと俺を尾《つ》けとったんやろ？」

ビールジョッキを卓上に置いて、呆れたような視線で手越は尋ねる。

「そんな訳ないじゃないですか」

冗談言わないでくださいよのテンションで一応は否定してみる。

「普通、俺って分かるか？」

「はい？」

「俺は今日、似合いもせんこんなクソスーツ着て、前髪も上げて、銀縁メガネをかけとる。ウチの会社の誰かとすれ違っても、バレへんように変装してたんやぞ。なのに、なんでお前は俺やて分かった？」

そうだ——。今日の手越の姿はまるで別人だ。偶然、気付くなんてことがありえない。

「夕刊後からずっと俺を尾けてて、スーツに着替えたのを知ってた。せやから、声を掛けることができた、そうやろ?」

――尋問する気が尋問される側になった。

「ふーっ」

短く嘆息し桃果は口角を上げる。

「やっぱり、バレちゃいましたか。本当にすみません」

そっと舌を出す。

「藤崎、何で尾行なんかしてたんや?」――。おそらくはそんな問いが返ってくると高を括《くく》っていた桃果だったが……。

「まぁ、尾行の話はこの際、どうでもええんや」

――尾行はどうでも良い?

それから、笑みが消えた手越から衝撃的な言葉が放たれた。

「なぁ藤崎……。昨日、ツイッターのDMで俺にメッセージを送ったん、お前なんやろ?」

――DM? 私が送った? 何のこと?

理解できず困惑する桃果を前に、手越は続ける。

「『企業部時代にやらかした事件をネットにばら撒く』そうDMで送ってきた〈キヴェルニーティス〉ってアカ……。あれって、お前なんやろ?」

「キ、キヴェルニーティス」

自分でも驚くほどの声量が出た。店員や他の客が一瞬視線を向けてから、また会話の波へと戻っていく。

「どういうことですか?」

桃果は前傾姿勢になり、少し声のトーンを下げて、更なる説明を手越に促す。

「昨日の夜な、俺のアカにこれが送られてきてん」

手越は私用スマホを取り出し、桃果の方に画面を向ける。ＤＭの差出人は本当に〈キヴェルニーティス〉だった。そして、その内容は——。

〈お前が企業部時代にやらかした例の事件をネットに実名で書き込んでやるからな〉

あまりの苛烈《かれつ》な内容に、桃果は息を呑む。

「ひどい……」

率直な感想が言葉となって出た。

——どうしよう。やはり、私のＤＭも伝えるべきかな？

数秒間、思案する間を挟み決断する。

「手越さん、あの……実は私もなんです！」

「えっ？」

手越は顔を上げる。

「私にもキヴェルニーティスなる人物からＤＭが来ていたんです！」

「嘘やろ⁉」

手越は目を見開く。

「本当です。これどうぞ」

ＤＭ画面だけでは、桃果が〈匿名記者つばめ〉の中の人であることはバレない。だから、例のＤＭを画面に表示したスマホを手越に手渡す。

〈手越正治はタイムスのスパイである〉

「何やねんこれ……俺がタイムスのスパイ？」

手越の眉間に縦皺の深い谷が形成される。

「私に送られてきたのは二日前です。それで、手越さんのことをずっと気にしていました。今日の夕刊帯で手越さんの様子がどことなくおかしかったので、心配でつい尾行を……」

それっぽい尾行理由を作り上げる。

心配よりも本当は手越がリーク犯だと思っていた——。だから、尾行した。

「じゃあ、このキヴェルニーティスってのは、一体誰なんや」

手越のその言葉に今更ながらハッとする。

——そうか。このキヴェルニーティスこそがリーク犯の正体？　私のリーク犯捜しに気付いて、調査を攪乱《かくらん》しようとした？

「まず、俺と藤崎は除外できるとしてやなぁ」

手越は探偵さながらに顎をさすり、話を進める。

——いや待て。もしかしたら、眼前の手越さんこそがキヴェルニーティスの可能性だってまだある。ＤＭが自作自演ってことも……。

「つまりは、この整理部きっての天才である俺を妬んでいる誰かやな」

桃果への警戒が解けたのか、手越はいつものお調子者モード全開だ。

そんな姿を前に桃果は内心で思う。

——いや、やっぱりこの人は白だ。心情が顔に出やすいもん。

手越正治——。二十九歳。慶應義塾大学総合政策学部卒業。二〇一五年四月に旧・東都経済新聞社に記者職で入社。編集局企業部に配属され、三年間は主に企業取材に従事する。その後、一八年四月に整理部に異動し、二一年十月から第一グループに在籍している。

桃果は相槌を打ちながら、ここに来るまでに頭に刻んだ経歴を思い出していた。

「でも、このタイミングで、まさかラヴァーンド事件を蒸し返されるとは思わんかったわ」

不意に手越の声色が変化する。自嘲するような笑みを浮かべていた。

ラヴァーンド事件──。手越が一八年一月に起こしたラヴァーンド化粧品に関する事件だ。

桃果は当時、まだ入社していない。しかし、事件のことは知っている。

今も毎経新聞史に残る不祥事として、ネットに刻まれ続けている有名な事件だからだ。

事件の発端は良くある訂正だった。良くあってはダメなのだが……。

ラヴァーンド化粧品の美顔器の新商品名を手越が一文字間違えて記事化したのだ。ラヴァーンドの広報からの指摘で、手越はその間違いに気付いた。

だが、その後の対応がまずかった。手越は、こともあろうに何とか訂正にならないようラヴァーンド側と交渉したのだ。

「御社の宣伝になるように、違う記事で穴埋めしますから」

「次からは本当に気を付けるので、訂正記事だけは何とか勘弁してください」

菓子折りを持参し、土下座する勢いで、企業側に迫ったという。どう見ても隠蔽工作だ。

「いや、そう言われましても……」

困り果てた広報は上長に報告。伝言ゲーム形式で、執行役員↓取締役↓副社長↓社長と伝わってしまった。

結果、手越の隠蔽工作を耳にした創業社長の梨本《なしもと》は激怒した。

〈毎経記者が間違いを隠蔽しようとしている〉

一連の顛末をＳＮＳに投稿した。そのつぶやきは瞬く間に拡散。結果、手越は訂正ではなくお詫び記事を出すはめになった。さらに企業部も追われ、二ヶ月半後の四月に整理部に異動した。

記者生命を絶たれるという大きな代償を支払った。〈手越正治〉という記者名だけは伏せられており、デジタルタトゥーにならなかったのが唯一の救いだ。

「まぁ誰でも失敗することはありますし。私も――」

胸がズキンと痛んだ。桃果も大日本キャリアの人事を巡ってお詫び記事を出し、それが原因で整理部に異動してきたからだ。

「おねぇさん、ビール追加で」

ゴクリ――。不意に蘇った苦い記憶を腹の奥に押し戻すように烏龍茶を飲み下す。

手越はアルコールでやや上気した顔で、追加のビールを注文する。

意図的なのかは分からないが、桃果の事件には触れようとしなかった。

追加のビールがすぐに運ばれてきて、手越はそれを鶏皮の串とともに流し込む。それから「ふーっ」とため息を吐く。

「なぁ藤崎。お前さっき、今日の夕刊で俺の様子がどことなくおかしかったって言ってたやろ?」

手越は唐突に切り出す。

「はい。何か精彩を欠いているような気がしたので」

言葉を選びつつ返す。

今日の手越の仕事ぶりは、精彩を欠くなんてもんじゃない。本当に酷かった。

「何や、怒りを抑えられんくてやな……」

手越はビールジョッキの持ち手部分をギュッと握りしめる。

「怒り?」

――キヴェルニーティスに対する怒り?

「今日の企業部の夕刊デスク、柿沼やったやろ?」

ボマーとして、整理部員から忌み嫌われている企業部デスクだ。桃果も少なからぬ因縁がある。

「あいつなんや」

「あいつ？」

桃果は首を傾げながら聞き返す。

「当時、キャップだったあいつが俺に命じたんや！　『ラヴァーンドの件、菓子折り持って、土下座でも、切腹でもして、丸めこめ！　何としてでも訂正記事を阻止しろ！』ってな」

「待ってください！　ど、どういうことですか？」

桃果の声が上擦る。

「どうもこうもないよ。俺は、当時の堂本企業部長とキャップの柿沼に全責任を押し付けられたんや。そんで、一連の隠蔽工作が露見すると詰め腹を切らされる形で整理部送りになった」

——おいおい、堂本局長まで出てくるのか。

「あいつら俺にこう言ったんや。『一年で戻してやるから今は耐えろ』てな。当時の俺はほんまにアホやった。その言葉を鵜呑《うの》みにして、兵隊らしく命令に忠実に従ってもうてんからな。今や堂本さんは編集局長、柿沼は企業部デスク。そして俺は……」

手越はギュッと下唇を噛み締める。

「俺は決して隠蔽しようとは思ってなかった。訂正記事を出して、ちゃんとラヴァーンドに謝りたかったんや。なのに上は、それを許してはくれんかった。結果、俺は社内外で信用を失ったんや」

嘆息した手越の表情には、哀愁がベッタリと張り付いていた。

「そして、昨夜のＤＭをきっかけに、今日の夕刊中はずーっとラヴァーンド事件のことばっかり考えてた。そこに来て夕刊デスクが柿沼や。笑えるやろ？」

手越は自嘲するように口の端を上げる。

「部下を平気で斬り捨てといて、柿沼は何事もなかったかのように過ごしとる。整理のルールなんか全く理解もせんと、クソみたいな要求をしてくる。今日も『整理さん』て呼ばれる度に『俺の名前は手越だ！』って叫びたかった。何や、今までのことが一気に溢れてきてもうてな。怒りで夕刊に集中できんようになったんや。っておい……ふ、藤崎どないした？」

グスン──。さっきから鼻の奥がツンとして危ないとは思っていた。

しかし、桃果はもはや感情を制御できなくなっていた。

「うぅう」

潤んだ瞳からはとめどなく涙が溢れて、頬を伝っていく。

「何でお前が泣くねん？」

手越が戸惑うような表情で問う。

「だって……同じ……なんですもん」

メイクの崩れなんてもう気にしない。おしぼりを目元に当てて、涙をぬぐう。

大日本キャリアの社長人事を巡る誤報。脳裏では忌まわしいあの日の記憶が蘇っていた。

『東前社長に襲われそうになりました。危ない目にあったんです！』

いくら桃果が主張しても、誰も耳を傾けてくれなかった。

誤報を出しておいて言い訳するなよ──。誰もがそんな表情をしていた。

「私も本当は出稿部に戻りたいんです……」

桃果は初めて会社の人の前で涙を見せた。それほどまでに揺さぶられるものがあった。

「整理部では、毎日が同じ仕事の繰り返しや。記事も書けへん。まぁ記者をやっていた人間にとっては辛いよな。もうここに俺の場所はない。せやから、俺は転職を決意したんや」

裏切ったのは手越ではなく毎経新聞社という組織だ。転職もやむなしだと桃果は思う。

「俺は記者を辞める決心をしたんや」

そう言った手越の顔は晴れやかだった。

――記者を辞める？

桃果は目を丸くする。

リリリリン――。不意に手越のポケットの私用スマホがけたたましく鳴る。

「ちょっとスマン」

手刀を切って、店の外に出ていく。数分して戻ってきた手越の表情は心なしか嬉しそうだった。

手越は空のビールジョッキを店員に手渡して、新たにハイボールを頼む。ハイボールが運ばれてくる時間すら桃果には惜しい。

「あの、記者を辞めるってどういうことですか？　じゃあ何で手越さんは今日、タイムスの本社に行ったのですか？」

早口での質問攻めとなる。

「ふっ。俺は今日、タイムスに行ったわけやない」

手越の口角がニッと上がる。

「俺が訪問したのは、ラヴァーンドや」

「ラヴァーンド!?」

思わぬ社名に、桃果は素っ頓狂な声をあげる。

それとともに思い出す。タイムス本社の入っている汐留カトレアタワーには、日本有数の企業の本社が複数入っている――と。

「ラヴァーンドの本社もあそこなんですか？」

「そうや。そして俺は、ラヴァーンドの広報として、七月から働くことが決まった」

「決まった？」

「さっき、内定もろた」

そう言いながら、卓上の私用スマホに手越は視線を這わせる。

――先ほどの電話はその連絡？

それよりも……。

――ラヴァーンド？　ラヴァーンド事件のラヴァーンドだよね？　何で？

目が点になる。

「えっと……おめでとうございます」

内心では拍手で祝いたい。なのに、なぜ手越が因縁の相手であるラヴァーンドに転職したのかという疑問が、よりによってラヴァーンドなのかって疑問に思うやろ？」

桃果の内心を見透かすように手越は笑う。

「ラヴァーンドの広報に田崎《たざき》さんって人がおってな。実は彼が誘ってくれたんや。当初から、俺の一連の行動に疑問を持っていた人でな。ある日、俺が根負けして全ての真相を話したんや。そしたら『その悪徳代官上司の所業を炙《あぶ》り出し、懲《こ》らしめましょう。何か協力できることはありませんか？』と言ってくれたんや」

手越は、その過去を懐かしむように遠い目をしていた。

「もちろん何もせんかったけど、その気持ちだけでも嬉しかったんや。そして、人間は本来、一番必要とされるところで働くべきなんやって気付かされた」

その言葉が、グサリと桃果の胸の奥深くまで突き刺さる。

「田崎さんの計らいでな、数年ぶりに梨本社長にも会って、直接謝罪もできたんや。せやから、

う。

今度は心の底から言えた。また鼻の奥にツンと来るものがあって、最後の方は震えていたと思う。

「おめでとうございます。本当におめでとうございますっ！」

——手越さんは、他社にリークなんて汚いことはしない。スパイのはずがない。

微塵《みじん》の後悔も感じさせない晴れ晴れしい表情だった。そんな手越を前に桃果は悟る。

もう悔いはない。俺は六月末で毎経を辞める。第二の人生は企業広報として生きるんや」

『飲み行こうや』

『遊ぼうや』

桃果と顔を合わせればそう発言する姿から、チャラ男だと思っていた。

——でも本当は違うんだ。

視線が不意に交錯する。

ドクン——。心臓が高鳴る。

——やっぱり、手越さんって私に気があるのかな？

頬が赤くなったのを悟られないように、桃果は視線を逸らす。だが——。

「いや実はな、俺、七月に娘が生まれるんやわ」

「ぐふぁい!?」

驚きのあまり、二十代女子が出しちゃいけないような音が口から出る。桃果は硬直する。

「いや、せやから、娘が生まれるんやってぇ。内定に加えて、新たな命……。いやぁ良いことってのは続くもんやなぁ」

ピキッ——。桃果のこめかみに微細な電流が走る。

「あの、手越さんって、いつから結婚していたんでしたっけ？」

あくまでも冷静に。あなたが妻帯者だってずっと知っていましたよ——という体で尋ねる。

「うんと、二年前やな」

——おいおい。あなた、既婚者なのに私をずっと誘っていたの？　超チャラ男じゃないか。

桃果は大きく嘆息する。それから吹っ切れたように、近くを通りかかった店員に注文する。

「ビールの大ジョッキくださいっ！」

お前、下戸なんじゃ——。そんな表情で啞然とする手越に向かってジョッキを掲げる。

「乾杯っ！」

——手越の門出を祝して。そして、盛大な勘違いをしていた自分を恥じて。

手越とグラスを突き合わせた。それから数時間、桃果は心から笑っていた。

だから、気付かなかった。〈キヴェルニーティス〉から新たなDMが来ていたことに——。

〈清野ひなみは、錦糸町《きんしちよう》の風俗店「ジャラパール」で働いている〉

第八版　あんたの倍尺で測るなよ

　整理部はローテ職場だから、曜日感覚がなくなる。今日は五月十八日の水曜日らしい。手越との「祝杯」から一週間が経った。

「丸の内ＯＬ」から「干物女」へ――。夕刊業務を終えて即帰宅。いつも通り、部屋着である長野県立聖凜高校陸上部の青ジャージに身を包みメイクを落とす。コンタクトも外して、べっこう柄の丸メガネをかければ準備完了である。

　プシュッ――。缶ビールのプルタブを力一杯引く。軽快な音とともに、仕事モードだった桃果自身からも一気に空気が抜ける感がある。

　グビ、グビ、グビ――。おつまみの柿の種を相棒に喉を鳴らす。

「くぅう、たまんないなぁ」

　至福のひと時を堪能するように「ふーっ」と大きく息を吐く。

〈清野ひなみは、錦糸町の風俗店「シャラパール」で働いている〉

　腹と心が満たされると、やはり浮かんでくるのは、一週間前のあのＤＭだ。

　最初に見た時こそ息が止まったがその後、冷静になり思い直す。

　――たとえ、清野さんが風俗で働いていたとして、それがリーク事件とどう繋がるの？

　むしろ、気になり出したのはキヴェルニーティスのアカウントだ。〈匿名記者つばめ〉が、実は相互フォローの関係だったからだ。

もっとも当の桃果にはフォローした記憶が全くない。これまでマスコミ関係者は積極的にフォローバックしてきた。

〈つばめ〉のフォロー数は、三千四百を超える。その全てを覚えている訳ではない。だが――。

キヴェルニーティス＝統べる者。

――こんな中二病の少年が考えそうなイキった名前なら、私はきっと覚えている。

そう断言できる。が、脳内の部屋のどこを探し回っても記憶にない。

おまけに、キヴェルニーティスの「中の人」に繫がる情報も乏しい。

〈暇つぶし用〉――。プロフィールの文章はそれだけだ。

〈このツイートをいいね&RTすれば、豪華賞品が当たる〉

そんな懸賞の当選を狙ったリツイートばかりの明らかな懸賞アカだった。

フォロー数↓一〇六三。

フォロワー数↓三〇二。

フォローがフォロワー数を大きく上回るアカウントだ。このようなアカウントならば、桃果は絶対にフォローしない。なのにしていたのだ。それが解せない。

そんな懸賞アカから、第一グループの人間に関するDMが二度も送られてきた。となると、「中の人」は桃果のよく知る人物である可能性が高いのだが……。

調査に手詰まり感。そんな悩める桃果に、光明が差したのは今日の夕刊後のことだ。

「あの郷田デスク、シャラパールっていう錦糸町の夜のお店を知ってますか?」

本社三階のカフェスペースに、この日もふらりと現れた郷田に意を決して問うてみた。

無論、ひなみのDMの件は伏せた。

見出しの練習中だった三四郎はちょうどその時、トイレで離席していた。

「おお、シャラパールかぁ！」

まるで数年ぶりに友人にでも会ったような懐かしい表情で、郷田は明かす。

「あそこはのぉ、中央の小田嶋《おだじま》主筆が頻繁に利用していたとかで、昔、週刊誌で話題になってのぉ。確かマスコミ御用達の風俗じゃ」

――せっかく「夜のお店」とオブラートに包んだのに「風俗」と大きな声で言わないでくれ。それよりも……マスコミ御用達!?

「何じゃい桃果ァ？　風俗嬢にでもなるんかい？」

目を細めて、茶化すように郷田は尋ねる。

――これ完全なセクハラ発言じゃないか？　しかも、この人は私の密命の件を知っている。これがリーク犯に関する何らかの問いだと、薄々は気付いているはずだ。

その時だった。

「ふ、風俗!?」

ちょうど戻ってきた三四郎が立ち尽くしていた。驚愕で目が点になっている。

「ち、違うからねっ！」

慌てて桃果は否定したが、またもや盛大に勘違いされている可能性が高い。

数時間前の記憶に徐々に靄《もや》がかかり、やがて現在に戻ってきた。

桃果は卓上の缶ビールをゴクリと呷る。

中央の小田嶋主筆が頻繁に利用していた――。思いがけない形ではあったものの、ネタのリーク先である日本中央新聞に繋がった。

――とりあえず、清野さんの身辺を調べてみるか。でも、今回はどうやって探ろう？　考えているうちに、慢性的な疲労とアルコールの影響でまどろむ。桃果はソファで船を漕ぎ始め、深い眠りの泉に沈んでいった。

＊

連日の小糠雨《こぬかあめ》。白い霧が丸の内の高層ビル群を包み込み、何となく気持ちまでどんよりする金曜日。そんな日にあっても、二十階の編集フロアは外気よりもキンキンに冷えていた。

――ホントにこの空気どうにかしてよ。

桃果は夕刊一面席に座りながら、この凍てついた空気を作った元凶の女に視線を這わせた。左前方。夕刊二面のひなみである。鮮やかな栗色の髪に、トレードマークのピンクのカーラーは健在。セミロングの髪の先端を起点に計六つ巻きつけている。

〈清野ひなみは、錦糸町の風俗店「シャラパール」で働いている〉

なぜ、いつもカーラーを巻いているのか――。整理部七不思議の一つは思わぬ形で分かった。ひなみは夜の女だったからだ。夜が彼女にとっての「本番」なのだ。

――それにしても……ホントに風俗嬢なんてやれるの？

目を細めて凝視する。改めて横から観察すると、何と言うか、華やかさに欠ける。

そこに来てこの性格である。初夏から厳冬へ。出勤早々、ひなみはこの編集フロアの季節を冬に変えた。

発端は八時の紙面会議。そこにひなみが来なかったことに起因する。

夕刊の紙面会議は朝八時から幹部席を囲んで開催される。整理部夕刊番の主要面担（一～三面、社会面、運動面）は、その会議に必ず参加しなくてはならない。

ところが、当のひなみが出社したのは、紙面会議がとっくに終わった八時二十分だった。

「清野さん。ちゃんとルールは守ろうよ」

悪びれることもなく、今日も遅刻で出社してきたひなみを諫めたのは夕刊三面担当の猿本だ。犬伏と並ぶ第一グループのダブルキャップの一角。

キャップとして私がビシッと言わないと――。そんな責務からの発言とは違う。

ただ単に、日頃からのひなみへの鬱憤をここぞとばかりに発散させただけだ。

それに対して、ひなみはあっけらかんと言い放ったのだ。

「大丈夫です。私は余裕で間に合うんで」

「私は」の部分をことさら強調した。

猿本さんとは違いますから――。そんな言葉が後に続くかのような口ぶりだった。

無論、猿本は即座に反応。腕を組み椅子に背を預けた状態で、ひなみをキッと睨む。

「清野さん良い？　間に合うとか、間に合わないとかの問題じゃないの。ルールを守れない人間は、記者として失格なの」

まさにそのルーズさが原因で、ひなみはわずか半年で出稿部記者をクビになった。そのことに猿本はわざと言及したのだ。

しかし、この整理部では、脛《すね》に傷を持つのは、何もひなみだけではない。

「タクシー運転手を暴行する人は、記者として失格ではないんですかねぇ？」

その瞬間、綺麗すぎるブーメランが決まった。

ひなみが皮肉めいた笑みを浮かべて、三面席の猿本を見下ろしていた。

数年前。社会部記者としてエリート街道を歩んでいた猿本は、酒に酔ってタクシー運転手に暴行した。そして、現行犯逮捕され、整理部に「島流し」となった。

バンッ――。

机を叩いて猿本が立ち上がる。キーッと猿が威嚇するような形相だった。

二面と三面の机が向かい合う配置で良かったと思う。もし隣同士なら、柔道で黒帯を取得している猿本は、今頃、ひなみに背負い投げをかまして、一本を決めている。

「清野ォ！　今、何つった？　舐めた口、利いてっと――」

猿本が荒々しくオフィスチェアから立つ。その時だった。

「セイッ！」

ペシッ――。声とともに、一面担当机の端に長い棒状のものが振り下ろされていた。日本刀ではない。倍尺だ。

険しい表情の夕刊担当デスクの源流斎が立っていた。

「おぬしら、早よ割付用紙を見せんか！　紙面を作ってから、喧嘩でも、決闘でもせぇ！」

今日も藍色の作務衣。乱れた髪を束ねるポニーテール姿は、やはり幕末の志士を彷彿とさせる。

源流斎の怒声に、急速に猿本とひなみの勢いが萎《しぼ》んでいく。

これにて一件落着――かに思えたが……。


「セイッ！　もう一度やり直しっ！」

源流斎は容赦無く、猿本に割り付け用紙を突き返す。

一面担当の桃果は三回目、二面担当のひなみは二回目で合格。だが、三面担当の猿本は今、五回目も落ちた。

もはやキャップの威厳はない。猿本はこの屈辱に耐えるように奥歯を噛み締める。が、全身からは、怒りの蒸気が滲み出ていた。

『大丈夫です。私は余裕で間に合うんで』

猿本が否定されればされるほど、先ほどのひなみの言葉が鼓膜で蘇る。

――頼むから早く合格しておくれ、猿本キャップ。

念じるように三面席に視線を這わす。

猿本は社会部記者としては優秀だったものの整理の才には恵まれていない。

猿真似の真奈――。紙面デザインは誰かの二番煎じで、見出しも独創性や簡潔さに欠ける。そんな不名誉なあだ名でさえ、今はしっくり来てしまう。

三十九歳。バツイチ子持ち。成果主義より年功序列が未だ色濃い職場である。年齢も考えて、後藤整理部長が昨年、将来のデスク含みで猿本を第一グループのキャップに抜擢したらしい。

――でも、整理部デスクとして、猿本さんはやっていけるのかな？

当事者ではない桃果自身でさえ、一抹の不安を覚えていた。

物に当たるタイプで、感情の起伏も激しい。ペシペシッ――。現に今も、机上の倍尺を折るんじゃないかという勢いでしならせて、紙面デザインを描いている。

――キャップなんだから、もう少し感情のコントロールをしてよ。

「ふーっ」と誰にも気づかれぬよう、桃果は鼻で嘆息してから、左前方の二面席のひなみに視線を這わす。

――なぜ朝から空気をこんなめちゃくちゃにするかな？

ひなみが煽《あお》るような発言さえしなければ、ここまで猿本がカリカリすることもなかった。

――この人はいつも平気で和を乱す。本当に嫌いだ。

その時だった。突然、ひなみの目がギョロリと動く。桃果は慌てて視線を逸らす。

一瞬、視線が交錯した――気がした。その瞳はゾワリと鳥肌が立つような冷たさを宿していた。

「夕刊一面、降版します！」

午前十一時。鬱憤を吐き出すように桃果は叫ぶ。

まだ初版（二版）で、三版と四版の降版を控えている。なのに、このピリついた空気である。

このメンツでのローテ出番を作成した岩倉を呪っていた。

整理部には、自分の紙面チェックが終わったらその紙面を他人に渡すというルールがある。紙面にミスがないか第三者の目で相互チェックするのだ。

今回は桃果がひなみの二面。ひなみが猿本の三面。猿本が桃果の一面だ。

ひなみは目も合わせずに、桃果の胸辺りに紙面を突き出す。手荒である。

そう思いつつ、ひなみの二面を受け取る。しかし、その紙面を目にした瞬間、唸る。

――もっと丁寧に渡せないの？

――認めたくはないけど紙面が美しい。見出しも簡潔で分かりやすい。

ところが、相互チェックを始めてから一分後。

「あれっ⁉」

その声に桃果は紙面から顔を上げる。

声の震源はひなみだった。机上に広げた三面紙面をじーっと見つめている。

源流斎や桃果、猿本、たまたま近くにいた他部のデスク。全ての視線を数秒間、釘づけにさせた後、ひなみはスッと顔を上げる。

「猿本キャップ、この写真のキャプションって、クレジットをつけなくちゃダメですよね？」

その言葉に第一グループの島の時間が一瞬、止まる。

北京支局発の記事だった。記事自体は毎経新聞の現地の特派員が書いたものだ。だが、写真は契約している通信社のものを使っていた。海外発信の外部メディアの記事や写真を使う場合、クレジット表記は必須である。

「再降じゃっ！」

いち早く反応したのは源流斎だ。

「セイッ！」

手にもっていたプラスチック製の倍尺を、夕刊時は使われていない朝刊四面席に叩きつける。ミスをした猿本への怒りというより、気付かなかった自分への戒めのようだったが——。

ベキッ——。倍尺は鈍い音を立てて真っ二つに折れる。宙を舞う。源流斎もこれは予想していなかったらしく、目を大きく見開く。

その鈍い音は、猿本のプライドがへし折れた音のようだった。

＊

第一グループでは、夕刊のメンバーで遅めのランチを取ることも多い。

夕刊四版を降版し、引き継ぎメールなどの雑務を終えた十四時過ぎ。

「清野さん、ランチに行きませんか？」

その慣習を利用して、桃果がひなみを誘ったところ……。

「オッケー」

ひなみはあっさりと了承した。一方で——。

「あたしはパスで」

桃果が誘おうと視線を合わせた瞬間、猿本は即、断った。

誰が一緒にランチを取るか――。睨め付けるように二面席のひなみを見下ろしていた。

ひなみを先に誘えば、必ず猿本は桃果のランチの誘いを断ると踏んでいた。自然な形でひなみと二人になるために謀ったのだ。

しかし、加熱式タバコを片手に、喫煙ルームへと消えていく猿本の背を見つめて、桃果は内心で叫ぶ。

――今日は私だって一服したい気分だよ。

それほどまでに、荒れに荒れた夕刊番だった。通常の倍以上に桃果は気を遣い、鉛のような疲労感が全身を覆っている。

――本当は今すぐにでも帰りたい。

もし密命がなければ、ひなみとランチをしようとも思わなかっただろう。


「そういえば、藤崎さんとランチするのって、初めてだったよね?」

会社から徒歩十分のハワイ料理店。丸テーブルを挟んで座るひなみは、ロコモコ丼を頰張っている。

十四時半。もうランチという時間でもないから、百席以上ある広めの店内の客はまばらだ。周りには誰もいないし、会話を聞かれる心配もない。

――初ランチ……か。

四月に第一グループに異動してから一ヶ月半。言われてみれば、確かにひなみとは一度もランチをしなかった。

密命で多忙だったのもある。が、ひなみへの嫌悪感から、正直、避けていた面が強いと思う。

「私はずーっと清野さんとランチに行きたかったんですよぉ」

——嘘だ。

桃果は表面上は満面の笑みで化粧する。

「へぇ、そうなんだぁ。あたしもね、藤崎さんとは年齢も近いし、仲良くしたいなって、ずっと思ってたのぉ」

夕刊時の刺々しい態度は何処《いずこ》へ？

——それにしても……。

シャラパールのホームページ上のひなみの姿を思い出して、桃果は内心で苦笑する。

ひなみの源氏名は、柚莉愛《ゆりあ》らしい。写真は加工され、アイドルのような別人に変貌していた。

口元が緩みそうになるのを何とか堪えるのに必死だった。

「藤崎さんさぁ」

その声に桃果は口に運びかけたロコモコを止める。ゾッとする。

ひなみの顔から笑みが消えていた。氷のような冷たい視線だった。

——私はこの目を知っている……。さっき、夕刊時に見た気がする。

ゾクリ——。背中に悪寒が走る。

「清野……さん？」

「あんたさぁ」

——あんた？

桃果は固まる。

「さっきから、ずっと私の話を聞いてないでしょ？」

ドクンと脈が乱れる。

おぞましいほど冷酷な視線のまま、ひなみは吐く。

「私のことをずーっと見下していたでしょう?」

「私が……見下していた?」

極寒の世界で、震えながら桃果は問う。

「そう。あんたは、ずーっと見下していた」

ひなみの目は吊り上がっていた。怒りに呼応するように、栗色の髪先のピンクカーラーも揺れている。

「私がデリ嬢やってるのを馬鹿にしていたでしょ?」

デリ嬢——。デリバリーヘルスの風俗嬢である事実をひなみ自ら口にした。

「………」

否定したい。なのに——。突然の展開に言葉を紡げない。

「それに、あんた……何で昨日、ずっと錦糸町からつけてたわけ?」

バクン——。桃果の心臓が飛び跳ねる。

——そうだ。確かに昨夜、錦糸町のデリヘルの勤務を終えたひなみを尾行した。

シャラパールのHPで、出勤時間は十六時から二十二時と容易に把握できた。計三回のホテルでの情事を終え、待機所を兼ねた雑居ビルをひなみが出たのが二十二時半。

——もしかすると、送迎車で帰宅するかもしれない。

そう踏んで、追尾用のタクシーも用意していたが、ひなみは予想に反して電車帰りだった。

「何で尾行がバレたんだろう? そういう顔をしているね」

眼前のひなみがニヒルな笑みを浮かべる。

——まさか二重尾行されていた? 何度も後ろを振り返り警戒していたが甘かった?

ひなみは私用スマホを取り出すと、画面を桃果の眼前に突きつける。

――あっ。

桃果の顎が落ちる。

スマホ画面には計三枚の写真。ひなみを尾行する桃果の姿がばっちり映っていた。

一枚目はJR錦糸町駅北口改札前。二枚目はJR総武《そうぶ》線電車内。三枚目は秋葉原《あきはばら》駅昭和通り改札口。三枚とも人混みの中で撮影されたもの。なのに、桃果とひなみだと認識できる写真だった。

――二重尾行されていた上に、清野さんにこんな写真まで盗撮されていた？

だが、その仮説をひなみの次の言葉が粉々に壊す。

「キヴェルニーティスっていう奴から、ＤＭで写真が送られてきたのよ」

「キヴェルニーティス⁉」

心臓がまたも跳ねる。

――キヴェルニーティスが私を尾行していた？

その事実に瞳が揺れる。脳まで酸素が行き渡らない。そのまま、桃果は押し黙ってしまった。

「まぁ、何でもいいわ」

ひなみは本当に興味がなさそうに言う。

「それよりも、尾行してたってことは、あんた見たんでしょ？　秋葉原駅で降りた私が、男とホテルに入っていくのを？」

ここまで余裕すら感じられたひなみ。しかし、その瞳に初めて警戒の色が滲んだ。

――そうだ。確かに尾行はバレた。でも昨夜、私は衝撃的な光景を目にしたんだ。

膝上の拳をグッと握ってから問う。

「何で清野さん、中央の小田嶋さんと一緒にホテルに入ったんですか？」

小田嶋太郎《たろう》――。日本中央新聞社の人事部長にして、主筆の小田嶋義昭《よしあき》の次男である。

〈人事のプロ・小田嶋が斬る!〉

日本中央新聞朝刊の水曜日付の就活生向けコラムに、毎週、写真付きで登場している。もさりとした黒髪にクリクリした目。前歯を二本だけ出した笑み。その顔を紙面で見る度に桃果は、アルパカを連想してしまう。

そんな中央の将来の社長候補と目される男が、ひなみと腕を組んで、仲睦まじい様子で秋葉原のラブホテルに入っていった。

「やっぱり見てた訳だ」

ひなみは大きく嘆息する。

「ホテルで一体、何していたんです?」

――他社の人事部長とホテルで密会だ。恋愛や不倫以上の何か、リーク事件に繋がる材料があるのでは?

桃果は至極真面目に尋ねたつもりだったが……。

「ぷっ!」

ひなみは吹き出す。

「あんたさぁ、ラブホテルですることって一つしかないじゃん」

両者が絡み合う情景がぼんやりと浮かぶ。桃果は思わず顔をしかめた。

――まさか、清野さんは心も体も買収されていた? ベッドで重要情報をリーク?

「安心して。私達、あんたが考えるような薄っぺらい関係じゃないから。決して、デリで出会ったわけでもないし、会社の情報だって漏らしちゃいない」

怒りが凝縮された視線と声だった。

それから、ひなみは大きく嘆息する。桃果を一瞥《いちべつ》した後、曇天の窓の外に目を向ける。頬杖をついて、ゆっくり語り始めた。

「太郎さんとは、七年前の就活のOB訪問で出会った。当時、彼は横浜《よこはま》支局でデスクをしていた」

「太郎さん」と、ひなみは呼ぶらしい。

「ビビビっていうのかな？　運命の出会いって、本当にあるんだなって思った。ほら、太郎さんも東大法学部卒でしょ？　私のいたゼミの先輩だったのよ。先輩と言っても歳は、一回り以上は離れているけど話はすごく合った。何より私という人間を誰よりも理解してくれていた。出会った瞬間に、『ああ、私はいつか、この人と結ばれるんだなぁ』って確信した」

ひなみは、まるで白馬の王子様との出会いを話す少女のようだった。呆気《あっけ》に取られる桃果を置き去りにして、自らが主役のラブストーリーは進んでいく。

「彼ってさ、義昭主筆の息子じゃない？　中央社内では『ドラ息子』呼ばわりされて、色々大変らしいのよ。それにさ、奥さんは権藤元総理の三女。二人の子宝にも恵まれて、表向きは『おしどり夫婦』なんて言われているけど、権藤の娘ってかなりの恐妻らしいの。太郎さん、『家でも、会社でも、居場所がない』ってぼやいてたわ。だからね、私が彼の心の穴を埋めてあげているの」

ひなみの頬が紅潮する。うっとりしている感さえある。

一方、桃果は嫌悪感が急速に胸で膨張していた。

――ただの不倫じゃん。

無数の人間の関係をひなみが踏み躙《にじ》り壊している。

桃果にはそう思えてならなかった。

「太郎さんと、密会する時は気を付けていたんだけどなぁ。昨日はちょっと気持ちの昂《たかぶ》りが抑えられなくて、手を繋いだのが悪かったな。油断してたかも、私。でも、リスク承知の恋愛の方が気持ちって昂るじゃん？　そうそう、ホテル内での太郎さんたらね――」

桃果は堪らずピシャリ言う。

「そういうの良くないと思いますっ！」

閑散とした店内に声が反響する。

一瞬、大学生風のウェイターが訝《いぶか》るように見たが、やがてバックヤードに消えた。

「あんたなら……きっと、そう言ってくると思ったよ」

ひなみの瞳には小さな怒りの炎が揺らめいていた。

「あんたは、いっつも自分が正しいと思っている！　そんなあんたのことが私は堪らなく嫌いだし、堪らなく可哀想だと思ってた！」

「私が……可哀想？」

桃果は聞き返す。

「そう。あんたは可哀想な人間。自分が常に正しいって、思い込んでいるから。『私は整理部なんかにいる人間じゃない。大日本キャリアの誤報人事も東前のロリコン野郎に騙されただけ。不運な事故だった。自分は被害者なんだ』って。それで済まそうとしている」

桃果の目の下がピクピク痙攣《けいれん》し始める。

ひなみの肉厚な唇が怒りで震えていた。その隙間から鋭利な言葉がどんどん飛び出す。

「でもさ、大日本キャリアのあの誤報だって、ちゃんと裏取りしなかったあんたの責任じゃん。私なら、もっと慎重に、丁寧に、取材してたと思うよ。全部、身から出た錆《さび》でしょ？」

「それは……」

反論しかけた桃果をひなみが遮る。

「あんたいいかげんさ、自分は実力不足だったって認めなよ。この整理部にいるべくしているんだって、いいかげん認めなよ。それなのにずっと悲劇の主人公を気取ってさ」

——反論したい。なのに……。

ひなみの言葉には説得力があった。桃果の深層心理を的確に炙り出していた。

「自分が評価されないのは、この整理部っていう環境のせいだって思ってるでしょ？『出稿部に戻れば自分はもう一度輝けるはずだ』って、自分に必死で言い聞かせているでしょ？」

——何なんだ……これが、あの清野さん？

「でもさ、本当は気付いているんじゃない？　本当に凄い人には敵わないって。どんな環境でも、輝いちゃう天才はいるって」

春木文と秋野宵——。「二人の天才」の顔が脳裏に浮かぶ。

「あんたさ、ちゃんと努力してる？　惰性で紙面を作ってない？　悪いけど、私は毎日努力している。全国紙だって、地方紙だって、関係なく良い紙面を探して、ノートにスクラップしている」

紙面スクラップ——。ひなみが新聞紙面を切り取って、ノートを作っている姿が想像できない。

しかし、一つ言えるのは、ひなみの整理の能力は非常に高いという事実だ。

「あんたは私を馬鹿にしているけど、今日のあんたが作った夕刊一面、酷かったからね。猿本キャップのパフォーマンスが酷すぎたから、柳生デスクも指摘する時間なかったのかもしれないけど、私からしたら、二人とも落第点だから」

桃果の喉がきゅるると音を立てる。悲鳴のようだった。

「それなのに『猿本キャップ、困ったなぁ』って、顔をしちゃってさ。『私が手を差し伸べなくちゃいけないかなぁ』みたいな顔で一面席の高い位置から眺めちゃってさ。私はそんなあんたの表情を見ながら『実力もないのに、本当に可哀想な人間だな』って思ってた。『まずは自分の一面の質をもっと上げろよ』って思ってた」

「………」

今度は胸の真ん中がキーンと痛み出す。言葉が出せない。息苦しくて、呼吸すらしづらい。

「あとハッキリ言うけど、私が今日、イライラしていたのは、猿本キャップにじゃないからね。あんたにだからね」

桃果は目を見開く。

「あんた、私が遅刻してきたのを見て、ニヤついていたでしょう？　荒ぶる猿本キャップの姿を横目で見ながら、『これから面白いものが始まる』って顔してた。表向きは取り繕っているつもりでもね、あんたの場合、それがふとした瞬間に出るんだよ」

完膚《かんぷ》なきまでの論破。そして、全てを見抜かれていた。

「プライドの高いあんたのことだから、どうせ転職でもしようとしているんでしょ？　でもね、一言言わせてもらうけど、ここでも通用しないなら、どこに逃げても一緒だかんね」

最も言われたくない相手から、最も言われたくない言葉を浴びせられる。それでも反論できないのは、それがぐうの音も出ないほどの正論だったからだ。

防戦どころか、さながら打たれまくるサンドバッグ——。桃果は押し黙るしかなかった。

卓上にはランチのロコモコ丼が半分以上残されている。もはや食欲はない。

「あんた、私が『痛い女』だって、思ってるでしょう？」

「痛い……女？」

かろうじて言葉を返すのが精一杯だ。

「そう。いつも鼻につく態度で、時間にもルーズ。そのうえ、良い女ぶってるって」

――そうだ。まさしくそう思っていた。

「……………」

桃果は返答に窮する。

「別に気を遣わなくていいよ。私自身もそう思うもん」

ひなみはシニカルな笑みを浮かべる。

「私は自分自身の価値が低いって知っているよ。風俗でも指名なんて入らないし、フリーで私を引き当てた客から『うわ、外れた』って表情されることもあるもん。でもさ……」

そこで、ひなみの声のトーンが下がる。卓の何でもない一点に視線を向ける。

「しょうがないじゃん……。これが本当の私なんだから。ありのままの今の自分を受け入れるしかないじゃん……」

哀愁を含んだ言葉が床に虚しく転がる。

ひなみは重いため息を吐く。

「全くさ、何なんだろうね？　何で批判されなきゃいけないの？」

「AV女優、キャバ嬢、風俗嬢――。社内でバレれば、まるで犯罪者扱い。下手すりゃ、左遷される。でもさ、私からしたら、働かないで原稿もろくに書かないおじさん無能記者達の方が、よっぽど給料泥棒で、犯罪者なんだけどね。それに風俗で働くって激務だからね。生活リズムだって崩れるし、毎日、ピルだって飲まなきゃいけない。性病は怖いし、いつか身バレして、ネット上で火だるまになるかもしれない。あんたらが毎夜、酒飲んでダラけている時に、こっちはリスク覚悟で働いてるんだよ！」

ひなみは奥歯を噛み締める。

「私は奨学金だって返さなきゃいけない。親に仕送りだってしなくちゃいけないの。だけど、可愛くなるにはお金がいる。じゃあさ、他にどんな方法で金を稼げば、褒めてくれたわけ？」

桃果に問う。が、声は出ない。

「でも……こんな私に太郎さんは言うのよ」

ひなみの表情に影が差す。

「『今のままで良い』って。『変わらないでいい』って。私が風俗で働いているのも全部知りながら、それでも、こんな私を愛してくれる。受け入れてくれるんだよ」

ひなみは鼻から息を吐き出す。

「他紙の人事部長と密会して、愛人関係にあるとか、本当に格好のネタだよね？　あんただって思っていたんじゃない？　私が『太郎さんから騙されているんじゃないか』って」

――そうだ。

まさに先ほどまで、桃果はそう思っていた。

ひなみは目を一度閉じる。それからカッと見開き一気に言葉を吐き出す。

「私が今、あんたに望むことは一つだけだよ。あんたの物差し……いや倍尺で、私を勝手に測らないでよ！」

＊

完敗――。完膚なきまでに、ひなみにボコボコにされた。

十八時。帰宅と同時に、桃果はソファに仕事着のまま倒れ、打ちひしがれた。

もはや化粧を落とす気力さえ残っていない。コンタクトは自然と外れて、どこかに消えた。

ぼやけた白い天井をただ呆然と見つめていた。

——清野さんは裏切り者ではない。

今日、対峙して、それだけは分かった。

『私のことをずーっと見下していたでしょう?』

ひなみの言葉の数々が、先ほどから何度も頭の中で反響している。

ズキンズキン——。脈拍に合わせた痛みとなって襲ってくる。

ズキンズキン——。頭が痛い。いや、何だか体全体が熱を帯びている。

ピピピ——。無機質な電子音を鼓膜がかろうじて拾う。脇に入れていた体温計を取り出す。なかなか目の焦点が定まらない。

三十八度九分。

——ひどい熱だ。疲れた。本当に疲れた。

ソファに横たわり、この現実から逃げるようにそっと目を閉じる。

体から何か黒いものがドロリと滲み出てくる。体がどんどん暗黒の沼に沈んでいく。やがて、閉じられた瞼《まぶた》を通して感じていたリビングの光さえ感じなくなる。

まどろむ。静かな寝息をたてながら、桃果は眠りの世界に吸い込まれていった。

第九版　本当の天才

その日は東京でも朝から雪が降り続いていた。

リリリリン――。十八時四十分。机上の電話は、けたたましく吠え続ける。その夜、整理部第十三グループ（地方面担当）は、野戦病院の様相を呈していた。

「おい藤崎、このままじゃ白紙降版になるぞ！」

傍に立つ指揮官、整理部デスクの後藤亮輔の顔面は雪のように蒼白だ。

降版まであと二十分。桃果が今、担当している面は計八つ。だが、その半分の面が真っ白だ。

――詰んだ。

桃果は組版端末画面を前に悟る。

「藤崎、良いからどうにかしろ！　早く完成させろって」

――だったら、あなたも面担になって紙面作ってよ。整理部デスクでしょ。

桃果の内面では黒い言葉が飛び交う。

こんな時でさえ、後藤は手伝ってくれない。怒鳴るばかりで何もしてくれない。

桃果は唇をギュッと噛む。

整理部生活も早八ヶ月。季節外れの部内異動で地方面を制作するこの第十三グループにやってきたのは数日前だ。二つの地方面を同時に組む「二枚組み」が基本。と言っても、共通ネタが多く、降版時間もバラバラ。だから、いつもなら難なく降版できる。なのに、今日は不運が重なって、気付けば担当する面は八枚になっていた。

出社時から既に歯車は狂っていた。まず、忌引きで第四席の澤田《さわだ》が欠勤した。さらにキャップの伊勢田《いせだ》が体調不良を訴えて早々に帰宅。第十三グループはこの時点で八人にまで減った。神奈川面と愛知面、北海道面、信越面。下っ端の桃果は四枚組みとなり、既に厳しい戦いを強いられていた。

しかし、悪いことというのは重なるものである。大雪によって、全ての版の前倒し降版を告げられた。十九時の一斉降版が決まったのだ。

泣きっ面に蜂。そこに来てさらに——。

「西日本の整理編集システムがダウンしただと！」

十七時半過ぎ。後藤が怒声とともに、机上電話を叩きつけた。

大阪支社の整理編集システムがサイバー攻撃でダウンしたらしい。

つまり、本来は大阪支社で制作すべき西日本の地方面の全てを東京本社で制作せざるを得なくなった。単純計算で担当紙面は二倍に増える。

というわけで桃果は今、神奈川面と愛知面、北海道面、信越面に加えて、北陸面、福岡面、四国面、広島面の八つの面担当になっている。

——よくまぁ、こんなにも悪いことが重なったものだ。

「藤崎、あと十五分だぞ！　どうにかするしかねぇんだ」

デスクの後藤は相変わらず咆哮している。

降版まで残り十五分。このタイミングで、雪崩を打つように、出稿部デスクから原稿が送られてくる。

「締切時間、とっくに過ぎてるじゃん……もっと早く出してよね」

フロアの喧騒に、桃果の小言が溶けていく。地方面の出稿は降版一時間前が原則だ。

「整理さん、もう原稿出しているけど紙面はまだ？」

出稿部の数人のデスクが苛立ち気味に桃果の所に来ては、そんな言葉を吐き捨て、踵を返す。

――どうして全てが私のせいなの？　締切守らず、出稿してくるあなた達の方が悪いじゃん。

桃果は嘆息する。八ヶ月前に整理部に左遷されて、毎日、辞めることばかりを考えてきた。

だが、いよいよと言った感じである。

降版まで残り十分。白紙降版――。最悪のシナリオがいよいよ現実味を帯びてきた。

桃果は今、操縦不能に陥った飛行機の操縦桿を握っている心境だった。

――あとは墜落を待つのみだ。

諦めに満ちた笑みを浮かべた瞬間だった。

「藤崎さん、遅くなって悪かったね」

鼓膜をそっと包むような柔和な声。桃果は背筋をスッと伸ばし、振り返る。目を見開く。

直毛の黒髪。雪のような白い美肌と凜とした鼻筋と形の良い眉の男が微笑んで立っていた。

整理部の生きる伝説、秋野である。

「桃果ちゃん、やっほぉ」

秋野の背後から、ひょっこりと春木も手を挙げて顔を覗かせる。整理部第一グループの「二人の天才」が、数人の整理部員を背後に引き連れて、立っていた。

秋野が白い歯を見せて言う。

「藤崎さん、援軍に来たよ」

秋野宵と春木文──。その日、夕刊番で帰宅したはずの「二人の天才」が、計六人の援軍を従えて、地方面フロアに降臨した。

「藤崎さん、今の状況を教えて」

燃え盛る戦場でも、微笑を浮かべて尋ねる秋野。

「じゃあ、私が神奈川と愛知を組むから、鈴木《すずき》さんは北海道と北陸をお願いします」

デスクよりもデスクらしく──。瞬時に状況把握して、面担を割り振っていく春木。敗色濃厚の霧が一気に吹っ飛び、俄にフロア全体が活気付いていく。

──このメンバーならいける！

桃果自身、確信する。

やがて、秋野や春木から指示を受けた面担が、空いている組版端末の前に散り散りになる。

桃果の抱えていた計八つのうち六つの面は、援軍部隊によってもの凄い勢いで埋められていった。

「神奈川面、降版します」

「愛知面、降版します」

「北海道面、降版します」

「北陸面、降版します」

「福岡面、降版します」

「四国面、降版します」

十分後。援軍部隊によって埋められた紙面が、画面の向こうの印刷所へと次々と飛び立つ。

「広島面、降版します」

桃果も降版を宣言し、残るは手元の信越面のみだ。

――本当に凄い。二人の天才がたった十分で状況を一変させた。

桃果の心が躍る。勢いそのままに叫ぶ。

「信越面、降版します！」

が、画面の中央に出てきたのは赤い警告表示だ。エラーである。広告は入っている。記事の流し間違いもない。見出しも打ち間違いはない。

――なのに降版できない？　何で？

秋野の眉間に皺が寄る。

春木が憐れむように桃果を見下ろしている。

――やばい。やばい。降版できない。

呼吸が荒くなる。

――ねぇ、誰か助けてよ。何で皆、そんな冷たい視線で、私を見下ろしているの？

「おい、信越面の降版、早くしろって！」

後藤が桃果の近くまで駆けてきて、吠える。

――今、やっている！　あなたもデスクなんだから手伝ってよ！

内心で毒づく。

――動け！

そう念じつつ降版ボタンを再度押す。

しかし、やはり赤い警告表示が画面の中央に出るだけだ。

「ダメです。もう輪転機が回り始めていますっ！」

不意にフロアの誰かが叫ぶ。

――嘘……？

桃果は組版端末を見つめたまま硬直する。

不意に傍に誰かが立つ気配があった。恐る恐る顔を上げる。秋野だ。

ゾッとする。口の端を歪に上げて、見たこともないような醜悪な笑みを浮かべていた。

対する桃果の頭は真っ白だ。外の雪景色の如く視界も白み始め、そこで映像は終わった。


「はぁはぁはぁはぁ」

かろうじて、裸眼の焦点が合う。そこには白い無機質な天井があった。自宅リビングだ。

——夢を見ていた。

整理部に異動して八ヶ月後。不運が重なって八枚組みになった日の悪夢だ。

整理部員あるあるだ。たまにこうやって降版できない悪夢にうなされる。

——だけど、あの日は結局、信越面も含めて難なく全ての面が降版できた。それに最後に見た秋野さんのあの醜悪な表情は一体……？

解せない。桃果はソファから起き上がる。

ドクンドクン——。心臓の鼓動が華奢な体を脈動に合わせて微かに揺らしている。ぐっしょりと汗に濡れたブラウスが背中に張り付いて、その冷たさに桃果は顔をしかめる。

卓上のペットボトルの水に手を伸ばし一気に飲む。息を整えて、何気なくスマホを取る。

無意識にツイッターのアプリを開く。タップした瞬間、水色の世界が網膜を侵食した。

——んっ？

DMの到着を示すマークがメイン画面に表示されていた。

妙な胸騒ぎにゴクリと唾を飲む。恐る恐るといった感じでDMを開く。

差出人は〈キヴェルニーティス〉——。

息が止まる。内容を目にした瞬間、汗で濡れた背筋に悪寒が走った。

〈秋野宵の裏アカウントは【草の黄@kusan0u】である。秋野は陰で誹謗中傷を繰り返している〉

＊

「一面トップ、差し替えじゃい！」

編集フロアに、郷田のドスの利いた声が波紋のように広がる。

その声に、朝刊三面紙面の最終チェックをしていた桃果はハッと顔を上げる。

——こんな時間に一面、差し替え？

デジタル時計は午前一時九分四十一秒。十四版の降版まであと二十分しかない。

視線はそのまま一面席に流れる。秋野は微笑を浮かべていた。

「モノは何ですか？」

秋野はまるで、季節の挨拶を交わすかのような穏やかさで郷田に問う。

「アポロの鵜川《うかわ》を特捜がニンドウらしい。行数は四十行じゃい」

「特捜」とは東京地検特捜部、「ニンドウ」とは任意同行の意である。

「アポロの鵜川って、あの鵜川勝久《かつひさ》さんですか？」

「そうじゃい」

仁王立ちで腕組みした郷田がコクリ頷く。

そのタイミングで、社会部デスクの岩崎《いわさき》がちょうどやってきた。

「アポロの鵜川を特捜がニンドウ。行数は四十で、ツラ写真付き。十分以内に出します」

息を切らしながらも、全身からは社会部としてネタを摑んだ高揚感が溢れている。

「で、岩崎、鵜川は一体何しでかしたんじゃい⁉」

左頰の傷をさすりながら郷田は尋ねる。

「えっと……」

岩崎の表情が強張る。言い淀む。

「報酬を過少申告したとか……なんとか」

空気が抜けるように言葉が尻窄《しりすぼ》みになる。どうやら容疑は現場の記者から詳しく聞けていないらしい。

「何じゃい岩崎。何でパクられるか、詳しく知らんのかぁ。本当に大丈夫かぁ？　鵜川のニンドウは間違いないんじゃな？」

マル特の根幹になる部分だ。だからこそ、郷田は改めて問う。

「それだけは間違いないです！」

安心してください――。そう言わんばかりに岩崎は胸を張る。

「原稿、もうすぐ来るんで。とりあえず来たらすぐに送りますっ！」

それから、まるで脱兎のごとく、岩崎は一面の面担席を後にした。

「マル特、遅くなるかもしれんのぉ」

遠くに消えていく岩崎の背を見つめながら、郷田が独りごちる。

それから決意を固めるように『フーッ』と短く嘆息し、第一グループの島の面々に命じた。

「ほいじゃ、今回もところてん方式じゃ！　一面の四番手は……文、二面はどうじゃい？」

今日は盤石の布陣だった。二面はもう一人の天才、文だ。

「うーんと、そうですね。小囲みを崩して、写真を取れば入ります」

手元の仮刷りを見ながら、文は返す。

「ほうか！　じゃあ宵、四番手原稿を文に送っちゃれ！」

秋野に指示する。それから、ドカドカとした足取りで、桃果の傍に来ると、

「おし。じゃあ桃果ァ。三面は組み替えなしじゃ。大丈夫そうなら降ろしてくれ！」

降版のゴーサインを出すと、社会部の島に向かって、小走りで消えた。

「三面、降版します！」

桃果の張り上げた声は、フロアの喧騒によってかき消された。

「今日は結構、良い作品を作れたのになぁ。残念……」

ちょうどその時、嘆息混じりの文の言葉をかろうじて桃果の鼓膜が拾う。

チラリと視線を這わす。二面席の文は、名残惜しそうに手元の仮刷りを見つめていた。


三面降版から数分後。

「藤崎さん、一面仮刷りを置いときます」

東北訛りの声が、桃果の鼓膜を突く。チェックしていた三面の仮刷りから顔を上げる。三四郎が恐縮しきった表情で頭を下げていた。

今夜も新人整理部員は、仮刷り配達部隊として大活躍だ。いや、それよりも――。

――もう一面の仮刷りが出たの？

机上のデジタル時計に目を向ける。まだ一時十三分を回ったところだ。

――早すぎる。

一面仮刷りを手にした瞬間、桃果はさらに目を見開く。

そこには、あとは特ダネ原稿を流し込めば完成する紙面があった。

〈アポロ鵜川社長逮捕へ〉

一段三十行のベタ黒白抜きの横見出しが躍っている。

縦見出しはＭ６の明朝体活字で〈報酬、過少申告の疑い　東京地検特捜部が聴取〉。

アポロハイテク社長の鵜川勝久の顔写真まで載せてあった。

わずか三分の神業だ。一面席の秋野に後光が差している。

桃果には秋野が本当の神様に見えた。

＊

──整理とは統べる者だ。

秋野宵は、特ダネに色めき立つ編集フロアで、自らに言い聞かせる。

──慌てたらダメだ。

机上のデジタル時計に視線を這わす。午前一時九分四十一秒。

──大丈夫だ。まだ降版まで二十分ある。俺ならいける。

微笑を浮かべつつも、内なる闘志を燃やして、目の前の一面紙面の組み替えの構想を始める。

三十一歳。明治《めいじ》大学を卒業後の二〇一三年四月に東都経済新聞社に入社した。

念願の記者職だった。

──記者として書いて書きまくってやる。

そう勢い込んで入社したのに、配属されたのは編集局整理部だった。

原稿すら書けない内勤部署。思えば配属が発表されたあの時も、こうやって微笑んでいた。

その内面は荒れに荒れ、失望し、懊悩《おうのう》し、憤怒《ふんぬ》していたというのに……。

しかし、師との出会いが宵の運命を変えた。

「宵、おどれは整理の神に愛された男じゃ。日々、精進せい。必ずおどれは良い整理記者になるとワシは確信しちょる」

整理部の熱血漢、そして師匠である郷田は配属初日に宵を讃えた。

闇の中の一筋の光――。心がふわりと浮き、気持ちが楽になった。後光が差した神仏と対峙した気分だった。

「日々、精進せい」

その言葉を胸に、毎日、新聞各紙を貪るように読んだ。良いと思った紙面は切り抜き、ノートにスクラップする。手の指や爪に染み込んだ新聞インクの匂いは、日々の鍛錬の証左だ。

見出しはリズム。俳句の教室にも密かに通って「精進」を続けた。

郷田に認められるためではない。自分には才能がないと分かっていたからだ。

郷田を失望させたくない――。その思いが秋野を「整理道」という修羅の道を歩ませた。

毎日、欠かさなかった努力は結実する。

配属されてわずか一年後の二十三歳。宵は史上最年少で、整理部第一グループに栄転した。

――努力が認められた。

そう心躍ったのは一瞬だった。

宵を見る周囲の整理部員の目は、嫉妬の色を多分に含んでいた。皆、陰でこう囁いた。

「当たり前だよ、あいつは天才なんだから」

――ふざけるな。じゃあ、お前らは努力したのか？

そう叫びたい気分だった。

出社時間ギリギリに来て、ぺちゃくちゃ喋って原稿が来るまで過ごす。整理に新たに来た後輩に先輩風を吹かせるような指導ばかりして、優越感に浸る。

――どんな経緯で整理に来たかは知らない。知りたくもない。だけど、惰性で紙面を作るなよ！　俺の主戦場なんだよ、ここは！

内なる宵がいつも叫んでいた。

一六年四月には編集局経済部に異動した。かつて渇望した記者職だ。

もっとも、出稿部記者として現場に出て、秋野に湧いた感情は失望だった。

新聞制作などこれっぽちも気にせず、締切時間を守らぬ編集記者達。それがカッコいいとさえ考えている節すらあった。

整理のルールから逸脱した仮見出し。見出しがつかない整理部泣かせの原稿を平気で送る。

――頭の中がごちゃごちゃだからだ。取材しても何がニュースか分からず、だから、テキトーな原稿を出稿してしまうんだ。

「ええか宵、編集っちゅうもんは誰でもできるが、整理は頭が良くなきゃできん」

師である郷田の言葉が、いつも頭蓋で反響していた。

一七年四月の毎朝経済新聞社誕生。それと同時に自ら志願して整理部に戻った。

それからは、ずっと第一グループに在籍している。来る日も来る日も紙面と向き合って、紙面作りという試合をコントロールしてきた。

「良いか宵。整理とは常に最悪を想定することじゃ」

郷田のその言葉は今も胸にある。

今日だって準備に余念はなかった。秋野は特ダネ「被弾」用の別紙面を密かに用意していた。

――自分は天才のふりをしている凡才だ。

弱さを知っているからこそその準備だ。

デジタル時計は一時十二分二十五秒。

カタカタカタ——。見出しを打ち込む。

主見出しは〈アポロ鵜川社長逮捕へ〉。

袖見出しは〈報酬、過少申告の疑い　東京地検特捜部が聴取〉。

写真部に問い合わせて、鵜川勝久の顔写真も早々に入手した。これで特ダネ原稿の受け入れ態勢は万全だ。

——さぁ来い出稿部！

宵は仮刷り印刷ボタンを押しながら、心の中で叫ぶ。

不意に視線が右前方の三面席にいく。

藤崎桃果——。整理部三年目の若手記者が、三面紙面のチェックに夢中だ。

「秋野さんは天才です。憧れてます」

——この子はいつもそう言って色目を使ってくる。

「神童」

「天才」

皆と同じように秋野のことをそう呼ぶ。

——だけど……俺は決して天才なんかじゃない。ただ、天才を演じているだけだ。

視線が左前方の二面席に移る。

春木文——。頬杖をついて端末画面を見つめながら、モーヴピンクの口紅で彩られた下唇を舐めた。その動作一つとっても実に妖艶だ。

美の極み。紙面でも同様に他を圧倒し魅了する。その儚《はかな》き現実を前にして、宵は内面で独りごちる。

――本当の天才は春木さんだ。

＊

「一面、降版します」

午前一時二十七分。秋野は特ダネの被弾などなかったかのように、悠然と降版を宣言した。

降版から十分。印刷したての新聞インク特有の匂いが、熱戦の副産物として編集フロアにまだ漂っていた。

今、三面席の桃果の机には、秋野が組んだ一面紙面の仮刷りがある。

完璧な見出しとバランス力に富んだイラストや写真配置。あのストレスフルな状況下で、一行空きすらない完璧な仕上がりだ。秋野は一面面担業務を華麗に終えた。

〈アポロ鵜川社長逮捕へ〉

黒ベタ白抜きの見出しがその存在を誇示するように映えている。

【東京地検特捜部が半導体製造装置最大手アポロハイテクの社長、鵜川勝久氏（八十五）を金融商品取引法違反の疑いで事情聴取していることが二十三日、関係者への取材で分かった。二〇二一年三月期の有価証券報告書で自らの役員報酬を過小申告した疑いがあるという。容疑が固まり次第、逮捕に踏み切る方針だ。】

――この前文を読んで、〈逮捕へ〉という見出しを打てる整理部員は何人いただろう？

桃果なら〈アポロ鵜川社長を聴取〉という見出しで逃げていたと思う。

しかし、秋野は聴取が終わり次第、逮捕に踏み切ると見て、社会部に確認。その上で〈逮捕へ〉と打った。出稿部と連携して完璧な紙面を作りあげたのだ。

眼前の紙面に圧倒されながらも、桃果の網膜には今、別の情景が映っていた。

〈秋野宵の裏アカウントは【草の黄 @kusan00u】である。秋野は陰で誹謗中傷を繰り返している〉

先日のあのDMだ。

調べてみると確かに〈草の黄〉なるアカウントは存在した。

アイコンはなく灰色。プロフィールには〈マスコミ業界の片隅に生息〉とだけ記載されていた。〈二〇二二年一月からTwitterを利用しています〉と表示にある通り、まだ始めて四ヶ月ほどのアカウントだ。

フォロー数は十五で、フォロワー数はゼロ。フォローしている十五は、各新聞社の公式アカウントで、秋野の裏アカウントであると結論づけられるような決定的な材料はない。

——本当にこれって、秋野さんの裏アカなの？　偽物では？

実際、プロフィールを見た時は、桃果も半信半疑だった。だが——。

投稿内容は「秋野の裏の顔」を疑わせる内容だった。

草の黄 @kusan00u
こいつ、いつも一緒に電車に乗ってくるな。マジでウザい。弟子と師匠は会社だけだろ。行き帰りの時くらい自由にさせてくれや。
07:22 2022/04/18　Twitter for iPhone

『松山さんって子なんだけど、僕と電車の方向も同じで、行き帰りによくばったり会うんだ。何かと質問してくるし、本当に熱心な子だよ』

——つまり、この呟きって、松山さんという弟子のことなんじゃ……。

草の黄 @kusan00u
特ダネを被弾。「何とか間に合わせたぜ」ってさ、間に合わせたのはこっちなんですが。本当に出稿部の連中は馬鹿ばかりだ。
16:02 2022/04/21　Twitter for iPhone

この日、秋野は夕刊一面担当だった。そして、監視カメラ映像を確かめたところ、確かに特ダネを被弾していた。

——内心の苛立ちをこのアカに投稿しているの？

そして、最新のツイートでは、なんと桃果について言及されていた。

草の黄 @kusan00u
四月から来た子、実力不足が過ぎる。若手の登用だか何だか知らないが、こういう人事は良くない。一年半前に助けに行ったあの夜から、こいつは全く成長してないな。周りが見えてないんだよ。
22:41 2022/05/19　Twitter for iPhone

一年半前の整理部地方グループ時代の八枚組み事件に関する呟きだ。

奇《く》しくも、先日、桃果の夢に出てきた。あの時、夢の中の秋野は醜悪な笑みを浮かべていた。

——あれは何かの暗示だったのかな？

チラリと一面席に視線を這わす。

桃果の知っている秋野が座っていた。

大仕事をやってのけたような素振りもなく、凛とした佇まい。黙々と手元の記者端末で、引き継ぎ資料を作成していた。

——今、あなたは一体何を考えているの？　私のこと内心では蔑《さげす》んでいるの？

そう思うと、目の前がどんどん暗くなる。ドス黒い霧が全身に降り注ぐような感覚だ。

——なんか疲れちゃったかも……。

裏切り者を捜せば捜すほどに、他者の裏の顔を知る。

ひなみには、自身の嫌な部分を炙り出された上、完膚なきまでに論破された。

「藤崎……さん」

——もうやめたいかも。

「藤崎さん？」

——やめたいって、裏切り者捜し？　それとも……この新聞社を？

「あのぉ……藤崎さん？」

暗転した視界の彼方から声がする。

——誰？

「はいっ！」

飛び跳ねんばかりに背筋をビクンと伸ばす。

徐々に明瞭になっていく視界。桃果の傍に誰かが立っている気配がある。

ゆっくりと顔を上げる。買い物カゴいっぱいのビールを抱えた大男。三四郎が立っていた。

生い茂った眉をハの字にして、恐る恐ると言った口調で尋ねる。

「あの藤崎さん。秘密のレッスン、今日もお願いしていいですか？」

——普通、こういう時は、秋野さんが私に声をかけてきて、優しくされて、泣いちゃうとかだろ。でも……なんか今日は嬉しいかも。

感傷に浸り、鼻がじんとする。それを悟られないように平静を装いつつ返す。

「いいよ、俵屋君。あと、前も言ったけど、『秘密のレッスン』って言い方、やめてくれないかな？」

＊

新聞社は不夜城。午前三時半過ぎ。三階のカフェスペースの一角に明かりが灯っていた。

桃果は今、三四郎と丸テーブル越しに向き合っている。この時間、流石にカフェは閉店しているが、フロアは開放されている。

今ここにいるのは、桃果と三四郎、そして——。

「ええやないか、三四郎！　この見出しは良い所、ついちょるぞ！　確実に成長しちょる！」

郷田が濁声で「ガハハ」と笑う。

三十分前。小型端末を使ったいつもの見出しレッスンをしていたところ、郷田が通った。

脇にはノートパソコン。どうやら宿直室エリアで、今夜も「仕事」に励むつもりらしい。

デスク業務終わりを感じさせぬ、溌剌《はつらつ》とした表情。浅黒い顔には生気が漲っていた。暑苦しいほどの熱気をまとっていた。

「ほぉ、今夜も桃果先生との夜の個人レッスンかぁ。おどれら熱いのぉ」

茶化すように吐いた郷田だったが、三四郎の見出しを目にした瞬間、眉間に皺が寄る。

「何じゃい、この見出しは！　ダメじゃダメじゃ！」

そう言って、了承してもいないのに、桃果と三四郎の間の空いた椅子にドカリと座った。またもや熱血指導教室の開講である。


日々の「秘密のレッスン」の賜物か、今日の三四郎は、三十個の見出しを何とか制限時間内に埋めた。

しかし、何分、時間のプレッシャーに弱い。焦ると見出しのクオリティにムラが出る。

二週間後の六月には、三四郎も整理部の一兵卒として、担当面を持つことになる。

二十五人の新人整理部員の中にあって、三四郎の整理技術は明らかに下位だ。

──整理としてこの先やっていけるかな？

桃果自身、一抹の不安を覚えていた。

「三四郎、おどれは、宵に似ているのぉ」

突然、吐かれた郷田の言葉に、桃果はハッと顔を上げる。三四郎も同様だ。

「秋野さんと俵屋君が似ている？」

桃果は問う。

「そうじゃ。似ちょる」

疑念の眼差しを向けたままの桃果に、郷田は続ける。

「今でこそ、あやつは『天才』と呼ばれちょるがのぉ……ワシから言わせれば、あやつは『努力の天才』よ。己の非力さを知って、必死に努力した。そして『本物の天才』になった」

――あの秋野さんが？

桃果の顔には驚愕が張り付いていた。

「三四郎も同様よ。必死にもがいて、努力をしちょる。それが、見出しを通してひしひしとワシに伝わってくるんじゃ。これはのぉ、誰にもできることじゃねぇ。ええか三四郎――」

郷田はポンと三四郎の肩に手を置く。

「そのまま精進せい。必ずおどれは良い整理記者になる！　宵のような存在になると、ワシは確信しちょる！」


「桃果ァ、今日は三四郎にワシの裸を撮影させるなよ」

午前四時前。郷田は四階へと続く内階段を上りながら、ニヤリと笑う。

三四郎は、律儀にも、上階に見えなくなるまで深々とお辞儀していた。

「すっごく嬉しいです」

郷田が上階に消えた後、三四郎は興奮冷めやらぬ様子で言った。

「良かったね。頑張ろうね」

それは自分自身に向けた言葉でもあった。

秋野は努力の末に天才の地位を得た――。その事実は桃果にとっても衝撃だった。

ひなみや秋野も、実は陰で必死に努力していた。そのことを予期せぬ形で思い知らされた。

――私も変わらなきゃ。

三四郎への指導が、決意を新たにさせるきっかけとなった。

「実は僕、秋野さんと同じ明治大学出身なんです」

目を輝かせた三四郎が明かす。よほど郷田の言葉が嬉しかったと見える。いつになく饒舌だ。

「所属していた部活も、秋野さんと同じチェス部で、ずーっと憧れていたんです。秋野さんは九つも上のOBですから、面識はないんですけど、さっきの郷田デスクのお言葉に運命的なものを感じてしまいました」

まるで恋する乙女のように三四郎は顔を赤らめる。

「えっと、そもそも俵屋君ってチェス部だったの？」

三四郎と秋野が、同じ大学で部活も同じだったことより、三四郎がチェス部に在籍していたことに桃果は純粋に驚いていた。

秋野はチェスがしっくり来る。

しかし、三四郎がチェスボード上で駒を動かす姿は、どうにも浮かばなかった。

「はい、そうですけど……」

「柔道とかやっていたんじゃないの？」

頭に浮かんだ疑問がそのまま言葉になる。

身長百八十八センチ百キロの巨漢。俵屋三四郎という名前からしても、柔道が似合いすぎる。

だが――。

「いえ、僕は一度も柔道なんてしたことありません。僕、運動音痴でして、高校までは吹奏楽部でした」

人は見かけによらず――。まさしく今、目の前にいる三四郎がそうだった。

三四郎は秋野に話を戻す。

「秋野さんはウチの部、始まって以来の天才と言われていたんですよ」

――秋野さんってどこ行っても「天才」って呼ばれるんだな。

それから数分、三四郎は語り部だった。

そして、最後に一つのエピソードを添えて、話を締めくくったのだ。

「ウチの大学で学生チャンピオンになったのは、後にも先にも秋野さんだけです。他校からはこう呼ばれ、恐れられていたそうです。ゲームを統べる者、〈キヴェルニーティス〉って」

＊

十三時五分を過ぎた。夕刊四版の降版時間まではあと二十五分だ。

典型的な凪の紙面。二版で作った紙面を微調整して、最終版まで進んだ。

桃果は一面席をチラリと見る。一面担当の秋野が今日も、凜とした佇まいで、仮刷りを最終チェックしている。

特ダネが飛び込んでくる気配はない。共同通信のピーコが編集フロアのＢＧＭと化した初夏を感じさせる午後だった。

桃果は二面席で大きく伸びをする。疲れがじわり体の芯から滲み出てくる感覚がある。嚙み殺すように欠伸《あくび》をした。

「藤崎さん、大分お疲れだね」

眼前の三面席の岩倉が朗らかな笑みで言う。

「すみません。ちょっと最近、無理してて」

自嘲気味に言った桃果の言葉で、岩倉の表情が曇る。

「何かいつもゴメンね」

「はい？」

「ほら、私、いつも夕刊番ばかりじゃない？　藤崎さんをはじめ若手の朝刊番のローテが多くなってしまっているから……」

岩倉は二歳と四歳の娘がいる。夕方に保育園に迎えに行かなくてはならず、そのため岩倉は夕刊中心の出番だ。「調整しやすいように」との配慮で、第一グループのローテは岩倉が作っている。

「仕方ないですよ。岩倉さんも、お子さんがいてお忙しいでしょうし」

岩倉の表情の陰影が濃くなった。その時だった。

「夕刊一面、降版します」

穏やかな声が桃果の鼓膜を包む。秋野が悠然と降版を告げていた。

机上のデジタル時計は十三時十分。特段のニュースがなければ、早期降版が原則だ。

「じゃあ二面と三面も、大丈夫そうなら、降ろしてくれ」

デスクの内山田が、欠伸混じりの言葉を吐く。肉付きの良い体をデスク席の椅子に預けて、表情は弛緩しきっている。メガネを拭く姿は、既に仕事を終えたかのようだ。

「夕刊二面、降版します」

桃果も降版を宣言した。


全ての面が降版して三十分ほどが経った。相互チェックや引き継ぎメールの作成を終え、桃果は今、一面席の動きを視線の端で追っていた。

秋野が席を立つ。桃果も何気ない風を装い席を立つ。秋野の背を追う。

どうやらフロアの角の自動販売機エリアに向かっているらしい。

——好都合だ。

さながら草むらに隠れて獲物を狙うチーター。

桃果は秋野が缶コーヒーを買い終わったタイミングで、背後から声をかけた。

「あの秋野さん」

振り返った秋野は、目を大きく見開く。一瞬、間を挟んでから、いつもの温和な笑みで返す。

「藤崎さん、どうしたんだい？」

「ちょっと大事なお話がありまして……今からお時間ありますか？」

第十版　あの白鳥のように

「で、藤崎さん、大事な話って何かな？」

その声に桃果はハッと顔を上げる。

東京駅八重洲《やえす》口から徒歩五分。元々はカラオケ店だった名残を感じさせる洋風レストランの一室で桃果は今、ある人物と向かい合っていた。

食欲はない。ローテーブル上の冷製パスタを半分ほど残した。食後の紅茶も安らぎを運んできてはくれなかった。

「実はさっき投稿されたこの呟きなんですけど……」

右手でスマホを操作し、表示したのはツイッター画面だ。

草の黄 @kusan00u
仕事中にベラベラ喋るんじゃねーよ。一番下っ端なんだから、足引っ張るなよ。
13:44 2022/05/25　Twitter for iPhone

「えっ、何これ!?　酷い匿名記者アカだね」

――『匿名記者アカ』か……。

「ある筋から情報提供があって、実はこれ、秋野さんの裏アカらしいんです」

「えっ⁉」

「一番下っ端って、明らかに私のことですよね。このアカの投稿を遡ると、さらに私への誹謗中傷らしいものがあって。私、悲しくなってしまって……」

桃果は苦悶の表情を浮かべる。

「でも変なんですよ」

「変？」

桃果は真顔になる。話の舵を急旋回する。

「はい。だって、投稿があった十三時四十四分、私、秋野さんとちょうど話していたんです」

目の前の人物は口に運びかけたコーヒーカップを胸の前で止めた。


時計の針は一時間前に戻る。

自動販売機で秋野が缶コーヒーを買ったタイミングで、桃果は背後から声をかけ、近くの小会議室に誘導した。

「今から就活生向けのイベントに出ないといけないから、五分くらいでも大丈夫かな？」

笑みを浮かべる秋野に謝意を述べ、桃果は単刀直入に切り出す。

「このツイッターのアカウントって、秋野さんのものですか？」

桃果はスマホ画面を見せる。そこには、〈草の黄〉のアカが表示されている。

秋野はじっと数秒見つめた後、すぐにいつもの朗らかな笑みを浮かべる。

「僕、ツイッターすらやっていないよ」

集中できないからと業務中は私用スマホも貴重品ボックスに預けるという徹底ぶり。

〈草の黄〉の新たな投稿がなされたのは、まさにその「事情聴取」の最中だった。

「聞いたら、秋野さんのスマホはAndroidらしいんですよ。でも、この呟きの末尾には〈Twitter for iPhone〉とあります。つまり、投稿したのはiPhoneユーザーです。ちなみに内山田デスクもAndroidでした」

「………」

相手から反応はない。

「今日の夕刊組でiPhoneユーザーなのは、私と……そして岩倉さん——あなたですよね？」

——不思議だ。

太陽のように見えていた岩倉の笑みでさえ、問いただしている今は狡猾《こうかつ》な表情に見えてくる。

「藤崎さん、まるでその〈草の黄〉とかいうアカの持ち主が私みたいな言い方だね？」

岩倉は優雅にコーヒーを啜《すす》りながら返す。

「私はそう思っています」

「へー」

目を細め、嘲けるような笑みを浮かべていた。

「岩倉さん、何でさっきの呟きを見ただけで、〈草の黄〉が匿名記者アカって分かったんですか？」

〈仕事中にベラベラ喋るんじゃねーよ。一番下っ端なんだから、足引っ張るなよ。〉

呟きには記者要素が全くなかった。

「それは……藤崎さんが秋野君のアカウントじゃないかって言ったからでしょ？」

「いいえ、秋野さんだと明かす前に『酷い匿名記者アカだね』って、言ってましたよ」

「聞き間違いじゃないかしら」

岩倉はコーヒーカップを悠然とソーサーに戻して、にっこりと笑みを返す。

——今でさえ信じられない。信じたくない。

「私はずっと秋野さんの投稿だと思っていました。でも、それってありえないんです」

新たな投稿を呼び出して岩倉に向ける。

草の黄 @kusan00u
こいつ、いつも一緒に電車に乗ってくるな。マジでウザい。弟子と師匠は会社だけだろ。行き帰りの時くらい自由にさせてくれや。
07:22 2022/04/18 Twitter for iPhone

「この投稿、秋野さんが弟子の松山さんに苦言を呈していると思っていました。先月の私の歓迎会でも『行き帰りでよく会う』という趣旨の発言をしていましたし。でも……」

桃果はゆっくり頭を振る。

「この日、秋野さんは朝刊番で午後出社でした。本人も『こんな時間に電車に乗ってない』と先ほど証言しました。一方、この日……岩倉さん、あなたは夕刊番でしたよね？　さらに弟子である田淵《たぶち》君はあなたと同じ丸ノ内線ユーザーです」

この意味が分かりますよね？——。そんな間を挟んでから、次の投稿に移る。

草の黄 @kusan00u
特ダネを被弾。「何とか間に合わせたぜ」ってさ、間に合わせたのはこっちなんですが。本当に出稿部の連中は馬鹿ばかりだ。
16:02 2022/04/21　Twitter for iPhone

「この日、秋野さんは夕刊一面担当でした。投稿の通り、四版の降版間際、企業部のマル特が降ってきて一面トップが差し替えになりました。だけど……この日、マル特原稿で一番の被害を受けたのは夕刊二面担当だった岩倉さん――あなたでした」

桃果の網膜に、編集フロアの監視カメラ映像が流れ始める。岩倉が忙《せわ》しなくフロアを走りまわっていた。

「一面からの都落ち原稿と一面の受け対応で、大幅な組み替えが必要になったからです。こともあろうに、この日は『ボマー』こと柿沼デスクでした。岩倉さんをもってしても、降版はギリギリになりました。さらには、この投稿です」

そう言って、桃果は次の投稿を見せる。

草の黄 @kusan00u
四月から来た子、実力不足が過ぎる。若手の登用だか何だか知らないが、こういう人事は良くない。一年半前に助けに行ったあの夜から、こいつは全く成長してないな。周りが見えてないんだよ。
22:41 2022/05/19　Twitter for iPhone

「〈一年半前に助けに行った〉。間違いなくこれは、私の地方整理時代の八枚組み事件を指しています。あの日、秋野さんと文さんが数人を引き連れて救援に来てくれました。だからこそ、私はこの呟きが秋野さんだと思い込みました。でも……岩倉さんもあの日、あの場にいたんですよね？」

返答はない。岩倉は口角を微かに上げるだけだった。

「さらに気になったのは、この呟きの投稿時間です。この夜、私は訳あって、ある人物を尾行していました」

無論、「夜の仕事」を終えたひなみである。

「二十二時四十一分は、まさに私が秋葉原にて尾行を終えたタイミングなんです。『周りが見えていない』とは、つまり岩倉さんに尾行されていたのも気付かない未熟な私に呆れての投稿だったんじゃないですか？」

岩倉が尾行していた——。そのことは別の真実へと桃果を誘《いざな》う。

「極め付きはこれです」

お粗末という他なかった。桃果はある画像を岩倉の前に突きつける。

「五月二十三日、〈草の黄〉のプロフィールの画面です。見てください。風船が飛んでいるんです」

ツイッターでは、登録した誕生日に、プロフィール上でカラフルな風船が飛ぶ。

「五月二十三日って、岩倉さんの誕生日ですよね？」

「うん、そうよ」

まるで名前の読み方が正しいか尋ねられたかのような気軽さで、岩倉は認める。

「これだけではありません」

大きな嘆息を挟んでから桃果は続ける。

「この日、風船が飛んでいたアカウントはもう一つあったんです」

そう言って、新たな画像を岩倉に見せる。

ゴクリと唾を飲んでから、一気に言葉を吐き出した。

「〈キヴェルニーティス〉です！」


室内に、重い空気が滞留していた。

数分にも感じられた数秒の間を挟んで、沈黙を破ったのは岩倉だ。

「なぁんだ、全部バレちゃったのか」

場違いな明るい声は、空気に溶け込むこともなく室内を浮遊している。

「そうだよ。私は〈草の黄〉、そして〈キヴェルニーティス〉だよ」

拍子抜けするほどあっさり認めた。

驚き、悲しみ、怒り、落胆の感情が胸でグルグルと渦巻いている。

「どうして岩倉さんほどの方がこんなことを……」

「どうして……って。そんなの暇つぶしに決まってるじゃん」

悪びれる様子もなく岩倉は即答する。

「暇つぶし？」

桃果は眉根を寄せる。

「うんそう、暇つぶし。ほら、キヴェルニーティスのプロフにも書いてあったでしょ？」

〈暇つぶし用〉――。確かにそう記されていた。

「みんな、会社という舞台では聖人君子ヅラしてるけどさ、一歩、外に出れば、裏の顔を持ってたじゃない？　藤崎さん、あなただって、皆の事をコソコソ嗅ぎ回って楽しんでいたじゃない？」

――それは密命で……。待って、この人はそれすら知っている？

警戒心が胸にあった全ての感情を飲み込む。

「私は〈キヴェルニーティス〉と〈草の黄〉のアカで、真実を炙り出したいだけなの」

岩倉は平然と言い放つ。だが――。

――あれが「真実」？

手越はタイムスのスパイなんかじゃなかった。

ひなみは夜の女だったが、道に外れたことはしていなかった。

秋野も誹謗中傷なんかしていなかった。

――キヴェルニーティスが指摘したことは全て間違っていたではないか。

桃果の心が波立つ。

――草の黄だって、他人を批判するばかりで、何一つ真実なんて導き出していない。

桃果の上気していく顔を堪能するように、眼前の岩倉は一度舌舐めずりした。

「岩倉さん……一体、あなたは……何者なんです？」

頭に浮かんだいくつもの疑問の中から、桃果は投げかける。

「悪いとは思ったのですが、あなたについて、色々と調べさせてもらいました」

その言葉に、岩倉は白い歯を見せて、何故か嬉しそうですらあった。

「まず、岩倉さん……あなた、昨年末に離婚されていますよね？」

岩倉は少し驚いたような表情をしたが、すぐにニッと口角を上げた。


――岩倉さんが怪しい。

〈キヴェルニーティス〉のＤＭ送信時間と〈草の黄〉の投稿時間――。双方を第一グループのローテ表と照らし合わせた結果、どちらも可能なのは岩倉しかいなかったからだ。

そこに来て、先日の風船事件である。もはや疑うなと言う方が無理がある。

「岩倉さんの人事ファイルを見せてください。リーク事件に深く関わることなんです！」

渋る後藤部長を何とか説き伏せて、数日前に岩倉の人事ファイルを見た。

一見、おかしいところは見当たらない。

しかし、ファイルを閉じようとした時、備考欄で目が止まった。姓が「岩倉」から「井端」に変わっていたからだ。

「あなた、朝と夕、旦那さんと協力してお子さんを送迎していたんじゃないんですか？　本当に二人の娘さんのお迎えはしていたんですか？」

桃果はアクセルを踏み込むように、岩倉のプライバシーに踏み入る。

「娘のお迎え？　そんなん、あるわけないじゃん。だって、親権も向こうが持っているんだよ。娘たちだって今は、兵庫にいるんだから」

岩倉は笑う。しかし一瞬、顔が歪んで、悲哀が覗いたように見えた。

「じゃあ……夕刊後、あなたはいつも何をしてたんですか？」

桃果の声が震える。怒りではない。その大半は、悲しみが占めていた。

娘二人のお迎えがある――。だからこそ、岩倉は夕刊番中心のローテだった。

「決まっているじゃない。みんなの裏の顔を探るべく、もっぱら尾行タイムよ」

岩倉は下卑た笑みで明かす。

ローテを作っているということは、他のメンバーの予定もある程度、コントロールできるということでもある。

「酷い……」

感情がそのまま言葉となって出てくる。

一方で、桃果は調査過程で強烈な違和感を覚えた。

ふと立ち止まることで見える別の景色があるとすれば、まさしくこういう瞬間なのだろう。心の奥に積もった違和感の塵をソッと吹き払うように問いを放つ。

「でも何で……岩倉さんは、わざわざ調べた皆の裏の顔を私に送ってきたんですか？」

岩倉の表情から笑みがスッと消える。

「〈キヴェルニーティス〉でDMを私に送る行為って、凄く矛盾していると思うんです」

探偵さながらに、桃果は右手で顎下をさする。

「しかも、そのタレコミの多くがガセネタでした。緻密な仕事ぶりで知られるあなたらしくない。岩倉さんの真の目的は、実は別にあったんじゃないですか？」

「真の目的？」

岩倉が訝るように目を細める。

「はい。実は〈草《くさ》の黄《おう》〉の読み方が分からなくて、私、ネットで調べたんです。その時、ページ上部で花言葉を見つけました。それがずっと心の奥で引っかかっていました。その花言葉は『私を見つけて』です」

そこで一旦言葉を区切ると、グイと桃果は前のめりになる。

「本当は誰かにSOSに気付いて欲しくて必死だったんじゃないですか？」

岩倉の瞳が微かに揺れる。

「思い返せば、少し調べれば嘘だと分かるDMを送ったり、秋野さんと私が話している最中に投稿したり、誕生日を正直に登録して風船飛ばしたり、さっきは会話中に失言しましたよね。普段、慎重で緻密な岩倉さんとは思えぬミスの数々でした」

そうだ。桃果の追及だって、言い逃れ出来た。なのに岩倉は早々に白旗を揚げて、二つのアカウントの「中の人」であると自白したのだ。

「その行動はまるで、誰かに特定されるのを望んでいるかのようでした」

岩倉の瞳の揺れがさらに大きくなる。

「『働くママの鑑《かがみ》』『影のキャップ』と、社内で神格化されていく自分。その外面と荒立つ内面のギャップの中で、あなたはずーっと苦しんでいたんじゃないですか？」

＊

——ずーっと苦しんでいた？

朋美の視界が白んでいく。網膜では、故郷・青森の雪景色が広がり始めた。

一九八七年五月二十三日。井端家の長女として朋美は生まれた。

田園地帯の中に、古い茅葺き屋根の民家が点在している田舎も田舎。山間《やまあい》の限界集落で、朋美は生まれ育った。

父は農協の職員で厳格。「女に学はいらない」が口癖だった。後に三人の弟が生まれると、さらにその傾向は強まった。母はそんな父に常に付き従っていた。そんな母のことをたまらなく哀れに思った。嫌いだった。何より、こんな息苦しい田舎が大嫌いだった。

彩りもない単調な日々。その中で覚えているのは、白銀の世界で舞う白鳥たちだ。毎年冬になると、シベリアから飛来し、朋美の村のほとりの湖で越冬した。

春。再び北に向かって飛び去っていく白鳥たち。その後ろ姿を見ながら、思うようになった。

——私もあの白鳥のように自由に生きたい。高校を卒業したら、あの山を飛び越えて、私は自由に生きるんだ。

二〇〇六年四月。朋美は青森市にある私立・青森学園大学《あおもりがくえん》に入学した。父からの援助はもちろんなかった。

「一族の面汚しめが」

縁故で決まっていた信用金庫への入庫を勝手に断り、地元の名家との縁談も拒んだ娘に、父は烈火の如く怒ったほどだ。

半ば縁を切るようにして、朋美は実家の田舎を飛び出してきた。

青森学園大学は「青学」と皮肉られる偏差値四十前後の大学。朋美の学力ならば、旧帝国大だって夢ではなかった。

しかし、朋美はこの「青学」を選んだ。理由は明確。成績優秀者は入学金と学費が全額免除になるからだ。

――親からの仕送りも見込めない。自分は一人で生きていくしかない。

十八歳にして肝は据わっていた。

大学では毎朝新聞社の元編集委員だというキツネ顔の男のゼミに所属した。

アルバイト先は、日の出タイムスの青森支局だった。

さらに大学のジャーナリズム論でも優秀な成績を収めて、提携先の日本中央新聞社の二週間インターンにも参加した。東北大や慶應大、早稲田《わせだ》大など偏差値の高い大学の学生と自分は遜色《そんしょく》ない。むしろ優れているとさえ感じた。

新聞社を常に近くに感じながら学生生活を送っていた。

〇九年春。だから、就活が始まる際、新聞記者を志したのは必然だった。

――青学史上初の全国紙記者に私はなる。

胸に野望を抱いて寝る日々だった。

だが、書類選考で全ての全国紙に落ちた。春採用は一次面接にすら進めなかった。

〇八年に米国で起きたリーマンショックの余波が、朋美の就活戦線を飲み込んだ。かつてないほど採用が絞られた。例年実施していた秋採用も全ての全国紙が見送ったほどだ。

結果、内定先は一社だけ。全国紙の面接に向けた練習台として受けた地元紙の青森新聞社だった。

一〇年四月。朋美は失意の中で、青森新聞社に入社した。

全国紙ではない弱小地方紙からの船出――。その現実に嘆息する日々だった。

幼い日に見たあのスワンの姿は、記憶の彼方に消えていた。

＊

「あなたはずーっと苦しんでいたんじゃないですか？」

桃果の問いに、岩倉は数秒静止していた。

その間、内面でどんな葛藤があったのかは分からない。が、色彩を失っていた瞳が不意に色づき、唐突に話の門扉が開かれた。

「私さ、全国紙に全て落ちて、それで青森の三流新聞社に入社したんだよね。なんていうかな、だから、私にとってあんたらプロパーはみんなシード校なんだよ」

敵視するような視線によって、「あんたらプロパー」に自分も含まれているのを桃果は悟った。

「役職、給与、仕事内容……自分達がどんなに恵まれた境遇かも知らないで、全国紙という大舞台で悲劇の主人公を演じている人たち」

岩倉物語の幕が開く。その冒頭だけでも、既に過酷な物語になりそうな気配があった。

「藤崎さんさ、青森新聞社って聞いたことある？」

桃果は首を左右に振る。

「まぁ当たり前だよね。もう潰れて、今は存在しないんだから」

岩倉はシニカルな笑みを浮かべる。

「『何でもやってもらうから』とは、就活の面接でも言われたけどさ、私、本当にびっくりしちゃったよ。記者採用だったのに、いきなり営業部に配属されちゃうんだもん。入社したら『社の方針が変わった』とかで、新聞広告の営業部だよ。信じられる？　しかも同期の二人の男は、記者として編集部に配属。結局、私が女だから営業にされたんじゃないかとか色々と勘繰るよね」

記者採用なのに営業配属――。出稿部から整理部に異動しただけで、桃果はやさぐれた。

――私ならきっと耐えられない。

「毎日、地元の有力企業を行脚して、経営者のジジイどもをヨイショして、新聞広告の営業をかける日々。肩で風切る同年代の他社の記者たちと街中ですれ違う度に私は思った。『どうして私は記者ができないの？』って。だけど、そんな悶々とする日々を過ごしていた一年後のある日、あの東日本大震災が起きた」

声色が変わる。物語は大きく転回していく。

「災害による被害よりも、広告収入減少の方がウチにとっては深刻だった。老舗企業の多くが新聞広告の掲載を渋り始めた。地元紙なのに県内の購読部数はトップテンにも入れない弱小新聞社。そもそもが自転車操業だったから、急速に会社が傾き始めた。身売り話や廃業まで週刊誌で面白おかしく報じられ始めてさ。ホントにため息しか出なかったよね」

その時を思い出すように、岩倉は深く嘆息した。

「泥舟から脱出し始める上司たちを尻目に、当然、私も転職活動に勤しんだ。全国紙に行きたいって思いはあったし、内心では『良い機会だな』とも、実は思っていたのよ」

話に合わせて岩倉の表情も少し緩む。

「あとね、震災という未曾有《みぞう》の災害を経験して、こんな私でも、将来に不安を感じたのかな？　営業先の広告代理店の男にアプローチかけて、結婚までしちゃった。正直、愛なんてなくて、保険加入の感覚に近かったと思う。まぁ、それで『井端朋美』から、『岩倉朋美』になったわけ。結婚するまで、自分が歴史上の人物と同じ読み方になるなんて気付きもしないほど多忙だった。生きるのに精一杯だったからね」

　おめでたい話なのに、夫との馴れ初めを語る岩倉の表情にはどこか陰があった。

「そして一二年春。転職活動でも、私に春が来た。毎朝新聞社の記者職の中途試験に私は受かったのよ。二十四歳。青森支局の新人記者。私はようやく記者になれたの。『毎朝はやばい』『潰れる』『給料が低い』とか、マスコミ関係者は当時から騒いでいたけどさ、やっぱ腐っても全国紙だよ。本当の地獄を見てきた私からすれば、毎朝は超優良企業だった。記者の身分が保証されて、目の前にあるネタだけを追っていれば良いだなんて、夢みたいだった」

　岩倉は目を輝かせる。物語は旧・毎朝新聞社青森支局時代に差し掛かっていた。

「ずっと記者になれなかった鬱憤とでもいうのかな？　とにかくがむしゃらに働いた。学歴も、実績もない。そんな『ないない記者』が、わらしべ長者みたいに、底辺から這い上がっていくには、やっぱり結果しかないからね。泥水をすするような仕事ぶりで、結果だけを追い求めた。二年後、それが結実した。東京本社行きの栄転人事。配属先はかねて希望していた政治部よ。あの時は本当に嬉しかったなぁ」

　いざ上京。在京の政治部編へと物語は転回していく。

「官邸や政党幹部、官僚……政治部記者として大事なのは人脈。いかにして要人に食い込んで番記者になるか。討つか？　討たれるか？　それこそ、命を削る思いで夜討ち朝駆けして、寝る間も惜しんで働いた」

網膜では政治部記者として奮闘する岩倉の映像が映写されていた。

「『あいつは色目を使ってネタを取っている』だの、『どこどこの代議士の愛人』だの、そんな雑音は気にしない。だって、ネタを取ってなんぼの世界。それが記者でしょ？」

そう問いかける岩倉の瞳には、野心の炎が揺らめいていた。

「蓋を開けてみれば、在京の政治部記者なんて大したことなかった。東京にいるとみんな錯覚しちゃうのよ。『自分が優秀だ』って。正直、誰にも取材で負ける気がしなかったし、『私はもっと上を目指せる』って、本気でそう思ってた」

岩倉の瞳の炎が大きくなる。

「でもね、異動から三年が過ぎた頃、予想外のことが起きたのよ。三十の時、妊娠しているのが分かったの」

桃果もいずれは経験するかもしれない女としての壁。それが岩倉の前にも現れたということか。

「いつかは欲しいとは思っていたけど『今かよ』って正直思ったよね」

「それで整理部に、自ら――」

桃果の言葉に、岩倉は首をゆっくり振る。

「まぁ、上は円満人事を演出するためにそう発表したけど、現実は違うの」

「えっ？」

「『妊婦じゃ、流石に回りはできんだろう』って、当時の副部長から言われたのよ。あの言葉は心配ではなく、妬みから来る皮肉だった。『子育ても大変だろうし、休みの融通が利く整理部に異動したらどうだ』って。まるで夏休みでも取るみたいに、私にそう勧めてきたのよ。いや、その表現は的確じゃないわ。もう私が勧められた時には、整理部行きは決まっていたんだから」

岩倉は自嘲するように笑う。

「政治部にいながら社内政治を攻略できなかったなんて笑えるよね。こうして毎経新聞社誕生とともに私は整理部に異動してきたの」

桃果はこれまで、岩倉は自ら志願して整理部に転入してきたと聞いていた。

ところが真実は全く違った。成功していたが故に上から妬まれ、整理部に送られていた。

――そんなことがあっていいの?

組織の不条理に、桃果は眉をひそめる。

『整理部の仕事って楽しいし、私、今までの部署で一番、整理部が好きよ』

太陽のような笑みでそう言っていた女の過去とは到底思えない。

岩倉は今、卓上の冷たくなったコーヒーカップに手を伸ばす。

ゴクリ――。まるで自身の味わった苦い記憶を再確認するかのように飲む。それから、顔をしかめて言った。

「整理部の仕事は楽しくない。私、今までの部署で一番、整理部が嫌いよ」


「私が整理部に転属になった一七年四月は合併元年だったから、社内には活気があった」

入社前だった桃果が知らない話。

「業績不振の毎朝からしたら、東経っていう超優良企業と合併できた上に発行部数八百万部の日本一の新聞社になったわけだから、喜びもひとしおよね」

岩倉の瞳には、当時の社内の熱狂ぶりが映っている。

「私は私で、青森新聞社っていう地方の超弱小新聞社から日本一の全国紙の社員にまで成り上がったわけだし、まぁ整理部に『左遷』されたけど、正直、それほど落ち込んではいなかった。数ヶ月後には家族も増えるしね。『これからは整理部という新たな安住先で生きていくのも悪くないかな』って、正直思っていたの。だけど、そんな束の間の平穏すら、長くは続かなかった」

物語は再び暗部へと差し掛かる。まるで演劇でも見せられているかのようだった。

「私が産休明けで復帰した一七年秋ごろ、対等合併を強調していた幹部同士が対立をし始めた。悪い意味で風通しが良い会社だった。その不穏な空気が部下に向かって強烈に吹いて、会社全体に戦火が広がった。『リードは本文よりも下に下げるのが東経ルール』だの、『同じ段に同格の見出しを置くのは毎朝ルールではあり得ない』だの、整理部内でも派閥抗争が激化した」

派閥抗争が新たな物語に関わってくるのを察して、桃果は嘆息する。

「ルールなんてさ、合併前に決めれば良かったじゃん。合併後でもさ、胸襟を開いて、決めれば良いじゃん。なのに出身母体で線引きして、勝手に戦争始めっちゃてさ。じゃあプロパーじゃない私はどうすれば良いわけ？……って。もう笑うしかなかったよね」

東経でも、毎朝でもない地方紙出身者――。その苦悩が岩倉の表情には満ちていた。

「そして今から一年前、私は第一グループに部内異動することになったんだ。整理部に配属されてからの四年間。育休で二回離れたけど、それでもそれなりに頑張ってきたつもりだった。だから、後藤部長から第一グループ行きを告げられた当初は、報われた気分だった。でも……」

岩倉の表情が渋面になる。

「蓋を明けてみたら私は緩衝材だった」

「緩衝材？」

「犬猿の仲の先輩二人の暴走を食い止めるための緩衝材よ」

犬猿の仲の二人――。ダブルキャップの犬伏と猿本のことである。それぞれ、東経と毎朝出身の二人は、今も派閥抗争を象徴するかの如く、日々、激しくぶつかりあっている。

そして、二人を決まって宥《なだ》めるのが岩倉だった。

「一人の整理部員として評価されたい。その思いで頑張ってきた。なのに、上が期待したのは、地方紙出身という中立的な立場だったのよ。緩衝材としての役割だった」

編集フロアでは、どんな時でも冷静沈着。整理技術にも長け、出稿部と談笑しながら、的確な提案ができる理想の先輩――。それが桃果の見てきた岩倉像だった。

しかし、その内面は殺伐としていたのだ。

「二人の天才の存在も、私にはあまりに大き過ぎた。実は一年半前のあの日、『地方整理に救援に行った方が良い』って、進言したのは私だったのよ」

桃果の八枚組み事件である。

「岩倉さんが?」

「うん。地方整理の緊急事態を察知して、私が声をかけて急遽《きゆうきよ》人員集めしたの。でも、いざ地方整理のフロアに行ったら、二人の活躍が凄すぎて、存在すらかき消されちゃった。政治部では主役になれたけど、整理部じゃ私、絶対に主役になれないんだって、あの日に思い知らされた。結構ショックだったのよ」

それから岩倉は、悲哀に満ちた表情のまま、思いがけないことを言う。

「実はあなたにも嫉妬していたのよ」

「私に……嫉妬?」

どこに嫉妬する要素がありますか――。という視線で問う。

「整理歴二年なのに、第一グループに招集されたでしょ? 誰か上の人間があなたを再び出稿部に戻すための布石として、第一グループに呼び寄せたんだろうなって」

バクンと心臓が跳ねる。

「私を……出稿部に戻すため？」

「そっ、第一グループって出稿部のデスクと密接に関わるでしょ。お披露目的な感じで、若手が登用されることも多いのよ。あなた、引き上げてくれる人の心当たりはないの？」

――私を引き上げてくれる人？

何故かその時、脳裏に浮かんだのはゴンザレスの顔だった。

――まさか？　いや、ありえない。密命を下されるまで、面識すらなかったのだ。

首を振って思案を振り払う。それから自らに言い聞かせる。

――まだ、岩倉さんへの追及の途中じゃないか。集中すべきは今だ。


「あの一つ、質問しても良いですか」

「なーに？」

岩倉の表情は幾分穏やかになっていた。

「〈キヴェルニーティス〉と私の〈匿名記者つばめ〉は、どうして相互フォローなんでしょう？一体、どんな方法で私にフォローさせたんですか？」

その瞬間、岩倉がキョトンとする。

「どんな方法って……あなた、それ本気で言ってるの？」

目を細めて、何か面白いものでも見るようだった。

「あなたからフォローしてきたんだよ」

「私がフォロー⁉」

「まぁ三千以上もフォローしてたら記憶にないかもしれないわね。〈キヴェルニーティス〉は元々、〈匿名記者スワン〉って名前だったのよ。覚えてないかしら？」

「スワン？」

「そっ、スワン」

脳内を隅々まで探るがフォローの記憶はない。

もっとも、匿名記者アカならば、桃果は半自動的に迷わずフォローしてきた。

「スワンは、もっぱら取材の情報収集目的で使っていたんだけどね、整理部異動で使う機会も減っちゃったの。ちょうど、私が懸賞にハマり出したから、ここ数年は、〈匿名記者スワン〉をテキトーな名前に変えて懸賞アカとして使っていたのよ」

不意にニッと岩倉は白い歯を見せる。

「でも四月にね、ちょっと面白いことを聞いて、キヴェルニーティスって、名前を変えたの」

「面白いこと……？」

「そっ！　きっかけは、あなたの弟子の俵屋君よ」

「俵屋君が⁉」

「彼、嬉しそうに話すのよ。大学の先輩の秋野君はチェスの学生チャンピオンで、〈キヴェルニーティス〉って呼ばれていたって。その話を聞いて、私こそ『統べる者』だって思ったの。それで名前を変更したってわけ」

――まさか……〈キヴェルニーティス〉の由来に、俵屋君が関わっていたなんて……。

「時を同じくして、第一グループに来たばかりの藤崎さんが、何かをコソコソ嗅ぎ回っているのに気付いたの。それで楽しそうだから、〈キヴェルニーティス〉アカで、あなたを揺さぶりつつ、何を調べているかを炙り出そうとしたわけ」

手のひらにじっとり汗が滲む。

「秘密を抱えている人を見ると暴きたくなっちゃうのよね、私」

恋する乙女のように頬を赤らめてから岩倉は言う。

「藤崎さん、あなたが調べていること、私が当ててあげましょうか？」

占い師のように、岩倉は指を組み、桃果をじーっと見つめる。

「他社にネタを流している裏切り者捜しでしょ？」

バクン――。心臓が跳ね上がった。

――なぜ岩倉が知っている？

桃果は返事に窮する。窮すればイエスと取られると分かっているのに反応できない。

「ははーん、やっぱそうなんだ」

表情からまんまと読み取られた。

しかし、次の言葉は桃果の予想外だった。

「やっぱり柳生デスクが怪しいって、藤崎さんも見てる訳か」

「柳生デスクっ⁉」

桃果は素っ頓狂な声を上げる。

「あれぇ？　これはハズレかぁ」

「柳生デスクって……どういうことですか」

桃果は透かさず問う。

「三月から降版ギリギリで他紙に追いつかれる事案が起きるようになったでしょ？　特に柳生デスクの行動が怪しいなって」

饒舌な岩倉を前に桃果は強烈な違和感を覚えていた。

――そもそも問うタイミングを逸したが、岩倉さんがリーク犯ではないのか？　現段階で言えば、誰よりも怪しいのは彼女だ。

「柳生デスクって、良くフロアから消えるじゃない。彼が消えた先で何をしているのか、藤崎さんは知ってる？」

岩倉は意味深な笑みを浮かべる。桃果が答えられないでいると、さらに口角が上がる。

「私、見たのよ。あの人がこそこそと編集フロアから抜け出して、誰かにスマホで電話しているのを。何度も。そして、それを合図に、必ず他紙が降版ギリギリで滑り込んでくるの」

――柳生デスクが誰かにスマホで電話していた？

藍色の作務衣に、倍尺を「帯刀」し、ポニーテールという出で立ち。武士にしか見えない男が電話する姿を桃果は容易に想像できなかった。

――やはり岩倉さんは嘘をついているのでは？

桃果の中でその疑念が膨らむ。

「おかげで、結構な頻度で四版がぐちゃぐちゃになって、大変だったのよ」

その時の光景を思い出すように、苦々しげに岩倉は言う。

「えっ、四版⁉」

立ち上がらんばかりの勢いで桃果は聞き返す。

四版は夕刊の最終版だ。

「あの……他紙が追いついてくるって、夕刊のお話だったんですか？」

「そうだけど……私、ほとんど夕刊番だし」

それが何か問題でも――。といった感じで岩倉は返す。

――五回のリークは全て朝刊のはずだ。だが、夕刊でもネタが漏れていた……？

新たな疑惑を前にして、桃果の脳と体は静止した。

第十一版　整理道

「いや、悪いねぇ藤崎君。お忙しいところ、わざわざ来てもらって」

労《ねぎら》いの言葉とは裏腹に、申し訳なさが全く感じられない口調だった。朝刊終わりの午前三時。ゴンザレスに呼ばれて、桃果は一ヶ月ぶりにここにやってきた。

丸の内の東京本社から徒歩十分の古びたビルの地下一階のスナック「ポインセチア」。薄暗い店内のコの字型のソファが囲むローテーブル上で、今夜もろうそくが揺らめく。ゴンザレスの彫りの深い顔の陰影を際立たせていた。

五月下旬。初夏と思えぬ暑い夜だった。

下戸でないことは既にバレている。だから、桃果は迷わず生ビールの大ジョッキを注文する。乾杯して、三分の一ほど一気に飲む。

――くぅぅぅ。うまい。

乾き切った大地に降る慈雨の如く染み渡る。

「ママ、生中おかわりね！」

眼前のゴンザレスは一気に生中を飲み干し、店の奥の初老の女店主にジョッキを掲げる。今日も乾杯は生中だった。

――一気飲みするくらいなら、大ジョッキを頼めばいいのに。

この間も感じたことを桃果は今日も思う。

「藤崎君、私はね……」

桃果の表情で何かを察したのか、しみじみと語り出す。

「ビールは常に新鮮な状態で味わいたいんだ。ほら、新聞のネタだってそうだろ？　新鮮だからこそネタは輝く。ビールだってそうさ。最高の状態で味わうため、私は生中しか注文しないんだ」

ゴンザレスの力説にとりあえず頷く。

――分かったような分からないような……。

「それで今日のご用件は何ですか？」

ゴンザレスは口の泡をおしぼりで拭う。追加の生中が来るのを待ってから口を開いた。

「例の件の進捗状況を教えて欲しい」

言わずもがな第一グループに潜む裏切り者捜しの件である。

何となく予想はしていたが、桃果は心の中で大きくため息を吐く。

「正直、難航しています。私なりに頑張ってはいますが……」

ゴンザレスは渋面を作る。はち切れんばかりのパツパツの上着で腕を組む。

「頑張っているだけじゃ、出稿部行きは叶わないからね」

巨漢そのままに圧を加える。

鞭で叩きつつも、「出稿部行き」というアメを見せてくるあたりが、いかにもゴンザレスらしい。

「で、怪しい奴は？　君は今、誰に目星をつけているんだい」

さながら圧迫面接。鋭い眼光が桃果を射ていた。

「今は……」

言い淀む。

郷田、手越、ひなみ、秋野、そして岩倉……。怪しいと思った人物に当たってきたが、見事なまでの空振りだった。

しかも、それぞれに裏の顔があって、この場では報告しづらい。

「今は……ある人物に目星をつけてはいるのですが……」

網膜には源流斎の姿があった。

「誰だ？」

透かさずゴンザレスが問う。細い目が薄闇でキラリと光った。

「まだ裏が取れていないので、現段階では報告できないです」

嘘をついた。裏取りどころか、源流斎への調査はほぼ進展がない。

「私にもか？」

「はい」

自分でも驚くほど弱々しい言葉だった。

「はぁ、参ったなぁ」

私を失望させないでくれよ――。そう言わんばかりに、ゴンザレスが大きく嘆息する。

「藤崎君。私は君に期待して、この役目に任命したんだ。来月の総会まであまり時間がない。私の立場も考えてくれよ」

総会とは株主総会である。

――総会？……読めた。

ゴンザレスは毎朝派閥の幹部である。今回の件も、端《はな》から東経の人間の犯行であると見ていた節がある。東経の裏切り者を炙り出し、総会で何かアクションを起こす？

そんな思惑が見えた気がして、桃果は内心で毒づく。

——また派閥抗争か。

「藤崎君、総会の六月十五日までには、この件を片付けてくれよ」

さながら総会屋のような強引さで念押しする。

一方の桃果は、爆弾処理班といった役割か？　元々細いゴンザレスの目がさらに細くなり、桃果の視線と交錯する。背中に悪寒が走る。

カチリ——。その瞬間、時限爆弾の起爆スイッチが作動した音が聞こえた気がした。


「あの、ちょっとお聞きしたいんですけど、これまでリークがあった五回は、全て朝刊だったんですよね？」

ゴンザレスが注文した芋焼酎のボトルが届いたタイミングで、桃果は話を切り出す。

「私はそう聞いている」

ゴンザレスは淡々と返す。

「三月頃から、夕刊でもリークが発生していたということはありませんか？」

桃果は水割りのグラスに氷を入れる手を止めて、今度はしっかり表情を確認する。卓上のろうそくが、かろうじてゴンザレスの表情を映す。

「ほぉ、そんな話がどこからか出ているのかい？」

ニヤリと口の端を上げて、楽しんでいる風すらあった。

——弄《もてあそ》ばれている？

「いや、私も特に話は聞いていません。ただ、朝刊だけでリークが発生したというのも、何だか不思議だなと思って」

桃果は平静を装って返す。

「まぁ、朝刊の方がマル特は多いからなぁ」

そもそも論を持ち出して、ゴンザレスは巧みにかわす。

イエスかノーで答えて欲しいのに、決して答えてくれない。さすが編集局のナンバー2まで上り詰めた男である。取材の対処法も熟知していた。

「夕刊もマル特はありますけどね……」

否定的なニュアンスを多分に含んだ桃果の返しにも、ゴンザレスは動じない。

――やっぱり、この人、何か隠している？

桃果は目の照準を絞るが眼前にいたのは鉄仮面だった。

――思い返せば、この人は情報を集めるだけ集めるけど、一切共有してくれないよな。

郷田の社会部の裏切り者捜しの件も然《しか》り。今回の夕刊帯でのリーク疑惑も然り。

怒りや不満、アルコールのせいもあって、桃果の血流はどんどん速くなる。

――ああ、ムカつくな、このおっさん。そうだ濃い目に作っちゃえ。

感情そのままに、かなり濃い目の芋焼酎の水割りが出来上がる。

――酩酊して全部、話してくれますように。

表面上では微笑みを湛えて、桃果は水割りをゴンザレスに手渡す。

「そんなことよりも、藤崎君」

「はい」

――そんなことよりも？　やっぱ、夕刊の話題からあからさまに逃げようとしてない？

内面の暴言を笑みでカモフラージュする。

「ちょっと妙だと思わないかい？」

「妙ですか？」

「だって、この一ヶ月間、全くリークが起きていないんだよ？」

——確かに言われてみれば……。

頭の片隅に認識としてはあったが、真剣に考えてはいなかった。

——いや待て。

そこで、ふと立ち止まる。

——それって、まさか、私が接触したことで犯行が止まった？　だとしたら、私はまんまと犯人に騙され、取りこぼしたことになる。

郷田、手越、ひなみ、秋野、岩倉……。

——実はあの中に真犯人がいた？

想像したくない仮説に顔をしかめる。

「思えば、一ヶ月前の五回目のリークの後、君と私はここで、今日と同じように対峙していたね」

ゴンザレスは芋焼酎の水割りを片手に、懐かしむ雰囲気すらある。

四月二十三日付朝刊。朝刊番の後に、今日のように、桃果はここに呼び出された。

——あれ？　そういえば、あの日の朝刊番って、柳生デスクだったよな。そして、あの夜以降、リークは止まっている……。

カラン——。氷が解けて、芋焼酎の水割りの海に落ちる。桃果はそれをグイと呷る。喉元がアルコール特有の熱でカーッと熱くなる。思わず目をギュッと閉じる。

閉じた瞼の裏側。そこには源流斎がいた。スマホで誰かと話している。不意に桃果と目が合う。

その瞬間、口角を上げて、不敵な笑みを浮かべた。

＊

二版の降版に向かって、編集フロアの温度が上がる。インクの匂いも強まる。

五月三十一日付夕刊。机上のデジタル時計は午前十時四十八分を示していた。十一時の降版時間までは、あと十二分だ。

——何とか間に合った。

桃果はその時、全ての原稿が紙面上に揃ったことに安堵のため息を吐いた。

「あの藤崎さん、仮刷りの送り先ってありますか？」

独特な東北訛りのイントネーション。ドカドカとした足取りで、夕刊二面席に近づいてきたのは三四郎である。

「ありがとう。うんとね……」

三四郎から手渡された仮刷りを前に桃果は思案する。

夕刊二面の仮刷り紙面を上から順に見渡しながら、送るべき相手を探す。

下段。シャインベーカリーのベタ記事で視線が止まる。

書いた記者は企業部の同期、深堀だ。シャインの特ダネを四月に盛大に抜かれたことで、悪い意味で社内で名を馳せている有名人だ。

——確か今日、あいつは。

数分前の出来事がひょいと思考に入ってくる。

「すみません整理さん。深堀は今日、秩父《ちちぶ》通信部で原稿を書かせているんですが、まだ原稿が届いていなくて。来たらすぐ送るんで」

桃果の席まで来た企業部デスクの青木は、何度も頭を下げた。

「じゃあ俵屋君、秩父通信部にも仮刷りを送ってもらえるかな？」

「分かりました。秩父ですね」

三四郎は溌剌とした笑みで応じる。颯爽《さっそう》と数十メートル先の複合機エリアに向かって、小走りで駆けていった。

明日から六月だ。つまり、弟子である三四郎は明日、独り立ちする。

――少しは頼もしくなったかも。

我が子の巣立ちを見守る親鳥の心境。遠くに駆けていく背中を流し目で見ながら桃果は弟子の成長ぶりに微笑む。その時だった。

「うぐぉ」

三四郎が突如躓《つまず》く。クラウチングスタートの如き前傾姿勢になる。

「危ないっ！」

桃果は思わず叫ぶ。

三四郎は勢いそのままに、すってんころり。フロアの向こうから歩いてきた誰かとぶつかった。

ドテン――。跳ね返されて、盛大に尻餅をついた。

「イテテ」

さながら、転校初日の登校でヒロインと四つ角でぶつかった転校生だ。頭をさすっている。これから恋でも始まるのだろうか？

「セイッ！」

一連の出来事に圧倒される桃果の思考をその声が切り裂く。

ぶつかった相手は、なんと夕刊デスクの源流斎だった。

一回り以上大きい三四郎を跳ね返すほどの体幹。髪をポニーテールで束ねて、藍色の作務衣に倍尺を差す姿はまさしく侍。三四郎を見下ろすように仁王立ちし叫んだ。

「セイッ！　俵屋、フロアを走るでない」

編集フロアの中心で叱られた三四郎は立ち上がり、しょんぼりと何度も「すみません」と謝る。

「柳生デスクだって、いつもフロアを走り回っているくせにね」

不意に鼓膜を突いた言葉に、桃果は顔を上げる。

向かいの三面席。目を細めた岩倉が、源流斎を訝るように見つめていた。

「柳生デスク、今もどこに行っていたのやら」

皮肉めいた言葉を付け足して、ニヤリと口角を上げる。

『私、見たのよ。あの人がこそこそと編集フロアから抜け出して、誰かにスマホで電話しているのを。何度も』

先日の岩倉の言葉が、鼓膜の奥で蘇る。

その時だった。

「夕刊一面、降版します」

二面席と三面席の間を弾丸のように声が駆け抜ける。発声源は夕刊一面席。文だ。

――そうだ。ここは降版間際の戦場だ。

その現実に桃果は引き戻される。

慌てて、机上の仮刷り紙面の最終チェックを再開する。

「夕刊二面、降版します！」

無事に全てのチェックが終わると、桃果は高らかに降版を宣言した。

一時的な平穏。夕刊二版を終えた編集フロアの熱が少し下がる。

第一グループの島では、相互チェックの時間に移行していた。今回は桃果が文の一面、文が岩倉の三面、岩倉が桃果の二面を担当する。

「岩倉さん、お願いします」

桃果は夕刊二面の仮刷りを面担席向かいの岩倉に手渡す。

ピクピクピク――。その瞬間、桃果の右の目の下が痙攣する。それをバッチリ見られていた。

岩倉は目をスッと細くし、口の端を上げる。

「あら藤崎さん、大丈夫？　何かお疲れのようねぇ」

――この人、やっぱ陰湿だ。私が裏切り者捜しに奔走しているのを知ってるのに。

今だって、さも心配している風を装っている。が、六日前の一件で岩倉の腹黒さを桃果は知っている。微笑む表情の深部にあるのは、心配ではなく嘲笑だ。

「全然大丈夫ですけど、何か？」

桃果もにっこり顔で応酬する。互いの視線が交錯して、微細な電流が迸《ほとばし》った。

岩倉の正体は〈キヴェルニーティス〉と〈草の黄〉だった。

まさに、影のキャップの影の部分――。これが明らかになれば、岩倉の評判は地に堕《お》ちる。

一方で、桃果も人のことを言えた義理ではない。裏切り者捜しをしているのが岩倉にバレている。裏でコソコソ動いていたという点では、桃果も同じ穴の狢《むじな》なのだ。

だから、一計を案じた。

「〈キヴェルニーティス〉と〈草の黄〉のアカウントをすぐに消してください。私、何も知らなかったことにしますから。代わりに私の件は、口外しないと誓ってください」

昨日の敵は今日の友――。こうして桃果は岩倉と密約を交わした。
あのランチの席で、不敵な笑みを浮かべて岩倉は同意した。
「ふふふ。いいわ。面白そうだし」
交換条件――。いや、あれは脅しに近かった。

ぼやけていた視界が明瞭になり、回想の世界から戻る。桃果の斜め右前では、第一グループの島に帰還した源流斎が直立している。顎の下に左手をやり、何やら思案顔だ。

――あの頭の中を全て覗けたら……。

徹夜して、監視カメラ映像を解析した結果、確かに岩倉の言う通りだった。源流斎には不可解な行動が多すぎた。

編集フロアを縦横無尽に駆け回る傍ら、時々、周りを警戒しつつフロアから抜け出す。上階でコソコソと誰かに電話している姿が数回確認できた。

――タイムスや中央……。あの電話の向こうには、やはり他社の人間がいるのか？

システム部の同期、奈美子に頼み込んで、通話履歴を解析できないか目下検討中である。

六月十五日の総会までおよそ二週間。一日たりとも無駄にできない。

実は今日、桃果がここにいるのだって偶然ではない。

数日前。手越が六月いっぱいで退社することが正式発表された。有給消化するらしく、第一グループのローテは大幅に変わることになった。

「六月末までバカンスや。おい藤崎、一緒に海でも行かんか？」

――あなた、妻帯者でしょ？

お調子者そのままの手越の誘いを桃果は華麗にスルー。代わりにローテ担当の岩倉に打診した。

「柳生デスクが出番の日に、出来るだけ私をローテに入れていただけませんか？」

岩倉はニヤリと笑い、了承した。

というわけで五月末の今日。本来ならば、非番でローテにすら入っていないはずの桃果は編集フロアにいる。


リリリリリン――。耳をつんざくような電子音が第一グループの島の平穏を切り裂く。

ビクンと桃果は跳ね上がる。社用スマホが机上で、赤子が泣くかの如く鳴り響いていた。

「えっ深堀⁉」

ディスプレイに表示された同期の名前を見た瞬間、片眉が上がる。

「何であいつが？」

首を傾げる桃果を源流斎、文、岩倉の視線が射ていた。降版直後の電話ほど不吉なものはないからだ。

――まさか原稿に間違いがあった？　それに、どうして企業部デスクの青木ではなく、私に？

通話ボタンをタップする。恐る恐る耳に押し当てる。

「あ、藤崎、ごめん。あ、あのさ仮刷りって、まだかな？」

焦った口調が、深堀の狼狽ぶりを表している。

「仮刷り？　何回か出してるけど届いてない？　秩父通信部にもＦＡＸで送ったはずだけど」

深堀に質問するというよりも、怪訝な表情で見つめている島の人間に聞かせる思いだった。

ガサゴソ――。電話向こうの深堀が仮刷りを捜しているようだ。

カラン――。途中、金属製の何かが床に落ちたような音もした。

秩父通信部の狭い室内で、必死に仮刷りを捜す深堀の姿が網膜に浮かぶ。

「ない。届いていないよぉ」

深堀は悲痛な声で返す。

「一枚も？」

「うん一枚も」

――おかしい。三四郎に頼んだはずだ。

「青木デスクからは送られてないの？」

「うん、来ていない。多分、アルバイトがいないんだ」

編集フロアの全部署の島の印刷機には都度、仮刷りが出力される。これまでは各部署のアルバイトが、出力された仮刷りを出稿した記者にメールやＦＡＸで送っていた。

ところが、コスト削減で、今春から整理部以外の部署も学生アルバイトが大幅に削減された。

それにより、本来届くべく仮刷りが記者に届かない事案がこのところ多発している。

「実はさっき、原稿で致命的なミスをしてしまって、青木デスクに電話しづらいんだ」

深堀はそんな裏事情まで明かす。

――読めた。それで深堀は、整理部員の私に直接、電話をかけてきたのか。

「分かった。今すぐ私が送る。社用メールの方に送るから。ちょっと待って」

通話をオンにしたまま荒々しく席を立つ。

「何か仮刷りが送られてないみたいです」

第一グループ以外の人間にも聞こえる声量で叫ぶ。それから降版後の安寧に浸る社内を走る。

――もう、俵屋君たら。あれだけマニュアルを見てと普段から言っているのに……。さては送付先の番号を打ち間違えたな。

複合機までの道中。脳裏では、先ほど尻餅をつき、頭をさすっていた三四郎の光景が浮かぶ。

――こりゃ、あとで説教だな。

桃果は苦笑する。

「はぁはぁ」

息を切らして、一番近くの複合機まで辿り着く。

旧・毎朝新聞本社で使用されていた型の古いものだが、最低限の機能はある。送りたい社員番号を入力すれば、当人にメールが届く。

「深堀の社員番号は三七六四三だよね？」

「うん、そうそう。本当にすまない」

深堀と藤崎――。五十音順で前後だから、社員番号も桃果（三七六四四）の一つ前だ。

申し訳なさそうに深堀は言う。

桃果は複合機のディスプレイを器用にタップして、深堀のメールアドレスを表示。送信ボタンを人差し指の爪で、コツンとタップした。

「今、送ったよ」

桃果は告げる。

カチカチ――。マウスをクリックする音が聞こえる。どうやら記者端末で自身のメールを開いているらしい。

「あっ、ありがとう。来た来た」

嬉々とした表情なのが電話越しでも分かる。

「じゃあ、三、四版も深堀宛にメールで送るね」

そう告げて電話を切ろうとした――その時だった。

「あっ、ちょっと待って」

深堀が慌てた様子で、桃果を通話の世界に押し留める。

——まだ何か？　まさか致命的なミス？

悲報に備えて、グッと腹に力を込める。だが——。

「二版の降版って何時だっけ？」

思いがけぬ言葉にこめかみが疼く。

反射的に柱のデジタル時計に視線がいく。十一時十三分。もうとっくに降版時間は過ぎている。

——最近の出稿部には、本当にこういう記者が多い。

「二版の降版時間は十一時ちょうど。あのさぁ深堀、降版時間くらい頭に入れなよ」

「ごめんごめん」

謝り続ける深堀の言葉を遮るように「じゃっ」っと、桃果は電話を切る。

「ったく、整理部は便利屋じゃないんだからね」

誰にも聞こえない声量で独りごち、複合機を後にした。


第一グループ席に戻ると、三四郎が一面席に座る文の前で力なく立ち尽くしていた。

振り返り、桃果と対峙する。

「藤崎さん、誠に申し訳ございませんでした」

その瞬間、土下座でもしそうな勢いで、深々と頭を下げた。

「桃果ちゃん、一応、経緯は説明しておいたかんね」

文が微笑む。秩父通信部への仮刷り未送付の件を話してくれたらしい。

「本当に何とお詫びをすれば良いか……」

源流斎への激突に加えて、今度は仮刷りのＦＡＸの失敗——。

三四郎の角刈りの絶壁と額には今、汗が滲み、元々、ハの字型の眉がますます急峻《きゅうしゅん》になってい
た。その姿は土砂降りの雨の中に捨てられた犬を連想させた。

「藤崎師匠、あんまり詰めちゃダメよ。俵屋君も反省しているんだから」

三面席に座る岩倉が温和な笑みで諭す。

しかし、言い終わった直後、少し口の端が上がったのを桃果は見逃さなかった。

——この人、この状況を楽しんでいるな。

桃果の片眉が上がる。その微細な表情の変化を三四郎は勘違いしたのだろうか。

「藤崎さんの足を引っ張ってしまい、本当に申し訳ございません。この不始末、きっちりとケジメをつけさせていただきます」

さながら極道の世界。今にも指でも詰めそうな勢いの弟子を前に桃果は慌てて返す。

「私、全然怒っていないから大丈夫だよ」

三四郎の表情は硬いままだ。

文と岩倉の弟子二人もちょうど帰還して、三四郎の行く末を心配そうに見守っていた。

その緊迫した空気を氷解させたのは文だ。

「桃果ちゃん、私も見たんだけどね……」

「このマニュアルの秩父通信部の番号、かなり読みづらいのよ。他の通信部も読みづらいところが何ヶ所かあったわ」

文は手元の整理部の新人用のマニュアルをペラペラと捲《めく》る。三四郎のものらしい。

百枚綴りのホチキス留めされたA４用紙の束。表紙には〈整理道〉という明朝体の文字が躍る。

見出しのルールやネタの価値判断基準、レイアウトのサンプルなど整理技術の基本が詰まった一冊だ。

載っているのは整理技術だけではない。支社や支局、通信部など国内三百拠点、海外五十拠点の登録番号も載っている。「F」から始まる三桁の登録番号を複合機の画面に入力すれば簡単に仮刷りを送付できる。

「このマニュアル、結構ボロボロだし、さすがに俵屋君に新しいのをあげたら？」

モーヴピンクの口紅で彩られた唇を軽く舐めてから、文は提案する。

文から手渡されたマニュアルを桃果はペラペラと捲る。全体的に黄ばみ、そこかしこに、コーヒーらしき染みや汚れがついていた。普段、ポケットに無理やり忍ばせていた名残か？　折り目や破れている箇所も散見される。

四月初旬に渡してから、まだ二ヶ月弱だ。

――いっぱい使ったんだな。

不器用な三四郎なりに、頑張ってきたのが見受けられて、桃果はしみじみする。

「明日からは独り立ちだし、じゃあ、新しいのあげるね」

古くなったマニュアルを閉じて桃果は言う。

「本当ですか!?」

三四郎の顔がパァッと明るくなる。

たかがマニュアルである。

――こういうところがこの子は可愛い。

「ちょっと今から印刷するね」

机上のマウスを摑み、グループフォルダ内のマニュアルを捜し始めた――その時だった。

「セイッ！」

源流斎が強烈にカットインしてきた。

ペシッ——。倍尺を二面席に叩きつける。

「藤崎！　まずは目の前の夕刊に集中せい！　三版以降をどう改善するかの方が今は大事じゃ」

桃果は机上のデジタル時計に視線を這わす。

十一時二十五分。三版の降版時間まであと三十五分だ。

——確かに。

ごもっともな意見にマニュアルを捜す手を止める。

「じゃあ、夕刊番が終わったら、印刷するね」

そう三四郎に告げて、桃果は仕事に戻った。

＊

夕刊降版後。文と岩倉、弟子三人の計六人でランチに行った。午後二時の中華料理店の店内は閑散としていた。

話題の中心は、十五時半に発表される新人配属先である。

「俵屋君は運動面担当っぽいよね。何となく」

馬券師さながらに文が予想する。

「田淵君は軟派かな？　ナンパがうまそうだし」

岩倉も持ち前のコミュニケーション能力全開で会話に花を咲かせる。一方、桃果はというと、思案の世界から抜け出せず、会話に適度な燃料を注ぐ程度だった。

そして今。夕刊業務を終えた十七時過ぎ。三階のカフェスペースの一角で、桃果は三四郎と対峙する。

「第十五グループに配属となりました」

三四郎は開口一番、そう言って頭を下げた。

「第十五グループって……俵屋君、特集を担当するの？」

意外な人事だった。第十五グループは特集面などを担当する部署である。

新人は軟派か硬派のニュース面に配属されるのが常だ。が、今年は二十五人もの新人が整理部に配属された。ある意味では、特例的な配属はありえた。

〈真面目で努力家。一方、時間が迫ると慌てて、見出しの精度が極端に落ちる。ニュース職場のような速報性が重視される職場よりも、比較的時間をかけられる職場の方に適性を感じる。〉

そういえば、三四郎の評価シート欄に桃果はそう記載していた。形だけだと思っていたあのシートも案外、重視されたのかもしれない。

「立派に勤めあげてきます」

——なんだか刑務所に入るみたいだな。

眼前の三四郎は興奮気味に再度頭を下げた。

「二ヶ月間、お疲れ様。引き続き頑張ってね。はい、これ新しいマニュアルね」

桃果は微笑んで、用意していたクリアファイルを手渡す。

「おお、ありがとうございます」

まるで表彰状でももらうみたいに、三四郎は両手でしっかり受け取る。

桃果は手のひらを翻し、それとなく隣席へ着座を促した。

「それで、ちょっと俵屋君に聞きたいことがあるんだけど……」

興奮冷めやらぬ様子の三四郎に早速切り出す。同時に取り出したのは古いマニュアルだ。

三四郎はキョトンとする。

桃果は古いマニュアルをペラペラ捲る。やがてあるページでその手を止める。ページの表題は〈国内と海外拠点一覧〉。三百五十の拠点が「F」から始まる三桁の登録番号とともに、縦にズラリと並んでいた。中段上の部分を指し示して、桃果は問う。

「この秩父通信部の登録番号って、俵屋君は何番に見えた？　ほら、今日の夕刊で秩父通信部に届かなかったでしょう？」

三四郎の顔に、瞬く間に怯えの色が広がる。叱られると思ったのだろう。ハの字の眉が急峻になる。

「いや、怒っているわけじゃないんだよ」

そう弁解しながらも前のめりになったことで腹に力が入る。意図せず強い口調になる。

「えっと……Ｆ１６３です」

恐る恐る三四郎は答える。

「やっぱり。そうとしか読めないよね！」

桃果の顔が綻ぶ。

——私の見間違いじゃなかった。

桃果はポンポンと三四郎の肩を何度も叩いた。

「俵屋君はやっぱり悪くないよ」

質問の意図が読めず、三四郎は引き攣った笑みを浮かべたままだった。

この事実に気付いた夕刊四版へと、桃果の思考はゆっくり巻き戻されていった。

＊

夕刊四版。典型的な凪の紙面。降版まではあと三十分ある。

手持ち無沙汰の桃果が、三四郎のマニュアルを手に取ったのは、自然な流れだった。

〈国内と海外拠点一覧〉のページで捲る手を止める。三百五十の国内外の拠点が国別、都道府県別にずらりと並ぶ。

住所や電話番号、ＦＡＸの記載の一番左端には、登録番号が割り振られていた。

さらに数ページを捲った先。縦に並んだ通信部エリアに、あの秩父通信部もある。

秩父通信部→Ｆ１６３
「Ｆ」を押して「１６３」を押すだけの単純作業。これを三四郎は間違えたのだ。

桃果は複数回、仮刷りを出力していた。なのに秩父通信部にいた深堀は「一度も仮刷りが来なかった」と言っていた。

つまり、三四郎はずっと間違えて入力していたということだ。

――おっちょこちょいの俵屋君のことだ。きっと「３」と「８」の数字を見間違えて、「Ｆ１６８」とでも打ち間違えたのだろう。

――今は落ち着いているし、新たなマニュアルを印刷して渡すか。

カタカタカタ――。記者端末のキーボードを叩く。

マニュアルの収容先であるグループフォルダに入り、ワード形式のマニュアルを開く。

頬杖をつきながら、マウスで下にスクロールしていく。目当てのページもなくふらり。そうして、辿り着いた先は〈国内と海外拠点一覧〉のページ。その一角でマウスを握る手がピタリと止まる。片眉がピクリと上がり、視線はある一点に釘付けになっていた。

秩父通信部↓F161
——えっ⁉

頬杖を解く。視線が机上の古い紙マニュアルと画面に映るマニュアルを何往復もする。

F163とF161——。

古いマニュアルの秩父通信部の番号は、赤インクのようなぼやけた染みのせいで確かに見えづらい。が、それでも桃果には「F163」にしか見えなかった。

——他の人にも確認してもらいたい。

その思いで顔を上げた先には岩倉。

——ダメだ。この人は裏がありすぎる。

すぐにくるりと首を右に旋回する。

視線の先の一面席には文。そして、その傍には源流斎が腕を組んで直立していた。紙面について、何やら話し込んでいるようだ。

『裏切り者を捜せ』

その瞬間、ゴンザレスのあの言葉が鼓膜で迸る。

——そうだ。グループ内には裏切り者がいる。見つけるまでは誰も信用できない。

再び端末画面のマニュアルに視線を戻す。すると、新たな発見があった。

網走《あばしり》通信部、熱海《あたみ》通信部、伊勢《いせ》通信部……他の通信部も登録番号が違っていたのだ。

——どうしてこんなことに？

三四郎の古いマニュアルを見下ろしながら、思考を巡らす。

——このマニュアルって、確か新人が整理部に配属された四月初旬に配られたよね？

毎年、整理部内で意見を募り、年度末の三月に改訂する。徹底的にブラッシュアップして新人に渡すのが習わしだ。なのに、わずか一ヶ月余りで改訂されている？

――ありえない。一体誰が改訂した？

何気ない風を装って、周りを見渡す。

――大丈夫だ。今は誰も見ていない。

桃果は恐る恐るプロパティ画面を開く。

マウスを握る手は微かに震えていた。

更新日時：今日十一時五十五分

――ついさっき、誰かが更新している？

視線がゆっくりと画面下部に移動していく。

――嘘？……。

画面を見つめたたまま、桃果は固まる。

最終更新者：柳生源流斎

第十二版　鉛活字が消えた日

「茶を持ってくる。少し待っていてくれ」

六畳一間の和室に桃果を残して、源流斎は長い廊下の向こうに消えた。

都内の閑静な住宅街に佇む築百年超の日本家屋。開け放たれた障子と大開口窓の向こうには見事な日本庭園が広がる。六月初旬の午後の陽光が庭園の木々や石を柔らかく包んでいた。

「折り入って、ちょっとお伺いしたいことがあるのですが……」

数日前。改まった口調で打診した桃果の言葉を源流斎は承諾した。まるでそう言われるのを予期していたかのような潔さがあった。

「では、非番の日にでも、ワシの家に来てくれ」

有無を言わさぬ口調で告げられた。

「柳生デスクのご自宅ですか？」

桃果は逡巡する。

源流斎が独り身であること。そして、かつての大日本キャリア社長の東前宅でのあの苦い記憶が重なり躊躇《ちゅうちょ》していた。だが――。

「安心せい。小便臭いガキにワシは一切興味がない」

その発言に桃果はムッとする。

——はい？　小便臭いガキ？　私、二十五歳のレディなんだけど？　来月には二十六歳になるんだけど？

「伺わせていただきます！」

気付けば即答していた。

こうして、互いに非番だったこの日。桃果はこの家にやってきた。

独り身ということで、こぢんまりした住まいを想像していた。

「でかっ！」

だから、住所をもとにこの家、いや屋敷に辿り着いた時は何度も表札を確認してしまった。

——何でこんな豪邸に？

「叔父夫婦が住んでいたここを相続することになってな」

恐縮しながら敷居を跨いだ桃果の心の内を見透かすように、先ほど源流斎は説明してくれた。

「待たせたのぉ」

二つの茶を乗せた盆を持って、源流斎が和室に戻ってきた。

今日もトレードマークの藍色の作務衣を着用している。浅黒い肌に無精髭。長い髪を後ろで束ねたいつもの侍スタイルだ。ただ一つ違うのは、腰の部分に倍尺を差していないことだろう。

座布団に正座する桃果の前に茶を置く。

「ありがとうございます」

恐縮しきった表情で桃果は頭を下げる。

木彫りの机を隔てて源流斎がドカリと腰を下ろす。茶を一口啜る。それに釣られるように、桃果もとりあえず一口、茶を啜る。川のせせらぎのような穏やかな時間が流れていた。

「それで用件は何じゃ？」

源流斎が鷹のような鋭い眼光で見据えていた。なかなか切り出さない桃果に痺れを切らしたようだ。

ゴクリ――。唾を飲むと、先ほど飲んだ茶の渋みが、じわりと喉元に広がった。

「あの……」

プリーツスカートの裾を両拳で強く握りしめながら言葉を紡ぐ。

「あの、どうして整理部マニュアルを勝手に更新したんですか？　最終更新者の欄に、柳生デスクのお名前がありました」

桃果は意を決して尋ねる。

「日々、整理のルールは変わっていく。その時々によって、マニュアルを最新のものに変えねばならぬ。だから、変えたまでじゃ」

更新したことはあっさり認めた。

しかし、桃果は首を左右に振る。

「マニュアルが更新されていた箇所は、ルールの部分ではありませんでした」

ルールの部分は整理部で意見を出し合い、三月末に更新したばかりだ。そもそも、いくら源流斎でも、彼の一存で勝手に変えていいものではない。

「柳生デスク、あなたが何度も更新していたのは〈国内と海外拠点一覧〉の登録番号。つまりは仮刷りを送る際の送付先の部分ですよね？」

「………」

返事はない。代わりに、鷹のように鋭い目が一層、絞られる。

「タイムスと中央へのリークがバレないように、あなたは証拠隠滅を図っていたんですよね⁉」

「ワシが証拠隠滅を図っていた？」

源流斎は「はて」という風に首を傾げる。結われたポニーテールも首の動きに連動して左右に揺れる。

——やはり、あくまで白を切るつもりか？　ならば順を追って問うまでだ。

「三月から起こり始めたリーク事件については、もちろんご存じですよね？」

返答はない。源流斎は茶に手を伸ばし、啜った。

「私は『中央とタイムスにネタが漏れている』と、ある人物から明かされました。そして、裏切り者が誰なのかを秘密裏に捜すことになったんです」

——もはや隠す必要はない。きっと源流斎も桃果の動きには気付いていた。

「どうやったらリークができるのか？　ずっと犯人の視点に立って、考えてきました」

桃果はその日々を振り返るように天井に視線を這わせる。

「整理部の組版端末がハッキングされて一面紙面が覗かれている可能性。社内の監視カメラシステムが外部から覗かれている可能性。何者かが一面紙面を撮影してメールで送信している可能性。様々な方法を考えました。リークがあった時間に、誰が編集フロアにいたのかも全部調べ上げたんですよ。ですが……真相は私のどの仮説とも違いました。リークの方法は、笑ってしまうくらい単純だったんです。これを見てください」

そう言って、桃果がショルダーバッグから取り出したのは一枚の紙だ。

手渡されたその紙を見た瞬間、源流斎の眉間に縦皺が刻まれる。

「そこに印刷されているのは、先月まで複合機に登録されていた二つの通信部の宛先です。今は消えてしまっているんですけどね……」

源流斎の片眉がピクピクと痙攣する。

「ちょっと詳しい人間を呼んで、データを復元してもらったんですよ」

無論、手伝ってくれたのはシステム部の同期、奈美子である。

複合機メーカーの人間を呼ぶことになるのも覚悟していたが、今回も奈美子は瞬く間にミッションを完遂した。

「その結果、複合機に登録してあった支社や支局、通信部の宛先のうち、二つの通信部が、とある人物によって削除されていたことが分かりました」

桃果はそこでグイと体を傾ける。

「その二つの通信部とは、明石《あかし》通信部と安芸《あき》通信部です。そして、一ヶ月前にそれを削除した人物とは……柳生デスク、あなたですよね？」

返答はない。眼前の源流斎は眉間に皺を寄せて、瞑目していた。

「近年は弊社でも通信部の閉鎖が相次いでいます。通信部の宛先が複合機から削除されること自体は、決して珍しくないはずです。ですが……」

ここからが大事と言わんばかりに、桃果は話を区切る。

「私が注目したのは、この二つの通信部のＦＡＸ番号です。本来なら明石の番号は〇七八、安芸は〇八八七で始まります。ですけど、この二つ……〇三から始まっているんですよ。東京の市外局番です。おかしいと思いませんか？」

その問いにやはり源流斎の反応はない。

「では、どこの番号が代わりに登録されていたか？」

桃果はスッと大きく深呼吸する。一瞬の静寂を庭の鳥のさえずりがかろうじて繋ぐ。

「日本中央新聞社社会部と日の出タイムス社会部です！」

明石通信部が日本中央新聞社社会部。安芸通信部が日の出タイムス社会部。自社の通信部と思っていた宛先が、まさかのライバル社のＦＡＸ番号だった。

「………」

そんな衝撃的な事実を突きつけても源流斎から反応はない。この和室と同化するように静けさを保ち、瞑目し続けている。

最後まで源流斎は聞こうとしている――。桃果は悟る。

「単純でありながら、実に見つけにくい手口でもありました。『必須送付先』のグループの五十余りの宛先に、この二つの通信部を紛れ込ませたからです」

必須送付先とは、その名の通り、必ず仮刷りを送らなければいけない宛先のことである。

論説委員室や写真部、イラスト部、社長室、経営企画室、秘書室、広告局、販売局、支社、支局、通信部に在籍する大物五十人余り……。いわば「要人」が第一グループ近くの複合機に「必須送付先」として登録されている。

「柳生デスクもご存じの通り、一面紙面はこの『必須送付先』に必ず送る決まりになっています。このことはマニュアルにも記載してあります」

整理は締切との戦い――。その戦場の中で、「必須送付先」の部分をタップするだけで、五十余りの「要人」に送付できる機能は必要不可欠だ。

「ですが、もし複合機の『必須送付先』の中に、明石通信部と安芸通信部の化けの皮を被った中央とタイムスの宛先が紛れ込んでいたら？　気付く者はいるでしょうか？」

気付くはずがない。仮刷りは一日に何度も出る。ＦＡＸ番号が正しいかを確認する時間はない。

網膜には、仮刷り配りに奔走する三四郎の姿があった。

「中央とタイムスの社会部は大いに驚いたことでしょうね。何せ、ライバル社の毎経新聞の一面紙面が毎日、送られてくるようになったのですから」

桃果は苦笑する。笑うしかなかった。

網膜の映像が切り替わる。中央とタイムスの社会部の島が、色めき立つ様子が映写されていた。

「数時間後には、自分たちが見たのと全く同じ一面紙面の毎経新聞が毎日届いている。彼らはこの毎経一面の仮刷りが本物であると、すぐに確信したはずです」

それから、憶測の域であると強調しつつ、桃果は推論を展開する。

「おそらく、中央とタイムスの社会部は、部内の人間以外にはこの秘密を知らせなかったのではないでしょうか？『毎経新聞の一面が届いています』なんて部外に報告すれば、社内はたちまち大騒ぎになります。下手したら、誰かが毎経側に事の顛末を報告してしまう可能性だってあります。このカモネギ的状況を利用しない手はない。だから、社会部内だけで情報を押しとどめて、とことん利用したんです」

桃果は苦衷を吐露する。

「その被害は、ご存じの通り甚大でした。社会部ネタが漏れたことで、一面の特ダネが何度も共通ネタに格下げになりました。降版ギリギリでの組み替えが何度も生じました」

『早く降ろせっ！』

桃果も後藤に怒鳴られた。不意にその時の光景が網膜を侵食し、瞳に憤怒の炎が揺らめく。

「ですが、中央やタイムスにとっての『リークの特需』も、ついに終わりを迎えます。四月二十三日深夜、明石通信部と安芸通信部が複合機から突如削除されたんです。もちろん、それをしたのは……あなたですよね、柳生デスク？」

『ちょっと妙だと思わないかい？　だって、この一ヶ月間、全くリークが起きていないんだよ？』

先月の深夜の密会で、ゴンザレスが放った言葉が桃果の鼓膜をピリリと刺激する。

意識の中核を現在に戻す。

「私が一面の面担として関わった四月二十三日付朝刊。柳生デスク、あなたは朝刊番のデスクでしたよね？」

尋ねたのではない。再確認するためだけの言葉だ。

「あの日は鮮明に覚えています。新子首相の電撃辞任によって、夕方に号外を作ることになりました。朝刊紙面では、一面トップから三番手が辞任関連のニュースで埋め尽くされ、四番手の椅子を巡って目まぐるしく記事が入れ替わりました。まさかその最中、四番手の社会部ネタが、リークによって降格していたなんて、私は思いもしませんでした」

密会の場でゴンザレスから初めてリークの事実を聞いたのだ。

「ですが、その後、ネタのリークはピタリとなくなりました。あなたが中央とタイムスへのＦＡＸ番号を自ら消去し、証拠隠滅を図ったからです」

網膜の映像が眼前の源流斎から、編集フロアの監視カメラに切り替わる。

「あの日、最終版の降版後も柳生デスクは社内に残っていましたね。再び編集フロアに現れたのは午前三時過ぎです。もちろん、朝刊番だった第一グループの人間は全員帰宅しています。そのタイミングを見計らったかのように、あなたは第一グループ近くの複合機の前に現れたんです」

桃果は一部始終を社内の監視カメラ映像で入念に確認している。だから間違いない。

「そして、ディスプレイを何気ない風を装って操作し、明石通信部と安芸通信部を削除したんです」

〈2022/04/23 03:22:21〉

先ほど源流斎に渡した紙にも、削除日時ははっきりと印字されている。

「ご存じの通り、先の経営会議にて、明石通信部と安芸通信部は六月末に閉鎖されることが決定しています」

通信部にもコスト削減の波。昨年末の経営会議で、国内二十一の通信部が六月末をもって閉鎖されることが決まった。そのリストラ対象に明石通信部と安芸通信部も含まれていた。

――だからこそ、中央とタイムスの隠れ蓑として使われたのかもしれない。

今更ながら桃果は思う。

「一ヶ月後にはどうせ複合機からも消される通信部です。修正よりも削除の方が手間もかからないと柳生デスクは判断したのかもしれません。とにかく、二つの通信部は、あの日の深夜にあなたに削除されたのです。ですが……」

そこで桃果は一旦、話を切る。

「その証拠隠滅は完璧ではありませんでした。あなたがそれに気付いたのは五月末。俵屋君が秩父通信部に仮刷りを送れなかった件でですよね？　そこで初めて気付いたんです。明石通信部と安芸通信部を消去したことで、他の通信部の登録番号が二つずつ繰り上がっていたことに。自分がとんでもないミスを犯したことに」

いまだ瞑目している源流斎の目尻の皺の谷がわずかに深くなる。

「複合機メーカーに問い合わせたんですけど、あの第一グループ近くの複合機ってかなり古い型なんだそうです。最新の複合機では、あり得ない不便な機能がついているとか。その一つが登録先を削除する際に表示される『以降の登録番号を繰り上げますか』という表示です。柳生デスク、あなたはそれを無意識に押してしまったんですよね？」

瞼がピクリと動いたような気がしたが、源流斎から返答はない。

「複合機内では登録番号が五十音で表示されますから、本来ならア行の明石通信部はＦ１０１、安芸通信部はＦ１０２のはずです」

登録番号は、支社がF1から、支局がF11から、通信部がF101から始まる。

「ですが今、F101は上尾《あげお》通信部、F102は足利《あしかが》通信部になっています。それもこれも、全ての通信部が二つずつ繰り上がってしまったからです。その結果、本来はF163だった秩父通信部もF161に繰り上がりました。俵屋君の古いマニュアルにはF163と記載してありますから、当然、彼はその番号を旧式の複合機に入力して、仮刷りを送ろうとしますよね。でも、今のF163は北海道の千歳《ちとせ》通信部ですから、そりゃあ届くはずがありません」

桃果は苦笑する。

「その日の夕刊で、文さんの助言もあって、私は俵屋君に新しいマニュアルを印刷しようとしました。そんな私を柳生デスクが一喝しました。『まずは目の前の夕刊に集中しろ。三版以降をどう改善していくかの方が今は大事だ』って。あの時は、至極ごもっともな意見だと思いました。だけど、全てを知った今、考えてみると、本当は違いますよね？　複合機との整合性が取れないマニュアルを私に見られる訳にはいかなかったからですよね？　あの後、あなたは何気ない風を装って、第一グループ近くの複合機に行き、自分のミスを実際に確認した。全ての通信部が繰り上がっている複合機を前に決断を迫られたんです」

桃果の網膜に監視カメラ映像が投映される。

源流斎は複合機の前で腕組みをして、逡巡するような間を挟んでから、すぐに整理部デスク席へと踵を返した。

「『複合機内の全ての通信部を新たに登録し直す時間はない』そう悟ったあなたは、マニュアルの方を修正したんです。マニュアルを複合機に合わせたんです」

桃果はようやく話を終える。強烈な喉の渇きを覚える。卓上の茶で喉を潤したものの、既に冷めていて、ぬるっとした喉越しと茶の渋みが口に残っただけだった。

対して、源流斎はしばしの間、腕を組んだまま瞑目していた。それはどこか、詰んでしまった棋士が「負けました」と敗北を認めるまでのあの空気に似ていた。

数秒の間を挟んで、源流斎はゆっくりと瞼を開く。いつもの鷹のような鋭い眼光はない。柔和な眼差しだった。息と共にゆっくりと言葉を吐き出す。

「そうじゃ。藤崎、全ておぬしの言う通りじゃ」

テレビドラマに出てくる犯人の自供そのもの。それほどまでに、雑念のない表情で、源流斎は犯行を認めた。

「すぐにでも明石と安芸の両通信部を削除しなければという思いが先走ってのぉ。結果として、墓穴を掘ってしまった。慣れんことはするもんじゃゃない」

源流斎は自嘲する。卓上に手を伸ばして、既に湯気がなくなり冷たくなった茶を啜った。

「柳生デスク、一体どうして、こんなことを……？」

桃果は言葉を絞り出すように問う。

数秒の沈黙を経て、源流斎はおもむろに立ち上がる。

――まさか逃げるの？

桃果の眉間に皺が寄る。自《おの》ずと見上げた視線も厳しくなる。

「安心せい、藤崎。ワシゃ、逃げも隠れもせんよ。茶が冷めた。ただ、新しい茶を淹《い》れてくるだけじゃ」

桃果の内心を見透かしたように告げる。

席を立って、縁側の廊下の向こうへ消える。

キーキーキー――。長い縁側の木の床が、源流斎の歩に合わせて軋む。甲高い音が鼓膜を刺す。

それが今の桃果には、源流斎の心の叫びのように聞こえた。

＊

新たな茶を盆に載せ、源流斎が和室に戻ってきてから数分が経った。

「あちっ」

沈黙を埋めるように飲んだ茶が思いの外熱い。舌と喉が焼けて、桃果は苦悶の表情を浮かべる。

湯気の向こうで、茶を啜っていた源流斎の口元が緩む。

「何故、こんなことをしたか……じゃったか？」

唐突に話が本流に戻る。

「はい」

問うタイミングを窺っていた桃果は、思わぬ源流斎の言葉に声が弾む。

「変わりすぎたんじゃ」

源流斎はポツリ吐いて、庭園の方を見やる。

「変わりすぎた？」

「そうじゃ。ワシが入社してから、新聞社は変わりすぎた」

源流斎が遠い目をする。それから語り始めたのは知られざる新聞社の歴史。いや、自らの物語だった。

「ワシが入社したのは一九八四年じゃ。高校卒業後すぐ。実家の剣術道場は、兄が継いだからのぉ。ワシは自由に生きられたんじゃ」

柳生新陰流の剣術道場の次男として生を受け、その道場は兄が継いだ。そのことは人づてに聞いて知っている。

だが「自由に生きられた」という部分に名家に生まれた苦悩、そして、源流斎少年が抱えていたであろう心の屈折を見た気がした。

「母方の実家は、小さな活版印刷工房を代々営んでおってのぉ。ずらりと並んだ活字棚。鉛活字がぶつかり合い醸し出される鈍い音。インクの匂い。カシャンという独特な印刷時の機械音……この場所にはその全てがあった」

源流斎は懐かしむようにくるりと周りを見渡す。

「あの場所」ではなく「この場所」――。

「えっ⁉　ここにその活版印刷工房はあったのですか？」

桃果は目を丸くして尋ねる。

「そうじゃ」

源流斎はコクリと頷く。

「じゃがな、時代の変遷とともにジリ貧になってな。ついには、廃業を余儀なくされた。老朽化の進んだ工房は取り壊して、今や名残はどこにもない。当時を知るのも今やワシ一人よ」

憂いに満ちた目で、源流斎は茶を啜る。顔をしかめたのは、きっと渋みのせいだけではないはずだ。

叔父夫婦から相続して、ここに住み続ける理由も何となく分かった気がした。

「自慢じゃないが、ワシは高校では勉強が出来てな。担任からは大学への進学を強く勧められた。じゃがワシは、一刻も早く文選職人になりたかった」

「ブンセンショクニン？」

未知の言葉との遭遇。桃果はカタコトで聞き返す。

「うむ、今の若いもんは知らんじゃろうな。印刷業界には昔、文選という鉛活字を一字ずつ拾っていく仕事があったんじゃ。左手に文選箱と原稿を持ってな、正確かつ迅速に言葉を紡いでいくんじゃ」

そう説明する源流斎の目が少年のような輝きを帯びる。

「活版印刷工房には、神と崇められた有名な文選職人がおってな。二秒に一つのペースで活字棚から鉛活字を拾い上げ、言葉を紡いでいくんじゃ。千八百字の原稿を一時間余りで完成させて間違いは一切なし。本当に神のようなお方じゃった」

光を放つ源流斎の瞳には、おそらく当時の情景が映し出されている。

「一刻も早く文選職人になりたい。文選職人たちの背中を日々見ているうちに、その思いは強くなっていった。当時、大手新聞社の一部ではコンピューター組版が導入され始めておった。文選職人の未来は決して明るくない。そんなことは分かっておった」

源流斎は苦笑する。

「だからこそ、大学で過ごす四年間が無駄に思えて仕方がなくてのぉ。家族の反対も押し切って、高校卒業後すぐに毎朝新聞社に入社したんじゃ。ワシが配属されたのは制作局活版部文選課。あの時は小躍りするほど嬉しかった」

細めた目は輝きに満ちていた。

「夢にまで見た文選の仕事は楽しかった。無論、すぐに現場を担当させてもらえるほど甘くはなかったが、数ヶ月もすると、文選職人としてデビューをさせてくれた」

源流斎の話が躍動していく。

「整理部の描いた設計図通りに紙面を作るのが我々、制作の人間の仕事じゃった。当時は一段あたり十五字の時代じゃったから、文字も今よりも小さくてな。ベタ記事一つ作るにも、大変な作業じゃった」

「十五字って……」

桃果は苦笑する。現在の毎経新聞は一段当たり十一字だ。が、格段に文字が大きくなった今でさえ、編集幹部がルーペを使って読む姿をよく見かける。

「左手で握った文選箱の下に原稿を挟み、ずらりと並んだ活字棚を前に、右手では鉛活字を一字ずつ拾っていく。全てが手作業。毎日が時間との勝負じゃった。ワシの師匠の宮本《みやもと》さんは仕事には厳しい人でのぉ。何度も吠えられた」

整理部だけでなく、制作局でも師弟制度はあったようだ。

「『いいか源、文選は一定のリズムが大事だ。活字探しのために時間を食うな。どの棚にどんな鉛があるか覚えてないなら帰れっ！』と良く怒鳴られたもんじゃ」

言葉とは裏腹に、目の前の源流斎は何だか嬉しそうだった。

「最初の頃は爪が良く割れたもんよ。そこに新聞インクや汗が染み込んで痛くてな。でも文選仕事が上手くいった時の高揚感は、その全てを忘れさせてくれた」

自身の爪を見ながら源流斎は口角を上げる。

「出来上がると、文選箱を植字課の人間に渡してな。さらにそれが大組課の人間に渡され、新聞紙面が組まれていく」

リレーによって、新聞紙面のレイアウトが構築されていく。今でこそ、組版端末で一瞬でできる作業を昔は手作業でやっていた。そのことを改めて桃果は思い知る。

「当時の毎朝新聞社の地下には、六セットも輪転機があった。その上階に、我々、制作局の仕事場があってな。輪転機が回り始めると、凄まじい轟音《ごうおん》で制作フロアも揺れたもんじゃ。何より輪転機の熱が上階まで上がってきて、何とも言えぬ熱気に包まれた」

昔の新聞社は複数の輪転機が地下にあった——。桃果もそれは研修で聞いた。

もっとも、いざ生き証人からそれを聞くと情景が網膜に浮かび、感慨深いものがある。

「降版後、輪転機が回り出すと、地下は制作や整理、印刷、編集の人間で溢れかえった。ただでさえ暑いのに、おしくらまんじゅうで、もうサウナじゃ。降版間際に『是非直し』と叫びながら編集の人間が駆け込んできた日には、怒号が飛び交った。良い意味で編集と非編集が対等の時代じゃった」

編集と非編集が対等だった時代。

「整理さん、これやっといて」

現在の出稿部と整理部の主従的とも言える力関係を不意に思い出し、桃果の表情が曇る。

「解版し、鉛活字を磨いて活字棚に戻す頃には、インクまみれに、汗まみれじゃ。おまけに今では考えられんが、当時は皆がタバコをそこら中でふかしちょった。ヤニの臭いまでもが体に染み付いて、皆、ドブにでも落ちたかのような臭さよ。ほいで皆で地下の大浴場に入るわけじゃ」

「大浴場？　地下にお風呂があったのですか？」

桃果は目を大きく開く。

「そうじゃ。当時の新聞社はみんな、大浴場を持っておった。汚すぎて、臭すぎて、あれじゃ帰れんからな。仕事の後の湯は格別じゃった。おまけに二十四時間入り放題。当時、ワシは風呂なしアパートに住んどったから余計に助かったわい。終わった後は、毎夜、酒宴じゃ。当時、大手町の旧・毎朝新聞東京本社前には、深夜になると、どこからともなく数軒の屋台が集まってな。ビール箱を椅子代わりにして、朝まで師匠らと良く飲んだ。『今日のお前の仕事ぶりは酷かった』や『編集の誰それの態度が気に食わない』など説教と愚痴を酒の肴《さかな》にして盛り上がった」

酒席が教育の場だった古き良き時代。網膜に若き日の源流斎の姿が浮かぶ。同僚らと肩を組み、今では想像できないくらい陽気だ。

「共にこの毎朝新聞社の一員となれたことを心から喜んでいた。将来の夢も語り明かした。本当にいい時代じゃった。ずっとこの幸せが続くと思っておった。じゃが、入社して二年後、制作局は大きな転換期を迎えた。一九八六年十月一日は忘れぬ。鉛活字が消えた日じゃ。ついにウチでもCTSが導入されたんじゃ」

CTS（電算写植システム）――。コンピューターで新聞紙面ができる組版システムである。

「既に東経やタイムスでは、CTSが導入されていた。だが、不具合が多いとの噂でのぉ。活版組版の主役の座を奪うには、あと十年はかかると言われていた。だから、まさかこんな早く毎朝が導入するとはワシも思わなかったんじゃ」

当時の落胆そのままに源流斎は嘆息する。

「無論、制作局の混乱は凄まじかった。何せ、文選課、植字課、大組課の仕事の全てが必要なくなるんじゃからな。『コンピューターで、新聞紙面を作れるようになる』なんて言われても、周りはコンピューターが何かすら分からないようなアナログ難民じゃ」

自嘲するような笑みを浮かべる。

「八六年秋、制作局の多くの人員は編集局整理部に異動することになった。皆、この決定には違う意味で驚いておった。何せ多くが高卒で制作局に入社した輩《やから》じゃ。それが大卒の記者ばかりの編集局に身を置くことになったのだから」

その時の驚きぶりを表すかのように、源流斎は細い目を最大限開く。

「無論、最初は整理部員であって、そうでないようなもんじゃった。ワシらは部内では『制作さん』と呼ばれていた。対して、編集出身の整理部員をワシらは『整理さん』と呼んでいた」

「整理さん!?」

思わず桃果は声を張り上げる。

出稿部の人間から「整理さん」と何度も呼ばれてきた。そんな感覚。桃果はこの呼ばれ方が嫌いだ。自分が自分と認識されていない——。

——その源流がここにあった？

「ワシら『制作さん』の新たな仕事は、ＣＴＳでの大組じゃった。『整理さん』が描いた割り付け用紙の設計図を基に、ＣＴＳで紙面を作成していった。いわば整理部が『設計士』で、ワシらは『大工』じゃった」

「パソコン画面で、整理部員の面担が組み上げていたわけではないんですか？」

「それは無理じゃ。ＣＴＳと言っても、今のような組版編集ソフトではない。やたらと図体が大きい割に性能は悪く、すぐにシステムダウンする上に、動作も非常に遅かった。だから、整理が描いた割り付け用紙を制作が大組するというスタイルが最も効率的だったんじゃ。それにじゃ、我々、制作の人間には、鉛活字で紙面を何十年も作り上げていた誇りがあった。いや……」

そこで源流斎はニヤリと笑う。

「ワシらは全員高卒じゃ。大卒の若造に舐められたらあかん——。そんな思いが心の奥にはあった。『おい整理さんよ、こんなクソみたいな割り付けを渡すんじゃねぇ』『整理さんよぉ、倍尺はただの線引きと違うんだぞ』そう言って、持ち込まれた割り付け用紙を突き返したもんよ」

——今でこそ、寡黙な源流斎にも血気盛んな時代があったのだな。

桃果は苦笑する。

「ＣＴＳの大組として、ワシらは第二の人生を歩んでいく。文選というキャリアは二年で終わったものの、ここが新たな仕事場になる。そう思っておった。じゃが、楽観視しすぎたのじゃ」

源流斎の声のトーンが下がる。話が大きく転回していく雰囲気に、桃果はどんどん引き込まれていく。

「毎朝新聞の業績が急速に悪化したんじゃ。相次ぐ報道スキャンダルによって部数が急減。その間、中央やタイムスに読者を切り崩された。かつて発行部数首位だった栄光の時代は遠い昔。全国紙と言っても、大きく離れた三位に落ちた。さらに追い打ちをかけたのがＣＴＳ導入じゃ。莫大なシステム開発費を投じたことで、身の丈に合わぬ借入金が膨らみ、業績を圧迫しておった」

源流斎はグッと唇を嚙み締める。

「そして一九九〇年。日本中がバブル景気に沸く中、毎朝は早期退職を募集したんじゃ。この時の早期退職募集では、結果的に募集全体の三割を制作局の職人が占めた。表向きは応募だったが、その実情は肩叩きに近かったと思っておる」

源流斎が苦悶の表情で語る。

「会社に対して怒りしか湧かなかった。自らの失態で、中央とタイムスにシェアを奪われ、発行部数は一人負け状態。そして、ここに来て、ＣＴＳ導入に絡む身の丈に合わない過剰投資で人員整理だと？　どうして、経営幹部の失敗を我々制作の人間が被らにゃいかんのだと……」

源流斎は膝頭の拳をギュッと握る。

「それからは空気の抜けたボールのように人材が抜けていった。制作局のかつての同僚は、ワシが入社して十年で半減した。『もはや俺たちは用済みなんだ』そう言って退社していく、かつての同僚の背中を何度見送ったことか……。己の非力さをこれほど痛感したことはなかったのぉ」

源流斎は大きく嘆息した。

「九七年にも早期退職募集があった。〈余剰人員の削減〉との理由だった。当時、ワシは組合の委員をしており、制作局を代表する立場となっていた。だから、経営サイドにその立場を利用して猛抗議したんじゃよ。ワシが中心になってストライキも辞さない構えだった。人が辞めすぎて、整理部職場でも人員が足りないほどだった。『どこに削る人員なんているんだ』と経営陣に訴えた」

怒りを映すように源流斎の唇が震えていた。

「じゃがその行動がまずかった。組合員の一年間の任期が終わった後、ワシを整理部から左遷する話が水面下では持ち上がっていたらしい。完全な報復人事じゃな」

「そんな……」

桃果は嘆く。

「組合の独立性など当時はあってないようなものだった」

諦めを多分に含んだ調子で源流斎は返す。

「ワシが今も整理部員としていられるのは、師匠の宮本さんのおかげなんじゃ。宮本さんは当時、整理部の中でもかなりの実力者となっていた。そんな宮本さんが上層部に掛け合い、身を挺してワシを守ってくれた。組合でのワシの行動を諌めることもなかった。代わりに『弟子を守るのが師匠の役目だ』そう言って、笑ってワシの肩にポンと手を置いただけじゃった」

源流斎は自らの右肩に視線を這わせた。

「後に宮本さんは四十五歳でこの世を去った。胃癌じゃった」

あまりの衝撃的な最期に、桃果はかけるべき言葉が見つからなかった。

「それからのワシは自らを律し、整理の仕事に没頭した。一人で紙面を作る現在の『面担制度』が構築されたのもこの頃じゃ。ワシ自身も面担に入った。来る日も来る日も、割り付け用紙に紙面を描き、編集フロアという戦場でニュースに向き合った」

必死に割り付け用紙に紙面案を描く若き日の源流斎。その情景が桃果の網膜に浮かぶ。

「『制作の人間はこんなにも凄いのか』旧・制作局出身者が整理部で輝き続けることこそが、志半ばで散っていった仲間のためだと思っていた。だからこそ、寝る間も惜しんで、整理技術を磨き続けたんじゃ」

仲間のため――。源流斎にとって、整理とは贖罪《しょくざい》の日々だったのかもしれない。

「そして、気付けば、毎朝は東経と合併し、ワシは整理部で最年長になっていた。入社してから三十八年。もうワシ以外に旧・制作局の人間はおらん」

茶を啜り、哀愁の滲んだ視線で庭を見やる。それから数秒の沈黙を挟んで、桃果に向き直る。

「次世代に技術を伝承し育成していくこと。それが今のワシの役目じゃ。何人もの弟子がワシの元を巣立ち、ワシの思いを引き継いでくれておる。じゃが、今回のリーク事件でワシが犯した罪は余りに重い」

――えっ？

桃果が呆気に取られたのは、その言葉にではない。眼前の源流斎が突然立ち上がったからだ。木彫りの机をぐるりと回って、桃果のすぐ横まで来る。ゆっくりと畳に正座で座った。

――何で私の横に？

警戒し、桃果も源流斎の方に自然と体が向く。

「藤崎」

源流斎が改まった口調で、桃果の名を口にする。

対する桃果は固まっていた。

「調子が良すぎるのは分かっておる。じゃが、今回の件、大事《おおごと》にしないでもらえぬか？」

両手を畳につき、首を垂れる。

「えっ⁉」

思わず声が漏れる。

源流斎は完全な土下座の体勢である。

「ちょっと……柳生デスク⁉」

困惑する桃果を尻目に源流斎は続ける。

「今回の件、どうか穏便に済ませて欲しい。この通りじゃ」

額を畳につける源流斎の姿は、いつもより小さく見えた。

第十三版　水彩画の微笑

「いやぁ、僕の人徳とでも言うんでしょうか？　僕のために、こんなにも多くの人に集まっていただき感謝感謝です」

お調子者そのまま、手越がビールグラスを掲げて挨拶する。

「マサァ、おどれは、相変わらず調子だけはええのぉ」

宴席で郷田の哄笑《こうしょう》が弾ける。

六月初旬。この日の夕刊を最後に、手越が有休消化に入る。

「集まれる奴だけでええ。送別会を開催じゃ」

郷田の言葉でグループ最年少の桃果が幹事となった。

週半ばの今夜、会社近くの小料理屋二階の座敷で、手越の送別会が催されている。

今日は時間の関係上、朝刊番が参加できない。夕刊と非番のメンバーに、桃果が声をかけて、集まったのは計六人。主賓の手越のほかは、郷田、犬伏、春木、秋野、桃果である。

宴会開始から一時間。場が適度に温まり、今はそれぞれのグループができている。

春木と秋野は片隅でしっぽりとワイングラスを傾けている。二人の天才が醸し出す穏やかな時の流れ。それだけで絵になる。

「今日のおどれの一面の仕事ぶりはえらいもんじゃったのぉ」

宴席の真ん中では、郷田が犬伏をいじる。キャップの威厳はなく、犬伏は「クゥン」と泣きそうな表情でビールを呷るのみだ。

「今日の柿沼デスクのあの高圧的な態度、何すか？　広報としては絶対、ああいう人の取材はお断りですね」

既にその顔は広報。ラヴァーンド化粧品に転職する手越の言葉に郷田が「ガハハ」と笑う。

酒宴での何気ない会話。それが今の桃果には貴重なものに思えてならない。

「『今日のお前の仕事ぶりは酷かった』や『編集の誰それの態度が気に食わない』など説教と愚痴を酒の肴にして盛り上がった」

記憶の導火線に火がつき、昔を懐かしんで語る源流斎の姿が脳内で蘇る。

『今回の件、どうか穏便に済ませて欲しい。この通りじゃ』

やがて、土下座して懇願する姿を最後に、プツンと映像は切れた。

――私は一体どうすれば……。

自らに問いかけるが答えは出ない。

今だけしかないこの幸福な時間を目に焼き付けるように、桃果はそっと目を閉じた。


「藤崎、今日はビールじゃなくてええんか？」

左の耳元に生ぬるい息が掛かって、桃果は「きゃっ」と思わず体が跳ねる。

視線を向けた先で、ニヤリと笑みを浮かべた手越がビール瓶片手に膝立ちしていた。末席の桃果の左隣に、そのままドカリと座る。

「手越さん、今、わざと耳に息を吹きかけましたよね？」

眉間に皺を寄せ、目を細める。

「わざとやない」

口の端が歪に上がったのを見て確信する。

——絶対わざとだ。

桃果の非難がましい視線に耐えられなくなったのか、手越がため息混じりに吐く。

「俺の晴れの日に、端っこでぼーっとしとるなと思ったから、話に来ただけや」

——手越さんなりの気遣いか。なら、気を遣わせて悪いことしちゃったな。

手越のグラスにビールを注ぐ。それを手越は一口飲むと、「ふー」と息を吐く。

「早く出稿部に戻れると良いな」

手越は前を向いたまま言う。

「出稿部?」

唐突な話の展開に桃果は目を丸くする。

「ほら、この前、戻りたいって言うてたやろ?」

「この前?」

記憶の源泉を辿るように、天井に視線を這わす。

『私も本当は出稿部に戻りたいんです』

思い出した。手越を尾行した日。確かに新橋の高架下の焼き鳥屋で、桃果は言った。

——確かに言ったけど……。

手越の話がかつての自分の誤報事件と重なったことや酒の勢いが大きかった。

「俺は結局、出稿部に戻れんかったけどなぁ。この間も言うたけど、人間いうんは本来、一番必要とされるところで働くべきなんや。お前やったらきっと戻れる。藤崎、頑張れよ!」

一切の後悔がない晴々しい横顔。そんな手越の表情に桃果は何故だか見惚《みと》れていた。

「ところでやけど、藤崎……」

不意に手越の顔が向く。桃果は慌てて視線を逸らす。鼓膜を手越の明るい声が突いた。

「俺さ、六月末まで暇なんやけど、二人で旅行に行かへん？」

眉がピクリと動く。

――あなた既婚者だよね？　七月にはパパになるんだよね？　やっぱりこの人、チャラい！

一時の私の感動を返してよ。

桃果は瓶ビールを突き出して問う。

「手越さん、これを頭からかけても良いですか？」

＊

「こりゃあ、二次会は無理そうじゃのぉ」

郷田が苦笑する。その視線の先には、壁に寄りかかりスヤスヤと眠る手越がいた。

「そういえば、手越君ってお酒強くなかったもんね」

秋野が朽ち果てた手越を見ながら笑う。

「今日は終いじゃぁい」

郷田の判断で、二十一時という予想外に早いタイミングでの散会となった。

手越はかろうじて歩けたものの、目は虚《うつろ》。これでは流石に電車は危険だ。

ということで、帰る方向が一緒の桃果がタクシーで付き添う流れになった。だが――。

「今の手越君、何をするか分からないわ」

文の言葉に座敷の全員がうんうんと頷く。

「桃果ちゃん、私も同じ方向だし同乗するね」

ということで、文と共に手越を自宅マンションまで送り届けることになった。

「藤崎……いつ……旅行に行く？」

タクシー内でも、うつらうつらしつつ誘ってくる手越を何とか自宅まで移送。エントランスの先のエレベーターに千鳥足の手越が無事に乗り込んだのを確認してから、文が提案してきた。

「桃果ちゃん、もう一軒、行かない？」

まだ二十一時半過ぎ。桃果は明日、朝刊番で午後出社。時間はある。むしろ、桃果の方から提案しようと思っていたから渡りに船だ。

「はい、喜んで」

居酒屋のアルバイト店員みたいな返しで快諾した。

「そうね。じゃあ、私の行きつけのお店で良いかな？」

ここら辺の店事情にあまり詳しくない。だから、ここでも文の提案に迷わず乗った。


駅近くの繁華街を二人で歩く。モデルのようにスラリとした文に、すれ違う男達が流し目を向けてくる。そんなことなど全く気にしない様子で、文は桃果との会話を楽しんでいた。

「ちょっと狭いんだけど」

不意に文が、やっと一人が通れるような狭い路地裏へと曲がる。

——こんなところにお店なんてある？

不安になる桃果を尻目に文は歩を進める。数十メートル進んで、何の変哲もない壁の前でピタリと足を止める。すると、文はその壁を押した。それは店へと繋がるドアだった。

押した先にはあったのは——アトリエ。いや、無論、本当のアトリエではない。

アートバー――。飲食しながら絵画が描けるバーである。

先ほどの入り口からは想像できないほど内部は広い。五十余りの席がある。

バー特有の薄暗さ。レンガ造りの壁一面には、水彩画やアクリル画、油絵用の絵の具がずらりと並ぶ。淡い間接照明の光によってアンティークと化していた。

四方の壁に沿って、丸いバーテーブルが十ずつゆとりを保って並べられている。テーブルに合わせるように、計二十の木製のイーゼルが立てかけられ、自由に絵を描くことできる。

平日だからか？　それとも、二十一時半という時間が原因なのか？

客は桃果達以外、一人もいなかった。

「文ちゃん、いらっしゃい」

ザ・マスターという風貌の白髪の老紳士が、バーカウンターからひょいと片手を上げる。その表情と言葉からも、文がここの常連であるのが分かる。

「マスター、今日も借りるね」

笑顔で返した文は、慣れた足取りで、一番奥の丸いバーテーブルに陣取った。

「私はここにしようかな」

二つの壁にかけられたイーゼルのうち、奥の方の席を文は選ぶ。

「まずは乾杯しよっか。私は、今日はマティーニにしようかな。桃果ちゃんは？」

バーチェアに着座すると、卓上のメニューを差し出す。

「私はじゃあ、烏龍茶でお願いします」

バーという空間では酒が飲みたくなる。その衝動を抑えて、桃果は下戸のふりを貫く。

「乾杯！」

数分で卓上に運ばれてきたドリンクのグラスを合わせる。

文の肉厚の唇が、マティーニのカクテルグラスに触れるだけで、ハッとするほどの艶《なまめ》かしさがある。やはり、対峙するだけで言いようのない敗北感を桃果は感じてしまうのだ。

「二年前を思い出すねぇ」

文が口角を上げる。

師匠と弟子の関係だった頃。仕事終わりに、よく二人でこうやって出かけた。

「スーパー銭湯も行って、裸の付き合いもしたもんね」

文の目が三日月形に細くなる。

視線が交錯し、桃果は思わず逸らす。網膜には美術品のようなスラリとした文の肢体と自分の幼児体型が映し出されていた。

——文さんと私って、本当に同じ人間?

思い出すと笑えてくる。羞恥で桃果の顔が熱を帯びる。

「そんな桃果ちゃんが、第一グループに来てくれて、師匠冥利《みょうり》に尽きるよ」

マティーニ片手にバーの何でもない虚空を見つめながら呟く。手で触れたら壊れてしまいそうな儚い笑みに見えた。

「じゃっ、そろそろ描きますか！」

数瞬の間を挟んで、膝をポンと叩いて、文は立ち上がる。それから、マスターに一声かけて、画材があるらしい店の奥の倉庫へと消えていった。

薄暗いバーの店内で、移動式ランプの柔らかい光が水彩紙全体を照らしている。

三原色——。文の右手のパレット上には三色の水彩絵の具がある。水と調和させながら、三色で理想の色を生み出していく。

やがて、文の華奢な左腕が、イーゼルに固定された人物画に向かって伸びる。

まずは背景。筆の先からスッと水彩紙に絵の具が吸い込まれ滲む。色と色が混じり合い、その境界線が新たな色彩を生む。

今度は絵筆を替え、化粧するようなソフトタッチで、水彩画の女に命を吹き込む。ほぼ完成していた人物画がより鮮明になっていく。

その手技を前に桃果は息を呑む。成り行き上、桃果も水彩画を描くことになったのだが、全く手につかない。自身の水彩紙は真っ白だ。

「多分、あと二十分くらいで完成すると思う」

数分前。画材を抱えて戻ってきた文の顔つきは変わっていた。

栗色の髪は後ろに束ねられ、ところどころ絵の具で汚れた白エプロンをつけている。

「まだこの作品は未完成だから」

文は水彩画をイーゼルにセットしながら、そう強調したが、桃果の目には完成品にしか見えなかった。

微笑を浮かべた女の人物画。まるで今にも飛び出してきそうなほどにリアルだった。

「桃果ちゃんも、せっかくだし何か描きなよ。楽しいよ。画材を持ってきたから」

そう言って、一応、画材一式を桃果に手渡してくれた。

――でも、こんな絵を見せられた後に、私に何を描けと？

固まる桃果に文は言う。

「力を抜いて。アートには点数なんて無いんだから」

あれから二十分間。立ち姿勢で描き続ける文をずっと桃果は眺めていた。

マスターはバックヤードに消えており、この世界には今、文と桃果しかいない。

二人だけの世界――。文の息遣いまでもが聞こえる。声を発することすら憚《はばか》られた。文の繊細な筆の動きが神々しい。見ているだけの桃果でさえ、五感が研ぎ澄まされていく感があった。

文が大きく嘆息する。筆を置く。

「これで完成」

文の弾む声が二人だけの世界を吹き飛ばした。

だが今――。桃果は言葉を返すことができない。自席からじーっと完成した水彩画を見つめていた。

よく知る人物が絵の中にはいた。

バーチェアを離れ、一歩、二歩と歩み寄る。真正面からその人物と対峙してみる。

それでも、まだ声を発することが出来なかった。

「文さん、これって……」

ようやく声が出る。久しぶりに発した声は驚くほど弱々しかった。

「あなた自身の肖像ですよね？」

文の返答はない。

二十分前に未完成の作品を見せられた時から分かっていた。水彩画のモデルは文自身だ。

それでも、すぐにそれを指摘できなかったのは、描かれ方の異様さゆえだ。

絵の中の文は、白い歯を見せてこちらに微笑んでいる。しかし、高い鼻梁を境界線にして左右で全く印象が違う。

その違いを生んでいるのが、巧みに描かれた光と影の演出である。

顔の左半分には光が差し、優しさに満ちた表情の美女がいる。桃果も知っている文だ。この笑みに何度も癒され、憧れてきた。

一方の右半分は、その全てが薄い影で覆われている。影の中で上げた口角が歪な笑みを形作っている。狡猾な悪女とでも表現すべきか。こんな表情の文を見たことがない。

「これが……」

文が絞るように声を発する。

「これが……本当の私だから」

その言葉に背筋に冷たいものが走る。

「これが私の本当の姿だから」

今度ははっきり文は言う。

師であり、皆の憧れの存在。秋野と並んで整理部の頂点に君臨する天才。

——なのに……どうして。

じわり目から涙が溢れてくる。両拳を握る。意志の力でグッとそれ以上の涙を堪える。

——やっぱりこれが現実なんだ。

自らに言い聞かせる。

微笑を浮かべる文の肖像を桃果は睨め付ける。それから出来るだけ声が震えないように言葉を吐き出した。

「文さん、どうして？　どうして、あなたほどの人が他社にネタを漏らしていたのですか？」

その瞬間、水彩画の中の文がスッと不敵に微笑んだように桃果には見えた。

「やっぱり桃果ちゃん、気付いていたんだね」

壊れそうな儚い笑みで文は呟く。

「何か調べているとは思ったけど、リーク事件の探偵さんは、桃果ちゃんだったか……そうだよ。

犯人は私だよ」

文は驚くほどあっさり認め、バーチェアに座る。桃果も釣られるように椅子に戻り、丸いバーテーブル越しに向き合った。

卓上には飲みかけの烏龍茶とマティーニがある。一旦落ち着くために、桃果は烏龍茶を口にしたが、得られたのは苦味だけだった。

「何でこんなことをしたかだったよね？」

文の方は至って冷静だ。

これではどっちが「取り調べ」をしているのか分からない。

薄暗い店内も相まって、文の顔の陰影が際立つ。手元のマティーニのカクテルグラスを口につけ、唇を舐めてから言う。

「だって、この会社は、私の作品をすぐに壊しちゃうから」

「作品を壊す？」

言葉の真意を測りかねて、桃果は問う。

「うん。一面で私がどんなに良い作品を作ったって、この会社は簡単に壊しちゃうの」

その言葉で、文の言う「作品」が紙面のことを指すと桃果は悟る。

「新聞は版ごとに目まぐるしく紙面が変わる。読者に応えるために、新たなニュースを入れて紙面の付加価値を高めていくのが使命。そんなことは、私だって分かってるよ。でもさ……」

そこで一旦区切った文の表情が曇る。

「この会社の人の多くは、そんな使命感なんて持っていない。いつも頭にあるのは、自らの属する部署や派閥のことだけ。みんな結局、整理部を便利屋としか思ってないの」

桃果も日々、感じていた不満が文の口から出てくる。

「私はただ、最高の紙面を作りたいだけなの。だから、出稿部や整理部とか関係なく、もっと協力したいの。特ダネだってね、出稿部が早い段階で整理部に伝えれば、最高の環境で一面に迎え入れてあげられるの。特ダネをもっと輝かせることが可能なの。なのに……」

文は苦衷を滲ませる。

「出稿部の人たちは、特ダネが来ることすら教えてくれない。いつも十四版の降版ギリギリのタイミング。こっちは特ダネが来るなんて知らないから、紙面を必死にブラッシュアップしている。そこに、いきなり隕石みたいに特ダネが落下して、私の作品を衝撃波で吹っ飛ばしちゃうの」

文は嘆息を挟んで続ける。

「いざ、特ダネが来ますって段階になっても、なかなか原稿は来ない。ウチら整理部が原稿を催促に行くと、露骨に嫌な顔をされることだってある。『早く原稿を送らないあんたらが悪いじゃん』って叫びたくなる。おまけに、日替わりの編集長は、少しでも自分の出身母体のネタを大きく扱おうと躍起。紙面に何かと口を出してくる」

――同じだ。私が感じていた日々の不満と全く同じだ。

それを今、整理部のエースである文が口にしていることが信じられない。

「それでも降版時間というギロチンは毎日やって来る。どんなクオリティの紙面でも時間は延ばせないの。そんな環境でさ、一体どうやって理想の紙面を作れって言うの？　一生懸命、私がお腹を痛めて産んだ作品を出稿部の連中は平気で殺しちゃう」

お腹を痛めて産んだ作品――。その言葉に文の紙面への愛情が凝縮されていた。

「もし、必死に取ってきたネタがリークで潰されてメチャメチャにされたら、はらわたが煮えくり返るでしょ？　少しでも私と同じ気持ちを出稿部の連中に味わわせたくて、だから……」

文は唇を噛み締めたまま、苦悶の表情で数秒押し黙る。

「でもね……私を苦しめたのは出稿部だけじゃないの。整理部だってそうよ」

文は絞り出すような声で続ける。

「整理部が苦しめた？」

文はコクリと頷く。

「むしろ私にとっては、そっちの方が大きかったかもしれないわ」

──一体、整理部の何が……。

「どうして整理部記者ってさ、みんな仕事に誇りを持ってないかなって、ずっと思っていたの」

「整理部員」ではなく「整理部記者」──。その表現一つとっても、文の整理部への誇りが感じられた。

「桃果ちゃんはそう思わない？」

「……思います」

突然の問いかけに戸惑いながら返す。文の目を見ることができなかった。

──私は整理部異動になって、まさに誇りを失った。

そんな思いが胸中では渦巻いていた。

「私は自ら志願して整理部に来たの」

文の経歴が桃果の脳内で浮かぶ。東京藝術大学美術学部卒業後、毎朝新聞社に入社。初任地の地方支局で三年を過ごした後はずっと整理部だった。

出稿部記者としてもかなり優秀だったらしい。だが「本人の強い希望で整理部に来た」という逸話は、部内外でも有名だ。

「絵を描くのと同じでね、たとえ同じ原稿でも、整理部の作り方一つで、全然違う作品になるの。魅せる記事にお化粧できるのよ。結果として、記者の原稿をより多くの読者に届けることができる。素敵でしょ？　そこに無限の可能性を感じて私はここに来たの。ちょっと熱すぎるかな？」

桃果は頭を振る。

――熱すぎてなんかいない。むしろ、本当は全ての整理部員がこうあるべきなのだ。

熱弁を冷ますように、文はマティーニの残りを一気に飲み干す。

「ちょっと待っててね」

それから空になったマティーニグラスと共に席を外す。

ちょうどバックヤードから戻ってきたマスターに声をかけ、バーカウンターに両肘をついて談笑を始める。どうやらドリンクの追加注文をしているらしい。


「お待たせ」

数分後、ルビー色のカクテルグラスと共に、桃果のいるバーテーブルに帰ってきた。

「エル・ディアブロ」というテキーラベースのカクテルらしい。モーヴピンクの口紅の文に一段と似合う。

文は口に含むと、堪能するように味わう。それから、やはり唇を舐める。

妖艶――。その一連の動作に桃果が見惚れる中、文は語りを再開する。

「整理部って、総勢二百人もの部員が所属するマンモス部署じゃない？　なのに活気がないのよ」

それは桃果も思うことだった。

「その原因は言わずもがな、整理部が傍流部署として扱われているからよ。出稿部時代の何らかの失敗とか、上司との不和が原因で、懲罰や報復の対象となって、島流し人事で来る人があまりにも多すぎるの」

その瞬間、桃果の表情が曇る。桃果はまさに誤報による「懲罰人事」で、この整理部にやってきたからだ。

「あっ、ごめんね」

文は慌ててカクテルグラスを置く。自分の「失言」に気付いて一生懸命、弁明する。

「桃果ちゃんは違うの。私が言いたいのはね、まるで自分が悲劇の主人公にでもなったみたいに振る舞う人たち。『自分は優秀な出稿部記者だったのにここにいる』そんな思いから、整理部の仕事に誇りが持てない人たち」

――文さん、その発言は私にとって「火に油」だよ……。

『あんたいいかげんさ、自分は実力不足だったって認めなよ。この整理部にいるべくしているんだって、いいかげん認めなよ。それなのにずーっと悲劇の主人公を気取ってさ』

桃果の鼓膜では今、ひなみに言われたあの言葉が大爆発を起こしていた。

文はカクテルグラスに目を落とす。

「整理の仕事を放棄することでしか自分のプライドを保てない人たち。努力もせずに、不満ばっか言って、ひたすら仕事を増やす人たち。『何で私が、その尻拭いをしなきゃいけないの？』って、いつも思っていた」

文はそれから押し黙る。しばらく虚空を見つめていた。

「私ね、毎経新聞が誕生した時から、かれこれ五年間、ずーっと第一グループだったの。新聞の顔である一面を担当できて、最初は本当に嬉しかったなぁ」

二〇一七年四月の新聞社の合併時、桃果はまだ入社していない。

しかし、網膜には、活気溢れる社内で、文が笑顔で紙面作りに励んでいる情景が浮かぶ。

「だけど、この五年間でこの会社は大きく変わってしまった。良い紙面作りに協力してくれない出稿部、やる気を出さないで仕事を放棄している整理部記者、そして、権力闘争にばかりに興じる上層部。そんな奴らの皺寄せが津波のように押し寄せて来る度、私の心は磨耗していった。理想の紙面なんて夢のまた夢。だからね……」

そう言って、文は伏し目がちになる。

「ずーっと打診していたの」

「打診？」

「そう。後藤部長にね、『私を第十五グループに異動させて欲しい』って」

「第十五グループに⁉」

桃果は目を見開く。第十五グループは、特集面を主に担当するグループである。

「うん、あそこなら、降版時間に縛られない。納得いく理想の紙面を作れる。そう思ったの」

文の表情が陰る。

「でもね、ダメだった。『今、第一グループから抜けられたら困る』『みんな大変なんだからワガママ言うな』『第十五グループは時短勤務のママ記者のための職場だ』って、色んな理由を付けられたけどさ……私、ワガママなのかな？　今年は新人だって行かせる余裕があったのにさ、なんでダメなんだろ。私はただ、この息の詰まるような日常から一旦離れて、理想の紙面を作りたかっただけなのに」

新人だって行かせる余裕があった――。その新人こそが、弟子の三四郎であるのを話の流れで思い出した。

「私は多分、整理部にとっても『便利屋』でしかなかったんだよね」

哀愁を多分に含んだ言葉がエル・ディアブロに溶け込んでいく。

「結局、二月に発表された春の部内異動でも、第十五グループへの異動は叶わなかった。第一グループでの六年目の日々が始まったの。さらには、新年度からは整理部にアルバイトもいなくなるって話まで聞こえてきた。ただでさえ、時間がない中で、仮刷り配りまで自分たちでやらなきゃいけないの？」

文は奥歯を噛み締め、また、しばし押し黙る。

「桃果ちゃんはさ、私がどうやって紙面をリークしてたか知っているよね？」

桃果がコクリと頷いたのを確認すると話を進める。

「あれだって、最初は、明確にリークしようなんて、思っていなかったのよ」

文は深く嘆息する。それから左手で頬杖をつく。

「ああいうのを魔が差したっていうのかな？　マニュアルを見ながらね、仮刷りを複合機で送ろうとしていた時にふと思ったのよ。『この必須送付先の一部を同業他社に変えたら、どうなっちゃうんだろう？』って」

桃果の背筋にゾクリと悪寒が走る。

文はカクテルグラスを握り、卓上で弧を描くようにしばらく揺すっていた。

「桃果ちゃん、このエル・ディアブロって、スペイン語で『悪魔』って意味なの」

唐突な言葉に文の表情を窺う。

「あの時、聞こえたのよ。『悪魔の囁き』が」

「悪魔の囁き？」

訝るように桃果は問う。

「『裏切ったのはお前じゃない。裏切ったのは会社だろ？』って。『みんな、自分のことしか頭にない。どうせ誰も気付きやしない』って。そして私は、整理部記者として、いや、報道に携わる人間として、とんでもない裏切りをしてしまった」

文の体と声が震え出した。

「私、今も、どっちが本当の自分か分からないのよ」

震える声の文はバーチェアを回転させ、背後を振り返る。その視線の先には、イーゼルに固定された自らの肖像画があった。

光と闇――。鼻を境にして、左右非対称に描かれた文の肖像画は、桃果の位置からだと、右半分の闇の部分の方が際立って見える。その微笑は不気味さを漂わせていた。

『これが私の本当の姿だから』

鼓膜では、先ほど文が放った言葉が反響するばかりだ。

バーチェアをくるりと回転し、文は向き直る。エル・ディアブロを一口含み話を続ける。

「今の私の中には二人の私がいるの。一人は、整理部という職場に誇りを持って、理想を突き進む光の世界の私。もう一人は、会社への不満を裏切り行為で解消しようとする闇の世界の私」

強烈な喉の渇きが桃果を襲う。

「私が複合機の必須送付先を改ざんして以降、本来、特ダネとして、一面を華々しく飾っていたはずのネタが何度も降格した。それに対して、闇の世界の私は言った。『お前は何も悪いことをしていない』と。そして、特ダネが土壇場で追いつかれたことで、狼狽する出稿部デスクや整理部記者、編集長の姿を目の当たりにする度にその声が聞こえたの。『滑稽だ。お前を大切にしなかった奴らが苦しんでいる。これは報いだ』って」

文は口の右の端だけを上げる。陰のある肖像画の右半分そのままだった。

「自分たちのネタがずっとタイムスや中央に漏れているのも気付かずに、紙面会議で激論を交わしている編集幹部たちを見る度に、闇の世界の私はせせら笑っていた。『細工にも気付かないで何が記者だよ』ってね。だけど……」

文はグラスをギュッと握る。苦悶の表情を浮かべていた。

「光の世界の私の声が次第に大きくなっていった。『これ以上、あなたの作品を壊さないで』って。私の行動は、矛盾し過ぎていたのよね。だって、作品を壊されたくないなら、特ダネのリークなんて本来はすべきではない。リークによって、紙面がもっと壊れちゃう。そんな矛盾の間で、光と闇の私がせめぎ合い葛藤し始めた」

――そうだ。文の動機を聞いた時から、確かに心に引っかかるものがあった。

『この会社は、私の作品をすぐに壊しちゃうから……』

そう言いながら、文自らが破壊行為を助長していたからだ。

「一ヶ月くらい経ってハッとした。『もう、こんな馬鹿げたことしちゃダメだ』って。『もうやめよう』って。光の世界の私が闇を凌駕した。だから、複合機に行って全てを戻そうとした。でも……」

その時の驚きを体現するかのように、文の瞳が小刻みに揺れていた。

「何者かによって、カモフラージュした二つの宛先が削除されていたの。全身が震えた。恐怖だった。そして思った。誰かが私の犯行に気付いたんだって。そういう心境だと、信じられないことに全員が犯人に見えるの」

訴えかけるような文の眼差しに桃果はうんうんと頷く。

ゴンザレスに密命を下されて以降、桃果自身もグループ全員が裏切り者に見えた。

「でも、そんな中で、とある人物の動きにふと違和感を覚えたの。柳生デスクよ。私の師匠だから、ちょっとした変化も分かるもの。それでずっと目の端で、彼の動きを追っていた。そして、ある可能性に辿り着いた」

文は唇をギュッと結ぶ。新たな言葉が出てきそうな気配はなかった。

「柳生デスクが宛先を消したんじゃないかと、文さんは思ったんですよね？」

桃果が代わりに話を先へと導く。文は苦しみながらも、何とか頷き、再び会話を先導し始める。

「そう。おそらく、柳生デスクは早い段階で紙面のリークに気付いていたの。その後、複合機内の必須送付先の宛先が改ざんされたのが原因なのも突き止めた」

やはり桃果の推理通りだ。

「そうするとね、付き合いも長いから、面白いように柳生デスクの考えていることが分かるの。何よりも規律を重んじて、仕事には一切手を抜かない。そんな人が、業務への支障も顧みずにフロアを動き回っている。それは何故なのかって」

文は深く嘆息した。

「この人は、編集フロア中の複合機を極秘に調べているんだって。他に宛先が改ざんされていないかと、全ての複合機をチェックしているんだって。本当に申し訳ない気持ちだった。編集フロアには監視カメラがあるから、非番の日にチェックすると目立つ。だから、自分がデスク出番の時に、編集フロアを徘徊して、一つ一つ複合機を調べていたのよ」

桃果の脳裏に、三四郎が源流斎に激突して尻餅をついたあの夕刊の日の光景が浮かぶ。

あれは第一グループの複合機から比較的遠い位置だった。降版間際で仮刷り配りに奔走していた三四郎の「遠出」の理由は理解できる。

一方で、源流斎はなぜあの時、あんな場所にいたのか、桃果はずっと引っかかっていた。

しかし、文の話を踏まえれば何のことはない。源流斎は複合機調査の「巡回中」だったのだ。

「『柳生デスク、他の宛先は変えていません』私がそう自供すれば済む話じゃない？　だからね、紙面について二人だけで話し合いをしてる時、何度か私が切り出そうとしたの。でもね……」

文が顔を歪める。

「柳生デスクは決して私にリークの話をさせようとしなかった。リークの話題が出ると『関係のない話はいらん！』って、話を切り上げて、どこかに消えちゃうの。『ああ、この人はリークなど存在しなかったことにしているんだ』って。『そうやって私を守ろうとしているんだ』って。私は悟った」

『弟子を守るのが師匠の役目』

――いかにも行動が柳生デスクらしい。

「四月下旬のリークを最後に整理部には平穏が戻った。『柳生デスクと二人だけの秘密。整理部記者として紙面で貢献することこそが私を守ってくれた師匠への恩返し』そんな思いで日々、私は紙面作りに奮闘した。本当に身勝手だけど、リーク事件のことも忘れ始めていたの。だけど……」

そこで文は唇を嚙む。

「リーク事件の捜査の扉は、突然開かれた」

桃果の眉間に皺が寄る。

何だか申し訳ない気持ちだった。胸中の重い空気を放出するように言葉を吐く。

「秩父通信部への仮刷りですよね？」

「そう。五月末のあの日、リーク事件の扉は再び開かれた。きっかけは、桃果ちゃんの言った通り、俵屋君が秩父通信部に夕刊の仮刷りを送れなかったことよ」

三四郎が仮刷りを送れなかった――。そんな些細なことが、迷宮入りもありえたリーク事件の真相の扉を開いた。

「私もね、最初は桃果ちゃん同様に『どうせ俵屋君が送り先を間違えたんだろうな』くらいにしか思っていなかったのよ。彼って、少しだけおっちょこちょいなところがあるし」

――少しどころじゃないですよ。

言いたい衝動を抑え、桃果は頷くことだけにとどめる。

「でも桃果ちゃんが離席中、第一グループの島に戻ってきた俵屋君の話を聞いていたら、妙な胸騒ぎがしたの。だって、彼しきりに言うのよ『僕はF163を押していたのですけどね』って」

文の表情筋が強張る。

「それで、試しに俵屋君のマニュアルの〈国内と海外拠点一覧〉を確認したら、秩父通信部が私もF163にしか見えなかった。その段階になって『待てよ』と。私の中ではある仮説が浮かんでいた。柳生デスクが二つの通信部の宛先を削除する時にミスをしたんじゃないかって」

その時の恐怖を思い出すように、文が息を呑む。

「あの複合機って、旧・毎朝で使っていたもので『凄く使いづらい』って有名だったの。特に登録先を削除する際に表示される『以降の登録番号を繰り上げますか』という表示は難敵。それを『はい』って、押しちゃうと後の番号が全て繰り上がっちゃうの」

『何でこんな機能をわざわざつけたんですかね?』

複合機メーカーに桃果が問い合わせた際、担当者も電話越しで笑っていた。

「これじゃ、私のために証拠を消してくれた柳生デスクの努力が無駄になる。私は焦った」

『慣れんことはするもんじゃない』

先日の源流斎の言葉が桃果の鼓膜で蘇る。

「でもね、すぐに思考は思いもよらぬ方向に転がったの。『これは自供するチャンスなんじゃないか』って。『もう逃げなくても良い。もう十分なんじゃないか』って。何より『私のためにこれ以上、柳生デスクに迷惑をかけたくない』って」

文は苦悶の表情で当時の心境を吐露する。

「その時、ちょうど桃果ちゃんが複合機からこちらに帰ってくるのが見えた。桃果ちゃんなら、きっとマニュアルと複合機の登録番号のズレに気付いてくれる。さらに気付きやすくするには？私は咄嗟に、俵屋君のマニュアルに細工したの」

「口紅をつけたんですよね？」

「うん」

文は大きく頷く。

三四郎のマニュアルの秩父通信部の部分には、赤インクのようなぼやけた染みがついていた。そのせいでF163の番号が非常に読みづらくなっていた。

「あのマニュアルを最初に見た時から違和感があったんです。それで、あの後、何となく当該ページを眺めていたら、染みは赤ペンや赤鉛筆ではないと気付きました。それに、秩父通信部のF163の部分にピンポイントでついていて『わざとつけられたのでは？』って思ったんです。そして、よーく目を凝らして見たら、その……ラメが光っていました」

桃果はじっと文の肉厚な唇に視線を注ぐ。

「それで、そのモーヴピンクの口紅だって確信しました」

「さすがね。そう。私はこの口紅を咄嗟に俵屋君のマニュアルにつけて、秩父通信部の部分が見えづらくなるように演出した。そして、新たなマニュアルを印刷するよう桃果ちゃんに助言した。桃果ちゃんのことだし、新たなマニュアルを俵屋君に渡すついでに、複合機を使って実際にレクチャーしたはずよ。その時、気付くはず。『複合機の登録番号とマニュアルが合ってない』って」

文のシナリオは完璧なはずだった。だが——。

「でも、私の計画通りにはならなかった。柳生デスクがそれを阻止したから」

文が口を真一文字に結ぶ。

『藤崎！　まずは目の前の夕刊に集中せい！　三版以降をどう改善するかの方が今は大事じゃ』

桃果の鼓膜にあの時の源流斎の言葉が迸った。

「あの時、困惑する私の耳元で柳生デスクは囁いた。『春木。良いから今は三版の紙面作りだけに集中しろ』と。あとはワシが何とかする。そんな表情で、自らのデスク席に戻っていった」

そして、夕刊デスク席で源流斎は犯行に及んだ。複合機の登録番号と齟齬《そご》がないように整理部マニュアルを修正したのだ。

最終更新者：柳生源流斎――。

その代償として、最終更新者の欄に自らの名を刻んだ。

その名を見つけた時の衝撃が、今更ながら桃果の胸を突く。

「あの秩父通信部の騒動への対応で、桃果ちゃんが今回の事件を何らかの理由で調べているんだなって察したの。誰かの命令でずっと調べていたんでしょ？」

「………」

桃果は返答に窮する。

ゴンザレスの名を口にするのは憚られた。察するように、優しさを含んだ表情で、文はそっと頷く。

「もう柳生デスクからも話を聞いたんじゃない？」

「はい、お聞きしました」

その問いには即答する。

源流斎に会いに行ったことは、むしろ、桃果の方から話そうと思っていた。

「そっか……」

無理やり作った笑みは痛々しかった。

「『天才』や『美魔女』なんて呼び方で、皆は私のことを慕ってくれる。評価してくれている。けれど、本当の私ってね、あの肖像画みたいに、光と闇を抱えているの」

桃果の網膜に、左右で非対称のあの文の肖像画が浮かぶ。

「私は凄く裏がある人間で、溜まりに溜まった不満の捌《は》け口として、こんな事件を起こした犯罪者なの。だからね……」

文の声が震える。体も震え出す。その目からは、とめどなく涙が溢れて来た。

「今回のリーク事件の全てをちゃんと上の人に報告して欲しいの。今度こそちゃんと償う。どんな処分でも受け入れるから」

体を震わせながら、言葉を絞り出すように何とか言った。

「桃果ちゃん、お願い」

慟哭《どうこく》を押し殺すようにして泣き続ける文を前に、先日の源流斎とのやりとりが蘇る。


『今回の件、どうか穏便に済ませて欲しい。この通りじゃ』

額を畳につけたまま、源流斎は続ける。

『割り付け用紙や倍尺すら使わぬ整理部員がほとんどじゃ。そんな中、春木はワシの弟子として、古い考えのワシを慕い、伝統を忠実に守ってくれていた。それだけじゃない。古き文化を新しい文化と織り交ぜて、整理部に新風を吹かせた。春木はこれからの整理部に間違いなく必要な人材なんじゃ。今回のリーク事件の全ては、あやつの長年の苦しみに気付いてやれんかったワシの責任なんじゃ。毎朝時代からずっと近くにいながら、ワシは春木を救えなかった。挙句、証拠隠滅に走り、調査を攪乱し、春木自身も苦しめることになった。ワシの犯した罪は余りに重い』

顔を上げ、必死の形相で桃果に懇願する。

『弟子を守るのが師匠の役目なんじゃ。ワシはどんな処分でも受け入れる。だから、どうか春木への処分だけは勘弁して欲しい！』

そう言って、再び畳に額を擦りつけた。

『どんな処分でも受け入れる』

師匠と弟子。皮肉にも双方が同じ言葉を吐いて、この件の責任を負おうと桃果に懇願している。

『裏切り者を捜せ』

不意にゴンザレスの密命の言葉が鼓膜で破裂する。

『私はね、今回の件が終わった暁には、君を出稿部記者として戻したいと思っている』

脳内ではゴンザレスが思惑を秘めた笑みで桃果をじーっと見つめていた。

期限の六月十五日の株主総会までは一週間。

——そうだ。これをゴンザレスに報告すれば、私は出稿部に戻れるんだ。

両拳を桃果はギュッと握る。が、すぐに弛緩する。

目の前で泣きじゃくる文の顔。

土下座までして必死に頼み込む源流斎。

桃果に密命を下すゴンザレス。

三者の顔が次々に入れ替わり、思考を阻害する。

——私は一体……どうすれば良いの？

桃果は血が滲むほどに、唇を噛み締めた。

第十四版　あの日の真実

二日後の金曜日。その日、例年より遅めの梅雨入りを気象庁が宣言した。午前三時を回り、スナック「ポインセチア」の店内は、小雨が降る外同様に何だかじめじめしていた。

ろうそくの炎が揺らめく薄暗い店内に二人の影あり。桃果とゴンザレスである。ゴンザレスは、ソファに背を預け、腕を組んだ姿勢で、桃果の話に耳を傾けていた。

「これが今回のリーク事件で私が調べ上げた全てです」

桃果は話をそう締めくくった。

・複合機の必須送付先が改ざんされ、リーク事件に利用されていたこと。

・その犯人は春木文だったこと。

・源流斎が文の不正に気付いて、証拠隠滅を図っていたこと。

約十五分間。桃果は事実関係を主軸にして、簡潔に話をまとめた。

話が終わってからも、しばらくゴンザレスは、腕を組んで瞑目していた。それから目をゆっくり開いて、大きく嘆息する。

「そうか。つまりは東経の人間の犯行ではなかったのか。まさか、春木君ほどの実力者が犯人だったとはねぇ」

言葉に重みを付与しつつ、卓上の芋焼酎の水割りグラスを一気に空にした。

犯人が文だったことよりも、東経出身者の犯行でなかったことを残念がるような口ぶりに桃果には思えた。

——やはり気になるのは桃果の方だった。

大きく嘆息したいのは派閥か。

『一連のネタの降格は、東経派閥による毎朝派閥への宣戦布告だ！』

ゴンザレスは当初から東経派閥の犯行だと見ていた節がある。

だが違った。毎朝出身の整理部のエース、文による犯行だった。

株主総会まであと五日と迫る中で、結果的には自らに不利な情報を突きつけられた形だ。

「それで何だね？　私に聞きたいこととは？」

桃果が作った水割りグラスを受け取ると、ゴンザレスは切り出す。

威風堂々。巨体をソファに預けて、でんと構える。横綱の風格すらある。

「全ての真相をお話しします。その代わり、私の問いに権座副長も包み隠さずお答えください」

調査報告前、桃果は念押しするように、ゴンザレスにそう要求した。

「分かった」

ゆっくりと頷いたゴンザレスの顔は、いつになく真剣だった。

そして今——。

さぁ、かかってこい——と言わんばかりに、ゴンザレスの眼窩の奥の瞳が鈍く光った。

ゴクリと決意を固めるようにハイボールを流し込み、桃果も臨戦態勢に入る。グイと体を傾けて、話を切り出した。

「権座副長は最初、私に密命を下した時、こうおっしゃいましたよね。『とある人物から第一グループの整理部員が他社に情報をリークしているとの内部告発があった』と」

ゴンザレスは「うむ」と一度頷く。

「その内部告発をしてきた人物って……柳生デスクですよね？」

その瞬間、ゴンザレスの目がスッと細くなる。同時に口の端も上がる。いつもの人を食ったような笑みだ。

「全ての真相を私はお話ししました。包み隠さずお願いします！」

――約束は守ってもらう。

逃げも隠れも許さぬと言った口調で、桃果は逃げ道を塞ぐ。

「約束だ。仕方ないね。さすが藤崎君だ。御名答。その通りだよ」

ゴンザレスは笑みを湛えて、芋焼酎グラスを呷った。

――やっぱりか。この狸オヤジめ。

桃果は土俵から押し出さんばかりの勢いで、さらに踏み込む。

「柳生デスクは三月の夕刊の時にネタが漏れていることに気付いた。それで、誰よりも早く、あなたにそのことを報告して来たんですよね？」

ゴンザレスの口角がさらに上がる。面白がっているようにすら見える。

「それも君の言う通りだ」

あっさり認める。

「ということは、つまり、朝刊の五回だけではなく、夕刊でもリークが起きていたということですね？」

「そうだ」

内心で大きく舌打ちをする。

「何回ですか？」

「把握している限りでは三回だな」

つまりは朝刊五回、夕刊三回、計八回もリーク被害があった。

「だったら、夕刊もリークがあったって教えてくださいよ。こっちはリークが朝刊だけだと思って、それで調査を進めていたんですから」

思わず強い口調になる。

桃果は朝刊五回のリーク時の出番を表にして、調査に活用していた。

ゴンザレスは悪びれる様子もなく淡々と返す。ムッとした桃果を前にさらに付け加える。

「まぁ、それが取材というものだからな」

「それに、全く同じ条件で、郷田君は夕刊でもリークがあったと気付いた。君よりも早く最終報告も終えている」

郷田の方が記者としても優秀である――。そのことを暗に指摘された。

――こういうところが、いちいちムカつくんだよな。

話を本筋へと戻して、桃果は一番聞きたかったことを問う。

「つまりは……私は柳生デスクの代打として、裏切り者捜しをすることになったんですよね？」

「柳生デスクは三月、誰よりも早く他紙へのリークに気付いた。そして、『第一グループ内に犯人がいる可能性は高い』と、あなたに報告してきた。ですが、その後、柳生デスクはその犯人が文さんであると気付きました。弟子思いの柳生デスクのことです。『ワシの勘違いだったかもしれん』などと言って、急に調査に消極的になったんじゃないですか？」

話しながら、桃果の網膜に投映されていたのは監視カメラ映像だ。

源流斎は度々、編集フロアから抜け出して、スマホで誰かと電話していた。

そして、同時刻の別カメラでは、ゴンザレスが決まってスマホを耳に押し当てていた。

——源流斎の電話の相手は、ゴンザレスなのではないか？　これまで仕事以外では一切会話する姿を見た事がない。でも、もしかして……。

そんな仮説を証明するために桃果は裏取りを進めてきた。

「長い付き合いのあなたは、柳生デスクの内面の揺らぎを感じ取った。そんな時、たまたま四月から第一グループに入ってきた私を見つけて白羽の矢を立てた。裏切り者捜しの代打にすることに決めたんです。違いますか？」

沈黙がスナックを支配していた。

桃果はゴンザレスをじっと見つめていた。その数秒は数十秒にも感じられた。

パチパチパチ——。それから、空気が圧縮されるようなクラップ音が弾ける。

「見事だ。見事！」

「ブラボー」とでも叫びそうな表情でゴンザレスは拍手していた。

仏頂面が基本で鉄仮面と揶揄される男が、これほど陽気なのも珍しい。

「よく源が、私に電話していると気付いたね。会社では互いに一切、話さないんだが」

心底驚くような表情だった。

「ゴンゲンコンビ——ですよね？」

その瞬間、ゴンザレスの片眉がピクリと反応する。

「お二人は旧知の仲ですもんね」

桃果の言葉の真意を推し量るように、目がスッと細まった。

桃果は、傍のショルダーバッグを手繰り寄せる。そこから一枚の紙を取り出した。昔の新聞の切り抜き記事だ。

〈東実、初の決勝進出　劇的サヨナラ、エース・柳生も好投〉

一九八三年七月二十六日付の毎朝新聞の東京地域版のトップ記事には、そんな見出しが躍っている。

縦三段の白黒写真は迫力満点。スライディングでホームインしたランナーを一塁側ベンチから飛び出してきたチームメイトが歓喜の抱擁で迎えている。砂埃《すなぼこり》と汗に包まれた青春の香りを収めた一枚だ。

「八三年夏に、都立東洋《とうよう》実業高校が全国高等学校野球選手権の東東京大会で、初めて決勝進出を決めた時の記事です。この記事曰《いわ》く、ピッチャーは柳生源流斎、キャッチャーは権座篤志と記載されています。権現様をもじって『ゴンゲンコンビ』と称されたバッテリーの二人は、小中高でも一緒だったと関連記事にあります」

源流斎とゴンザレスは東京・文京区出身。互いに五十六歳。共通点はあった。

だが、互いに年齢を超越するほどの風貌と威厳。そして、日常的な会話は皆無。

――犬猿の仲なのでは？

そんな先入観が二人の繋がりを想起させなかった。

しかし、監視カメラ映像で、桃果は二人の繋がりの可能性を意識した。

微かな違和感を頼りに、二人の名前を入力してネット検索をかけた。

延べ十のブラウザ。奇跡的に一つだけ、三十九年前の高校野球の東東京地区大会の選手名簿がヒットしたのだ。

東洋実業高校の名簿で「柳生源流斎」と「権座篤志」の名前を見つけた。

――二人は旧知の仲だった。

そう確信した。

「まさか、こんなものが、まだ残っているとはね」

しみじみとした表情で、ゴンザレスは記事の切り抜きを手にしていた。

それから、ろうそくの火を頼りに、貪るように記事を読み始めた。

「国会図書館まで行って印刷してきました。東京版の地域面なので、ダメ元だったんですけどね」

桃果もゴンザレスの表情に釣られるように笑う。

「もう別に隠し立てする必要もないか」

ゴンザレスは独りごちる。

それから紙面からゆっくり顔を上げて、二人の知られざる物語を語り始めた。


「結局、この記事の後の決勝では敗れて、甲子園には行けなかった。そして、小中高と一緒の道を歩んできた私と源も分岐点に立った。それぞれの道を進むことになったんだ」

ゴンザレスは卓上の新聞記事に視線を這わせつつ、物語を進めていく。

「源は高校卒業後に文選職人を目指して毎朝新聞制作局に、私は早稲田の政経に進んだ。源は私より勉強が出来た。あのまま行けば、東大だって夢じゃなかった。彼が『高卒で働き出す』と言った時には、教師や家族、私も含めて皆が反対したものよ」

懐かしむようにゴンザレスは笑う。

『自慢じゃないが、ワシは高校では勉強が出来てな』

——そういえば、柳生デスク自身もそんなことを言っていたな。

「だが、こうと決めたら、自分の信念は曲げずに貫く男よ。結局、八四年に源は毎朝新聞に、私は早稲田にそれぞれ入った。まさか、あの時は私まで毎朝に入るとは思わなかった」

ゴンザレスは苦笑する。

「運命が変わったのは二十歳の時だ。毎朝の制作局で大事件が起きた」

「ＣＴＳの導入ですね？」

「ほお」

それを君は知っているのか――。そんな表情でゴンザレスは細い目を見開く。

「ＣＴＳの導入によって、制作局の文選課、植字課、大組課の鉛活字部隊は不要になった。文選課は事実上、解体の道へと進むことになったんだ」

源流斎からもその経緯は詳しく聞いた。

「私と源は高校卒業後も定期的に飲みに行き、親交を深めておった。ある日のこと。いつも通り、高田馬場の安居酒屋で会った源は意気消沈しておった。あまりの変貌ぶりに私は驚いた。そして源から聞いた。『文選が必要なくなる。経営の失敗で、会社も傾き始めていて毎朝の未来は暗い』と」

ゴンザレスの脳内ではその時の映像が流れているのだろう。元々、彫りの深い顔の陰影がさらに強調される。

「私は当時、相撲部に所属し体もどんどん大きくなっていた。酒席で気も大きくなっていたのだろう。だから宣言した。『だったら俺が毎朝に入って出世する。偉くなって、そんなダメ会社を変えてやるよ』ってね。全く若気の至りだよ。だが、その言葉に源の顔がパァッと明るくなったのを今でも思い出すよ」

ゴンザレスは芋焼酎をグイと飲み干し、口角を上げた。

「相撲の世界は厳しい。大学卒業を機にやめると決めていた。しかし、だからといって、将来やりたいものはない。いざ自分が就職する段になって、私は文選職人を目指して毎朝に入った源が心の底から羨ましかった。『源のいる毎朝新聞社に行けば何かが広がっているんじゃないか？』

結局、そんな思いだけで私は毎朝に入社したんだ」

物語はゴンザレスの入社後へと転回していく。

「中央やタイムスとの違いも分からず、私は毎朝に入社したからね。同じ全国紙でありながら、給与は全然違う。もっとちゃんと調べてから入社すれば良かったと後悔したよ。私が入社した一九八八年。毎朝新聞の経営状況は、そりゃあ酷いもんだった」

「ちゃんと調べてから入社すれば良かった」というくだりは、表情からも嘘ではなさそうだ。

「発行部数は中央とタイムスに大きく差をつけられた三位。相次ぐスキャンダルで読者離れが続き、放漫経営によるツケで、会社の業績も酷いもんだった。世はバブル景気に沸いていた。そんな中、経営幹部の失敗をなぜ我々が背負わなければならんのか理解できなかった」

『どうして、経営幹部の失敗を我々制作の人間が被らにゃいかんのだ……』

源流斎のあの言葉と重なる。

「だから、私は決心した。この会社で出世して、いつか経営幹部になって変革すると」

野心と決意――。卓上のろうそくの炎の如く、ゴンザレスの瞳には炎が揺らめいていた。

桃果はふと思う。

――もしかしてこの人は、その決意を胸に秘めて、これまで権力闘争に励んできた？

「入社してからも源との交流は続いていた。だが、表立っては付き合わず、居酒屋で密会する方法を続けた。当時、制作局と編集局の関係は急速に冷えていた。編集幹部の醜聞を記した怪文書まで社内では出回っていた。そこで源が『編集と制作の人間が仲良くしていると俺たちも刺されるかもしれん。社内では言葉を交わすのはやめよう』と提案してきた。当時、源も整理部の所属となり、色々と思うところがあったのだろう」

ゴンザレスは何でもない虚空を見つめる。

「今でこそ源は落ち着いている。しかし、当時の源は、闘犬のように血気盛んで、間違っていると思ったものには、迷わず嚙みついていた。現に組合の委員をやっていた時、当時の経営幹部に思い切り嚙みついた」

『ワシが中心になってストライキも辞さない構えだった』

源流斎本人もそう言っていた。確か九七年の早期退職募集が原因だ。

「だがね、一方で源は情に厚いやつだった。だからこそ皆から愛されていた。ある時、組合時代の行動が原因で源は左遷されそうになった。しかし、師匠だった宮本さんというお方が中心になって、上層部に掛け合い、結局、源は処分を免れた」

――知っている。『弟子を守るのが師匠の役目』と言って、若き日の柳生デスクを守った師匠だ。

「宮本さんは後に、病に臥して闘病を余儀なくされ働けなくなった。『師匠から受けた恩を返す』そう言って、源は奔走した。カンパを募るとともに、どうにか退職にならぬよう経営幹部と交渉を重ねた。毎日、病院に見舞いに行き、最期、宮本さんは笑顔で逝ったらしい」

『後に宮本さんは四十五歳でこの世を去った。胃癌じゃった』

――あの柳生デスクの言葉の裏に、そんな秘めたる物語があったとは。

桃果の目頭が熱くなる。

「それから数十年の時が流れた。毎朝は、東経と合併し、発行部数首位の毎朝経済新聞社が誕生した。私はその会社の編集幹部となった。一方の源は整理部デスクのままとどまり続けている。私が何度も上長職を打診しても、決して首を縦に振らない。どうやら一人の整理記者として会社人生を全うするつもりのようだ」

ゴンザレスは口の端を上げる。呆れではなく尊崇の念をまとった笑みだった。

「そんな男が今回、その身を賭してまで弟子の春木君を守ろうとしていると、君は私に報告した」

腕を組んで瞑目する。その振る舞いに既視感があった。

――そうだ。さっきもゴンザレスはこのポーズを取っていた。

それから先ほどと同じように目をゆっくりと開いて、大きく嘆息する。

「春木君の件、どうすれば良いものか……」

先ほどは、東経出身者の犯行でなかったことを残念がるような振る舞いに見えた。

だが、今になって気付く。

――あれは全くの勘違いだった。

源流斎という盟友が必死に守ろうとした文の処遇――。それを悩んでの振る舞いだったのだ。

「自社のネタを他社にリークするなどもっての外。言語道断だ。経営会議で議論し厳正に処分する。それが基本なのだが……」

表情からはゴンザレスには似合わぬ懊悩ぶりが見てとれた。

「藤崎君の話を総括すると、春木君は相当に苦しんでいた。五年間も第一グループという精鋭集団に身を置き、より良い紙面を作ろうと奔走してきた。その中で、出稿部や整理部、そして私も含めた編集幹部の身勝手な行動に心を痛めてきた。その不満のダムが決壊すべくして決壊した。彼女一人の責任というのは、どうにも……」

ゴンザレスは、見た目からは想像できぬほど繊細に、文の苦悩を言葉で紡いで見せた。

沈黙が場を支配する。

ゴンザレスは腕を組み、再び瞑目し始める。

「あの……私のようなものが進言するのは恐れ多いですけど」

しばらくして、桃果は言葉を発する。

ゴンザレスの目がゆっくりと開く。

「今回の件、処分なしにできないでしょうか？」

「うーむ」

ゴンザレスの顔の皺が一層深くなる。その渋面は梅干しを思わせた。

「確かに文さんも言ってました。『今度こそちゃんと償う。どんな処分でも受け入れるから』と。ですが、処分を受けることが本当に償いでしょうか？　質の高い紙面を作り続ける。これも一つの償いだと思います。私は、文さんという天才に、違う紙面で活躍してもらいたいんです」

そこで話を区切って、桃果はグイと前傾姿勢になる。

「権座副長、今回のリーク事件はどうか不問にし、文さんを第十五グループに異動させていただけないでしょうか。お願いします！」

桃果はソファに着座したまま最大限、頭を下げる。

脳内では、文の泣き顔、そして、土下座して懇願する源流斎の悲痛な叫びがこだましていた。

「第十五グループだと？　あそこは確か特集面だが」

そんなことしてどうなる――。揺らめくろうそくの炎が、ゴンザレスの怪訝な表情を強調する。

「実は文さんは、ずっと第十五グループに行くことを望んでいました」

切り札だった。あえて、第十五グループの件は調査報告でも触れなかった。

「ほぉ」

一考に値するな――。そんな表情で、顎を親指でそっとひと撫でしながら、ゴンザレスは話の先を促す。

「面談でも何度もそれを後藤部長に告げていたとのことです」

「後藤に？」

その瞬間、まるで獲物を狩るかの如く、ゴンザレスの目が細くなる。整理部長の後藤は彼の子飼いである。

「はい。文さん言っていました。後藤部長から『今、第一グループから抜けられたら困る』『みんな大変なんだからワガママ言うな』『第十五グループは時短勤務のママ記者のための職場だ』と言われて、ずっと部内異動が叶わなかったと」

「後藤がそんなことを？」

ゴンザレスの眉間の谷が深くなる。

俺はそんなこと聞いていないぞ——。表情はそう言っていた。

「『紙面は芸術。壊されたくない』そんな思いが文さんは強いです。文さんにとって、ニュース職場である今の第一グループは正直、苦痛だったと思います。ましてや五年間です。自分の希望が全く叶わない中で、他の整理部員は次々と希望が通って部内異動していく。そんな状況なら『私は一生懸命、仕事をしているのにどうして？』と誰だって思います。心も磨耗していきます」

ゴンザレスは桃果の話をじっと腕組みして聞いていた。

しばしの思案の間を挟み、言葉に重みを付与しつつ口にする。

「春木君には本当にすまないことをしたな。編集幹部として、いや上に立つ人間として申し訳ないと思っている」

ローテーブルとソファの何でもない場所を見て、しばし項垂《うなだ》れる。

それから、ふと思い出したように顔を上げる。

「あと、後藤にはきつく言っておく」

部下を数人は東京湾に沈めていそうな鋭い眼光。その瞳が一瞬、鈍く光ったように見えた。

「もし第十五グループに異動することで、春木君の心が満たされるのなら私も賛成だ。正直、それが一番良い落とし所なのかもしれないな」

何度か頷き、親指で顎をさする。一度、上方に視線を這わせてから、眼前の桃果に向ける。

「確か六月末で手越君が退社するね？　それに合わせて、元々、第一グループに新たにメンバーを加入させようと考えていたんだ」

――手越さんの退社のことまで頭に入れている。それにこの人、第一グループの人事にも絡んでいたんだ……。

「理由など、いくらでも後付けできる。手越君の退社によるグループ再編成という口実で、春木君を七月一日付で第十五グループに異動させよう。そして、今回のリーク事件の処分については……不問とする」

ゴンザレスは、はっきりとした口調で宣言した。

「あ、ありがとうございます」

突然下った温情判決に、桃果はこの日一番、声を張り上げる。

自分のことのように嬉しかった。気付けば、ゴンザレスに何度も頭を下げていた。

その頭上に、新たな言葉が降ってくる。

「それよりも藤崎君。君の未来について私は話し合いたい。できれば君も七月一日付で、出稿部に戻したいんだがね」

ハッと顔を上げる。

「何を鳩が豆鉄砲を喰らったみたいな顔をしているんだい？　元々、そういう約束だったろう？

私は約束を守る男だ。あっ、それとだ……」

ゴンザレスは、急に何かを思い出したように付け足す。

「さっきの君の話で一つだけ違うところがあるんだ」

目を丸くしたまま、首を傾げた桃果にゴンザレスは続ける。

「私が裏切り者捜しを君に依頼した理由について、さっき『四月に自分がたまたま第一グループに入ってきたから』という趣旨の説明をしていたね。それは違う。君はたまたま第一グループに入ってきたわけではない」

「えっ⁉」

桃果はポカンと口を開ける。

「君を第一グループに呼び寄せたのは、この私だ」


「権座副長が……私を第一グループに呼んだ？」

桃果はその言葉を反芻してみるが、意味が脳に浸透してこない。

「うむ。そうだ。無論、今回のリーク事件のために呼び寄せたわけではない。そもそも君の第一グループへの異動は、一月には決まっていた。リーク事件の前の話なんだよ」

驚く桃果を置き去りにして、ゴンザレスはさらに続ける。

「第一グループは紙面作りの主役だ。当然、各出稿部との関わりは強くなる。紙面作りを通して、各部の上層部に顔を覚えてもらう。君が出稿部に早く戻るために、第一グループで顔を売るのが最適だと思ってね」

『誰か上の人間があなたを再び出稿部に戻すための布石として、第一グループに呼び寄せたんだろうな』

先日の岩倉の言葉が矢のように頭を突き抜けていく。

「全ては……私が出稿部に戻るため？」

状況が飲み込めず、桃果は言葉をおうむ返しに言うことしかできない。

「うむ。そうだ。当初の計画では、一年ほど第一グループで過ごしてもらって、来春あたりにでもと思っていたんだがね。そんな中、今回のリーク事件が起きて、私はふと思った。もし君がこれを解決したとなれば『皆も納得する形で、さらに復帰を早められるかもしれない』とね」

——全ては私のため？　一体、この男は何を言っている？　そもそも私はこの男の駒。私を裏切り者捜しに利用したんじゃないの？

「そして、君は見事にリーク事件を解決した。まぁ春木君の処分を不問にすることもあり、事件は公にはできない。だが、犯人を突き止めたことは、十分評価に値する」

ゴンザレスはどんどん話を進めていく。

桃果は慌てて巻き戻しを図る。

「ちょ、ちょっと待ってください。何故です？　何故、私をそもそも出稿部に戻そうとしているのですか？」

その瞬間、スッとゴンザレスの目が細まる。

「大日本キャリアの誤報事件だよ」

パシッ——。まるで盤上に駒を打つように、ゴンザレスは言葉の布石を置いてから告げる。

「あの日、私は編集長だったんだ」

「えっ」

桃果の息が止まる。

「君はあの夜、編集フロアで何が起きていたかを知らない。まずは、それを知るべきなんだ」

ゴンザレスによって、時計の針が二年前のあの日に急速に巻き戻されていく。

「あの日、君は大日本キャリアの東前社長から、次期社長がプロ経営者の小和田氏になると言質を取ったね？」

「はい」

動揺で血流が脈打つ中、桃果の脳裏に東前のカエル顔が浮かび、眉がピクリと上がる。

「そして君はその日、担当デスクだった柿沼君にそれを報告して、結果として君のネタは一面トップに華々しく載った。そうだね？」

――そうだ。あの日の担当デスクは「ボマー」こと柿沼だった。

「はい」

二年かけて癒え始めていた傷にまた塩を塗られる感覚だった。

「あまりに、うまく行き過ぎているとは思わないかね？」

ゴンザレスの思わぬ切り返し。桃果は首を傾げるのが精一杯だ。

「当時、君は一年生だったんだよ。同期と比べれば、ある程度の実績を残していたものの、一面トップの特ダネはあれが初めてだった。実際、柿沼君からマル特を耳打ちされた時、編集長だった私は一抹の不安を覚えた。『本当に大丈夫か？　裏取りはしっかり出来ているのか？』と柿沼君に何度も尋ねた。結果、彼は口ごもってしまった。それで、一面トップへの掲載は見送られた……はずだった」

――掲載が見送られた？　初耳だ。

「しかし、しばらくして柿沼君は私のところに戻ってきた。傍には堂本君の姿があった」

「エセエロ紳士」と揶揄される現・編集局長。当時は編集局次長兼企業部長だった。

「堂本君は私に向かって言った。『裏取りは出来ています。柿沼が先ほど、直接、東前氏の携帯に電話をかけて確認しました』と」

「東前社長に柿沼デスクが⁉」

桃果は思わず素っ頓狂な声を上げる。

「うむ。彼は元々、人材業界を担当していて、東前氏と親交があったようだ。君が東前宅を出た後に、東前氏に個別に電話してたらしい」

――そんなこと、柿沼デスクは一言も……。私は全く知らない。

「柿沼君自らが『複数のネタ元に裏取りをしていて、間違いない』と。その言葉が決め手になって、私も掲載を了承せざるを得なかった。だが――」

ゴンザレスは唇をギュッと噛み締めた。

「翌朝、大日本キャリアが誤報だと本社に抗議をしてきた」

ゴンザレスは嘆息混じりに続ける。

「それを知った私はすぐさま、堂本君に電話をした。堂本君は『今、事実を確認している。事実誤認が認められた場合は、速やかに当該記者に訂正を出させる』とのことだった。あの時、堂本君から謝罪の言葉はなかった。自らの非にも言及がなかった。『堂本君にもプライドがあるのだろう』私もそんな情けから、それ以上、追及するのはやめた。そして、翌日付朝刊に君のお詫び記事が掲載された」

〈おわび〉十九日付朝刊一面の記事と見出しで、「大日本キャリア次期社長に小和田充氏」と報じたのは誤りでした。おわびして訂正します。

あの、お詫び記事が網膜を侵食し、桃果は顔をしかめる。

「だが、私は目を疑った。お詫び記事にではない。その後、柿沼君が提出した顛末書にだ」

「顛末書に？」

桃果も提出する前に一度、目を通した。作成は全て柿沼がした。

「提出された顛末書には、こんな記載があった。〈当該記者の強い要望で記事を掲載した。結果的に、本人の取材技術が低く、裏取りが甘かった。また『複数のネタ元から裏取りできている』と、当該記者は担当デスクに虚偽の報告をしていた。〉」

桃果の息が止まる。頭に一気に血が昇る。

「そ、そんな！　私は『複数のネタ元から裏取りできている』なんて報告していません！　それに、私が見た顛末書はそんな文言じゃなかったです」

吹き返した息と共に桃果は強く反論する。

「そうだ。おそらく君に顛末書を見せた後で、自分に都合が良いように書き直したんだろう。少なくとも私は、柿沼君自らが『ネタ元に確認した』と聞いていた。当日の紙面の責任者として、これは反論しなければならない。だから、上に真実を報告した。しかし、遅かった。既に勝負は決していた」

ゴンザレスは唇をより一層嚙み締める。

「堂本君によって、東経派の編集幹部と経営幹部に完璧な根回しがされていた。『今回の誤報は藤崎という新人記者による暴走』という歪曲《わいきょく》された顛末書の報告は、既に社長以下全取締役にまで上がっていた。『しっかり当該記者には責任を取らせろ』そんな経営幹部の厳命で、君の整理部行きは決まった」

桃果は鼻の奥がツンとする。

——これでは人身御供《ひとみごくう》ではないか。

「君も知っての通り、当時も今も取締役会は東経出身者が過半数を占める。執行役員以下も同様の傾向だ。そんな状況下で、提出された顚末書を撤回し、覆すのは難しかった」

ゴンザレスは苦衷を滲ませる。

「何より、当時の君は東経出身者が実質支配する企業部にいた。『東経のことに首を突っ込むなよ』毎朝派閥のある幹部に私はそう釘を刺され、この件から手を引かざるを得なくなった。この会社では、お詫び記事が出た瞬間、誤報は確定してしまうんだ。『再審』はない。私は君を守れなかった。一人の記者を見殺しにしたんだ」

守れなかった――。

一人の記者を見殺しにした――。

その言葉にじんわり涙が溢れてくる。

あの時、桃果は会社の全員が敵に見えた。そんな中、実は守ろうとしてくれた人がいたのだ。

その事実が涙腺を一気に緩ませる。

「今にして思うよ。あの日、堂本君は、社会部ネタが一面トップであることが気に入らなかったのだよ。幹部席に座っている社会部出身の編集長の私に一泡吹かせてやりたい。歯軋りする思いで見つめていたところに、柿沼君から大日本キャリアの人事ネタの報告を受けた。そして、飛びついたんだ。本当に派閥なんて、くだらないと私は思うよ」

ゴンザレスは吐き捨てるように言う。

その口から派閥批判とも取れる発言が出たことに、桃果は涙を拭いながら驚く。

「デスクとは本来、ストッパーだ。得点することではなく失点を防ぐ。それが本来の仕事のはずだ。百パーセントの確証が持てなければ、報じてはいけない。なのに、柿沼君はそれを怠った。堂本君も飛びついた。そして、編集長だった私も紙面掲載を防げなかった」

そう言って、ソファに預けていた背をピンと伸ばす。それから着座したままの体勢で、その巨体を前方に傾けた。

――あのゴンザレスが……私に深々と頭を下げている？

呆気に取られる桃果を前にゴンザレスは言った。

「藤崎君、本当にすまなかった」


「権座副長……頭を……上げてください」

声を震わせながら、泣き笑いの表情で桃果は言う。

「誤報は誤報です。それに二年前のあの日、私も功を焦っていました。私にも非があったんです」

誤報から二年――。

ようやく素直に自分の負けを認めることが出来た。誤報の呪縛から解放された気がした。

「この整理部での二年間、そして今回の裏切り者捜しを通じて、私はたくさんのものを学ばせてもらえたと思っています」

桃果は笑みを浮かべて言葉を紡ぐ。

「ほぉ」

聞かせてごらん――。ゴンザレスが細い目を見開いて、そう訴えてくる。

「整理部はまさしく未知の世界でした。記者としての資質不足、上司との不和、不祥事……『人材の墓場』と言われるだけあって、様々な事情を抱えた人たちが日々、異動してきます。筆を奪われ、整理の仕事にも誇りを持つことができない。私にはそう見えました」

網膜には、生気を失った整理部員たちの光景が映っていた。

「実は私も第一グループに来る直前まで、そんな典型的な整理部員の一人でした。表向きはいつも笑顔で、明るく振る舞うようにしていました。でも、正直、生きる気力を失っていました。整理という仕事に全く誇りが持てず、今の自分の境遇を呪い、実は転職活動もしていました」

転職活動の暴露――。桃果にとっては、思い切った発言だったが……。

「うむ。転職活動の件は知っているよ」

ゴンザレスはあっさり返す。

口角を上げて不気味な笑みを浮かべていた。

「えっ⁉ 知っていたんですか？」

――どんだけ情報網が広いんだよ。

権謀術数に長けたゴンザレスの凄さを改めて思い知らされる。

「このままでは君が新聞社を辞めてしまう。そんな思いもあって、第一グループへの抜擢人事を決めたという面もある」

――「面もある」って言ったけど、結局はそれが抜擢人事の理由なんじゃ？

「すまぬ。話の腰を折ったな」

そう言って、脱線しかけた話のレールをゴンザレスが強制的に戻す。

「えっと……」

――何を話していたっけ？

視線を上方に這わせつつ桃果は話の続きを思い出す。

「今振り返ると、私は常に悲劇の主人公を演じていました。第一グループに異動した後でさえそうです。隣の芝生は常に青く見えました。自分は文さんや秋野さんのような整理の才に恵まれていない。郷田デスクや柳生デスクのように整理部を愛することもできない。努力することや変わることを棚に上げて、いつも羨むばかりでした。でも、みんな、心の中では葛藤していたんです。私と同じように理想と現実の乖離《かいり》の中で戦っていたんです」

郷田や手越、ひなみ、秋野、岩倉、源流斎、文……。裏切り者捜しで対峙した者の顔が、次々に網膜に浮かぶ。

「私だけが大変なんじゃない。不幸なわけではない。皆、葛藤しながら生きている。人間の表裏を学びました。だから……」

桃果は一度頷く。

「決して無駄ではなかったと思っています。この経験があったからこそ今がある。将来、確実にそう思える日が来ると思っています」

桃果の話に耳を傾けていたゴンザレスも大きく頷く。それから、会話のバトンを受け取る。

「『見出しを考えてから原稿を書けるようになった』整理部を経験した出稿部記者が良く言う言葉だ。『紙面を頭に浮かべて原稿を書けるようになった』だがね、私からしたら、正直、そんなことはどうでも良いんだ。私が君に学んで欲しかったのは、記者力だよ」

「記者力？」

「言うなれば、人の本質を見抜く洞察力さ。この整理部を出て出稿部記者に戻れば、大日本キャリアのように平気で人を騙してくる取材先に、また君は出会うだろう。上司たちだって、君を守ってくれないかもしれない。出稿部は整理とは違った意味で厳しい世界だ。では、どうすれば良いか？　それは記者力の鍛錬しかない。私のように疑り深い人間になれとは言わん。だが、ネタを追っている時こそ、振り返って周りを見る。そんな慎重さを忘れないでほしいんだ」

ズシリと重みのある言葉だった。桃果はそっと目を閉じて、その言葉を胸に深く刻み込んだ。

硬い話はここまで――。ゴンザレスはそんな表情で、グイと体を傾ける。

「さて藤崎君。それで君は出稿部のどの部署に行きたいんだ？」

目を三日月形に細め、口元も緩んでいる。

「入社した時の君は、確か国際部を希望していたね？　それとも、やはり古巣の企業部か？　うーん、でも君は社会部の適性もあるんじゃないかな？　どこが良いかね？」

手元にカードが見えるようだった。

「ありがとうございます。あの……本当にどこでも良いんですか？」

桃果は目の前に並んだ無限の選択肢をぐるりと見渡しながら尋ねる。

「当然さ」

ゴンザレスは強面に似合わぬような笑みで返す。

――ならば。

桃果の心が決まる。

「そうですね。でしたら私は……」

エピローグ　一面、降版します

「一面トップ、差し替えじゃい」

午前一時過ぎ。デスクの郷田の重低音が、編集フロアにこだまする。

夏枯れの八月紙面にとっては慈雨。お盆ムードで静まり返っていたフロアが俄に活気付く。

「桃果ァ、企業部の深堀のM&Aネタじゃい！　今、ここに青木が説明に来るけんのぉ。待っちょれ」

郷田の広島弁が鼓膜で弾む。

「はいっ！」

朝刊一面の面担席の桃果は笑みで応じる。

机上のデジタル時計に視線を這わす。午前一時四分十二秒だ。

「ハァハァハァ」

さながら早馬の急使。第一グループの島に、企業部デスクの青木が息を切らしてやってきた。

「マル特、よろしくお願いします！　モノは富川通商がイタリアのリボルノ電力を買収するというものです。既に筆頭株主の米ファンドとの優先交渉権を獲得しており、月内にも過半の株式を取得して子会社化する予定です。買収額は日本円で七千億円。行数は六十行前後で表も付けます。二十分で出稿します」

さながら野戦病院のような慌ただしさ。青木は捲し立てるようにそれだけを説明すると急旋回。企業部デスク席に戻っていた。

「青木ッ。二十分じゃ間に合わん。十五分じゃ。十五分で必ず出せい。ええな⁉」

郷田のドスの利いた声の矢が、走る青木の背を貫く。

「分かりましたぁ」

振り返らずに青木は右手を挙げて応じた。


あのリーク事件から二年余りの月日が流れた。

「君は出稿部のどの部署に行きたい？」

あの夜。調査報告後にそう問うたゴンザレスに桃果は返した。

「でしたら私は……出稿部ではなく、整理部にこのまま残りたいです。第一グループでもっと働きたいです」

一切の迷いはなかった。

——整理の道を極めて、文のようなエースになる。そして、整理という仕事にもっと誇りを持ちたい。

その思いが意志をまとった言葉となって出た。


この二年で社内も大きく変わった。

まず第一グループの当時からの面担は、秋野と桃果だけになった。絶対的エースの秋野にはまだ遠く及ばない。しかし、中核メンバーとして、日々、成長しているという自負はある。

慌ただしく動くフロアの各部員を見渡しながら、桃果は遠くの幹部席へと視線を向ける。

今日の編集長の席。腕組みをしたゴンザレスの姿があった。そこだけがまるで時が止まったかのような独特の静けさが漂っている。

——相変わらずの威圧感だなぁ。

内心で独りごちた桃果の言葉が聞こえたかのように、不意にゴンザレスの細い目がギョロリと向く。視線が交錯した瞬間、口の端が上がり、不敵な笑みを形成した。

ゴンザレスは昨年、編集局副長から編集局長に昇格した。

一方、出世の階段を歩んでいた編集局長の堂本は失脚。交際費の着服で処分という何ともあっけない最期だった。

デスクの柿沼も出張費の水増し請求がバレて、関連子会社に出向。編集局を去った。

「ふー」と大きく深呼吸して、桃果は目の前の仕事に集中する。

眼前の組版端末画面。一面トップの差し替えで、大幅な組み替えが必要だ。

——四番手の社会部ネタの行き先をどうしよっか？　二面か。三面か。いや、社会面行きが妥当かな。

「郷田デスク。四番手の三段、社一（社会一面）に都落ちで良いですか？」

桃果の問いに郷田がニヤリと笑う。左頰の傷が鈍く光った。

「おうよ。良い判断じゃ！　確か、今日の社一の面担は三四郎じゃったのぉ。ちと、都落ち原稿の連絡がてら、かわいがりしてくるかのぉ」

三四郎は今春、第十五グループから社会面を担当する第四グループに異動してきた。

「私の愛弟子《まなでし》をあまり、いじめないでくださいよぉ」

相変わらずおっちょこちょいだが、春木文直伝のレイアウト術には定評がある。

会話をしながらも、終始、マウスとキーボードを操作して、もの凄い速さで桃果は一面を組み替えていく。

――組み替え完了。あとは、一面トップに特ダネ原稿を流し込むだけだ。

机上のデジタル時計に視線を這わす。一時十九分四十二秒だ。

――青木デスクは大丈夫かな？

視線を企業部デスク席に向けた。その時だった。

「ごめーん、遅くなったぁ。藤崎さん、今、マル特原稿、送ったよぉ」

青木が遠くのデスク席で立ち上がって、右手を挙げて合図する。

「ありがとうございますっ！」

桃果も右手を挙げて笑みで応じる。

「整理さん」ではなく「藤崎さん」――。出稿部デスク達から、そう呼ばれるようになって久しい。

カタカタカタ――。キーボードを叩いて見出しを紡ぐ。

主見出しは〈富川通商、伊電力を買収〉。

一段三十行の黒ベタ白抜きの横見出しが、一面紙面で躍動している。

その右下には〈七千億円、欧州再エネ事業を強化〉の活字見出しが光る。

デジタル時計に視線を這わす。午前一時二十八分二十二秒だ。

――降版までは残り一分半。

最終チェックの際の独特の静けさ。熱気と緊張が編集フロアでせめぎ合っている。

桃果以外の面は既に降版した。残すは桃果の一面のみだ。

そんな状況下でも、今の桃果は笑みを絶やさない。この状況を心から楽しんでいた。

「桃果ァ、締まりのある良い紙面じゃのぉ。ええやないか。大丈夫そうなら降ろしてくれ」

仮刷り紙面を手にした郷田が背後で笑う。

「はいっ」

桃果も笑みで返す。

——今日も納得の紙面が出来た。

心を颯爽と一陣の風が駆け抜ける。

笑みを浮かべたまま桃果は、降版ボタンにマウスのカーソルを合わせる。

それから大きく息を吸って、編集フロア全体に聞こえる声量で叫んだ。

「一面、降版します！」

初出

本書はＷｅｂ小説サイト「カクヨム」に掲載された作品を単行本化にあたり加筆・修正しました。

本作はフィクションであり、実在の個人、団体とは一切関係がありません。

松井蒼馬（まつい　そうま）
1989年群馬県生まれ。明治学院大学法学部卒業。日本経済新聞社を経て、2021年８月から小説を書き始め、Web小説サイトへの投稿を「萌乃ポトス」の筆名で開始する。24年、『１面、降版します　特命記者の事件簿』（本書）でデビュー。好きな作家は池井戸潤、横山秀夫。

１面《いちめん》、降版《こうはん》します　特命《とくめい》記者《きしや》の事件簿《じけんぼ》

2024年３月４日　初版発行

著者／松井蒼馬《まついそうま》

発行者／山下直久

発行／株式会社KADOKAWA
〒102-8177　東京都千代田区富士見2-13-3
電話　0570-002-301（ナビダイヤル）

印刷所／旭印刷株式会社

製本所／本間製本株式会社

ISBN 978-4-04-114710-8　C0093